Espía de Dios

Espía de Dios

Juan Gómez-Jurado

Rocaeditorial

© Juan Gómez-Jurado, 2006

Primera edición: febrero de 2006

© de esta edición: Roca Editorial de Libros, S.L.
Marquès de l'Argentera, 17. Pral. 1.ª
08003 Barcelona.
correo@rocaeditorial.com
www.rocaeditorial.com

Impreso por Industria Gráfica Domingo, S.A.
Industria, 1
Sant Joan Despí (Barcelona)

ISBN: 84-96544-15-X
Depósito legal: B. 740-2006

A Katu,
por ser la luz de mi vida

JARDINES
DEL VATICANO

CORTILE
DEL BELVEDERE

PALAZZO DEL
GOVERNATORATO

CAPILLA
SIXTINA

BASILICA
DE SAN PEDRO

SACRISTIA
DE SAN PEDRO

DOMUS
SANCTAE MARTHAE

SALA DE AUD
Y SALA DE P

RESIDENZA
MADRI PIE

CORPO
VIGILANZA

HOTEL
ATALANTE

PUERTA DE
SANTA ANA

SANTA MARIA
IN TRASPONTINA

PLAZA DE
SAN PEDRO

VIA DELLA CONCILIAZIONE

DEL
ICIO

S

CIUDAD DEL VATICANO
Y ALREDEDORES
Con los más importantes lugares descritos en
ESPIA DE DIOS

«… et tibi dabo claves regni caelorum»

Mateo (16: 19)

Prólogo

Instituto Saint Matthew
(Centro para rehabilitación de sacerdotes
católicos con historial de abusos sexuales)
Silver Spring, Maryland

Julio de 1999

El padre Selznick despertó en mitad de la noche con un cu-
chillo de pescado en la garganta. Cómo consiguió Karoski un
instrumento cortante es, aún hoy, un misterio. Lo había afila-
do con el borde de una baldosa algo suelta de su celda de ais-
lamiento durante noches interminables.

Aquélla fue la penúltima vez que consiguió salir del estre-
cho habitáculo de tres por dos, deshaciéndose de la cadena que
le unía a la pared con una mina de bolígrafo.

Selznick le había insultado. Tenía que pagar por ello.

—*No trates de hablar, Peter.*

La mano firme y suave de Karoski le cubría la boca mien-
tras el cuchillo acariciaba la barba incipiente de su hermano
de sacerdocio; arriba y abajo, como una parodia macabra de
afeitado. Selznick le miraba paralizado de terror, con los ojos
muy abiertos, los dedos crispados en el borde de las sábanas,
notando el peso del otro sobre él.

—*Sabes a qué he venido, ¿verdad, Peter? Parpadea una vez*
para decir «sí» y dos para decir «no».

Selznick apenas reaccionó, hasta que notó que el cuchillo
de pescado interrumpía su baile. Parpadeó dos veces.

—*Tu ignorancia es lo único que consigue enfurecerme aún más que tu descortesía, Peter. He venido para oír tu confesión.*

Un breve destello de alivio cruzó la mirada de Selznick.

—*¿Te arrepientes de haber abusado de niños inocentes?*

Un parpadeo.

—*¿Te arrepientes de haber mancillado tu ministerio sacerdotal?*

Un parpadeo.

—*¿Te arrepientes de haber escandalizado a tantas almas, defraudando a Nuestra Santa Madre Iglesia?*

Un parpadeo.

—*Y por último, y no menos importante, ¿te arrepientes de haberme interrumpido hace tres semanas en la terapia de grupo, retrasando con ello considerablemente mi reinserción social y mi vuelta al servicio de Dios?*

Un fuerte, intenso parpadeo.

—*Me alegra ver tu arrepentimiento. Sobre los tres primeros pecados, te impongo una penitencia de seis padrenuestros y seis avemarías. Sobre el último…*

A Karoski no le cambió la expresión en sus fríos ojos grises, pero alzó el cuchillo y lo puso entre los labios de su aterrorizada víctima.

—*Oh, Peter, no te imaginas lo que voy a disfrutar con esto…*

Selznick tardó casi cuarenta y cinco minutos en morir, y lo hizo en forzado silencio, sin alertar a los celadores que vigilaban a treinta metros de allí. Karoski volvió solo a su celda y cerró la puerta. A la mañana siguiente, el asustado director del Instituto lo encontró allí sentado, cubierto de sangre reseca. Pero esa imagen no fue lo que más perturbó al viejo sacerdote.

Lo que le trastornó por completo fue la fría, absoluta, lógica despreocupada con la que Karoski le pidió una toalla y una palangana, porque «se había manchado».

12

Dramatis personae

Sacerdotes

ANTHONY FOWLER, ex oficial de Inteligencia de la Fuerza Aérea. Estadounidense.
VIKTOR KAROSKI, sacerdote y asesino en serie. Estadounidense.
CANICE CONROY, ex director del Instituto Saint Matthew. Fallecido. Estadounidense.

Altos cargos civiles en el Vaticano

JOAQUÍN BALCELLS, portavoz del Vaticano. Español.
GIANLUIGI VARONE, juez único de la Ciudad del Vaticano. Italiano.

Cardenales

EDUARDO GONZÁLEZ SAMALO, camarlengo. Español.
FRANCIS SHAW, estadounidense.
EMILIO ROBAYRA, argentino.
ENRICO PORTINI, italiano.
GERALDO CARDOSO, brasileño.

OTROS 110 cardenales.

Religiosos

Hermano FRANCESCO TOMA, carmelita. Párroco de Santa Maria in Traspontina.
Hermana HELENA TOBINA, polaca. Directora de la Domus Sancta Marthae.

Corpo di Vigilanza dello Stato della Città del Vaticano

CAMILO CIRIN, inspector general.
FABIO DANTE, superintendente.

Polizia Italiana
(Unità per l'Analisi del Crimine Violento, UACV)

PAOLA DICANTI, inspectora y doctora en psiquiatría. Responsable del Laboratorio de Análisis del Comportamiento (LAC).
CARLO BOI, director general del UACV y jefe de Paola.
MAURIZIO PONTIERO, subinspector.
ANGELO BIFFI, escultor forense y experto en imagen digital.

Civiles

ANDREA OTERO, enviada especial del diario *El Globo*. Española.
GIUSEPPE BASTINA, mensajero de Tevere Express. Italiano.

NOTA DEL AUTOR: Casi todos los personajes del libro están inspirados en personas reales. Esta historia es de ficción, pero muy cercana a la realidad en cuanto al modo de funcionamiento interno del Vaticano y el Instituto Saint Matthew, un lugar real (aunque con otro nombre) cuya propia existencia causa pavor, y del que nada se sabe en España. Tal vez lo más inquietante de esta novela no sean los hechos que narra, sino que *podrían* ser ciertos.

Sábado, 2 de abril de 2005. 21:37

*E*l hombre de la cama dejó de respirar. Su secretario personal, monseñor Stanislao Dwisicz, que llevaba treinta y seis horas aferrado a la mano derecha del moribundo, rompió a llorar. Los médicos de guardia tuvieron que apartarle con violencia y dedicaron más de una hora a intentar recuperar al anciano. Fueron mucho más allá de lo razonable. Mientras comenzaban una y otra vez el proceso de reanimación, todos ellos sabían que debían hacer todo lo posible, y aun más, para tranquilizar sus propias conciencias.

Los aposentos privados del Sumo Pontífice hubieran sorprendido a más de un observador desinformado. El gobernante ante quien se inclinaban con respeto los líderes de las naciones vivía en un espacio de pobreza total. Su habitación era una estancia austera hasta lo indecible, con las paredes desnudas salvo por un crucifijo y el mobiliario de madera lacada: una mesa, una silla y un humilde lecho. Este último había sido sustituido en los últimos meses por una cama de hospital. Junto a ella los enfermeros se afanaban por reanimarle, mientras gruesas gotas de sudor caían sobre las sábanas de blanco inmaculado. Cuatro monjas polacas las cambiaban tres veces al día.

Finalmente, el doctor Silvio Renato, médico personal del Papa, detuvo el inútil esfuerzo. Con un gesto ordenó a los enfermeros que cubrieran el viejo rostro con un velo blanco. Pidió a todos que salieran, quedando solo junto a Dwisicz. Redactó el certificado de defunción allí mismo. La causa de la muerte estaba más que clara, un colapso cardiocirculatorio, agravado por la inflamación de la laringe. Tuvo dudas a la hora de escribir el nombre del anciano, aunque finalmente escogió su nombre civil, para evitar problemas.

Tras extender y firmar el documento, el doctor se lo tendió al cardenal Samalo, que acababa de entrar en la habitación. El purpurado tenía la penosa tarea de certificar oficialmente la muerte.

—Gracias, doctor. Con su permiso, procedo.

—Es todo suyo, Eminencia.

—No, doctor. Ahora es de Dios.

Samalo se acercó, despacio, al lecho de muerte. A sus setenta y ocho años había pedido al Señor muchas veces no ver este momento. Era un hombre tranquilo y reposado, y sabía de la pesada carga y las múltiples responsabilidades y tareas que ahora recaían sobre sus hombros.

Miró al cadáver. Aquel hombre había llegado a los ochenta y cuatro años superando un balazo en el pecho, un tumor en el colon y una complicada apendicitis. Pero el parkinson le debilitó día a día de tal manera que su corazón, finalmente, no resistió más.

Desde la ventana del tercer piso del palacio, el cardenal podía ver cómo casi doscientas mil personas abarrotaban la plaza de San Pedro. Las azoteas de los edificios circundantes estaban abarrotadas de antenas y cámaras de televisión. «Dentro de poco serán aún más —pensó Samalo—. La que se nos viene encima. La gente le adoraba, admiraba su sacrificio y su voluntad de hierro. Será un golpe duro, aunque todos lo esperaran desde enero… y no pocos lo desearan. Y luego está el otro asunto.»

Se oyó ruido junto a la puerta, y el jefe de seguridad del Vaticano, Camilo Cirin, entró precediendo a los tres cardenales que debían certificar la muerte. Se notaban en sus caras la preocupación y el sueño. Los purpurados se acercaron al lecho. Ninguno apartó la vista.

—Empecemos —dijo Samalo.

Dwisicz le acercó un maletín abierto. El camarlengo levantó el velo blanco que cubría el rostro del difunto y abrió una ampolla que contenía los santos óleos. Comenzó el milenario ritual en latín:

—*Si vives, ego te absolvo a peccatis tuis, in nomine Patris, et Filii, et Spiritus Sancti, amen.**

Samalo trazó la señal de la cruz sobre la frente del difunto y agregó:

—*Per istam sanctam Unctionem, indulgeat tibi Dominus a quidquid... Amen.***

Con gesto solemne, invocó la bendición apostólica:

—Por la facultad que me ha sido otorgada por la Sede Apostólica, yo te concedo indulgencia plenaria y remisión de todos los pecados... y te bendigo. En el nombre del Padre, y del Hijo, y del Espíritu Santo... Amén.

Tomó un martillo de plata del maletín que le tendía el obispo. Golpeó suavemente tres veces en la frente del muerto con él, diciendo después de cada golpecito:

—Karol Wojtyla, ¿estás muerto?

No hubo respuesta. El camarlengo miró a los tres cardenales que estaban junto a la cama, quienes asintieron.

—Verdaderamente, el Papa está muerto.

Con la mano derecha, Samalo le quitó al difunto el anillo del pescador, símbolo de su autoridad en el mundo. Con la derecha volvió a cubrir el rostro de Juan Pablo II con el velo. Respiró hondo y miró a sus tres compañeros.

—Tenemos mucho trabajo que hacer.

---

* Si vives, yo te absuelvo de tus pecados en el nombre del Padre, del Hijo y del Espíritu Santo. Amén.

** Por esta santa unción te perdone Dios los pecados que puedas haber cometido. Amén.

ALGUNOS DATOS OBJETIVOS
SOBRE LA CIUDAD DEL VATICANO

(extraídos del *CIA World Factbook*)

Superficie: 0,44 kilómetros cuadrados (el país más pequeño del mundo).

Fronteras: 3,2 km (con Italia).

Punto más bajo: La plaza de San Pedro, 19 metros sobre el nivel del mar.

Punto más alto: Los jardines Vaticanos, 75 metros sobre el nivel del mar.

Temperatura: Inviernos moderados y lluviosos desde septiembre a mediados de mayo, veranos calurosos y secos de mayo a septiembre.

Uso del terreno: 100 % áreas urbanas. Terrenos cultivados, 0 %.

Recursos naturales: Ninguno.

Población: 911 ciudadanos con pasaporte. 3.000 trabajadores durante el día.

Sistema de gobierno: Eclesiástico, monarquía absoluta.

Tasa de natalidad: 0 %. Ningún nacimiento en toda su historia.

Economía: Basada en las limosnas y en la venta de sellos de correos, postales, estampas y la gestión de sus bancos y finanzas.

Comunicaciones: 2.200 líneas de teléfono, 7 emisoras de radio, 1 canal de televisión.

Ingresos anuales: 242 millones de dólares.

Gastos anuales: 272 millones de dólares.

Sistema legal: Basado en el Código de Derecho Canónico. Aunque no se aplica oficialmente desde 1868, sigue vigente la pena de muerte.

Consideraciones especiales: El Santo Padre tiene una gran influencia en las vidas de más de 1.086.000.000 creyentes.

Via della Conciliazione, 14

Martes, 5 de abril de 2005. 10:41

*L*a inspectora Dicanti entrecerró los ojos al entrar, intentando adaptarse a la oscuridad del lugar. Le había costado casi media hora llegar a la escena del crimen. Si Roma es siempre un caos circulatorio, tras la muerte del Santo Padre se había convertido en un infierno. Miles de personas llegaban cada día a la capital de la cristiandad para dar el último adiós al cadáver expuesto en la basílica de San Pedro. Aquel Papa había muerto con fama de santo, y ya circulaban por las calles voluntarios que reunían firmas para iniciar la causa de beatificación. Cada hora, 18.000 personas pasaban delante del cuerpo. «Todo un éxito para la medicina forense», ironizó para sí misma Paola.

Su madre la había avisado, antes de salir del apartamento que compartían en la Via della Croce.

—No vayas por Cavour, que tardarás mucho. Sube hasta Regina Margherita y baja por Rienzo —dijo, removiendo las gachas que le preparaba, como cada mañana desde hacía treinta y tres años.

Por supuesto, ella había ido por Cavour y había tardado mucho.

Llevaba aún el sabor de las gachas en la boca, el sabor de sus mañanas. Durante el año que pasó estudiando en la sede del FBI en Quantico, Virginia, había echado de menos esa sensación casi de manera enfermiza. Llegó a pedir a su madre que le enviara un tarro, que calentó en el microondas de la sala de descanso de la Unidad de Estudios del Comportamiento. No sabía igual, pero le ayudó a estar tan lejos de casa durante aquel año tan duro y sin embargo tan fructífero. Paola había crecido a dos pasos de Via Condotti, una de las calles más exclusivas del mundo, y sin embargo su familia era pobre. No supo lo que significaba esa palabra hasta que no viajó a Estados Unidos, un país con su propia medida para todo. Se alegró tremendamente de volver a la ciudad que tanto odió mientras crecía.

En Italia se creó una Unidad para el Análisis de Crímenes Violentos, especializada en asesinos en serie, en 1995. Parece increíble que el quinto país del mundo en la lista de psicópatas no contara con una unidad para combatirlos hasta fecha tan tardía. Dentro de la UACV había un departamento especial llamado Laboratorio de Análisis del Comportamiento, fundado por Giovanni Balta, el maestro y mentor de Dicanti. Por desgracia, Balta murió a principios de 2004 en un trágico accidente de tráfico, y la *dottora* Dicanti pasó a ser la *ispettora* Dicanti, al frente del LAC de Roma. Su formación en el FBI y los excelentes informes de Balta fueron su aval. Desde la muerte de su supervisor, el personal del LAC era bastante reducido: ella misma. Pero como departamento integrado en la UACV contaba con el apoyo técnico de una de las unidades forenses más avanzadas de Europa.

21

Sin embargo, hasta el momento, todo habían sido fracasos. En Italia había 30 asesinos en serie libres, sin identificar. De ellos, nueve correspondían a casos «calientes» por la cercanía de las muertes más recientes. No habían aparecido nuevos cadáveres desde que ella era responsable del LAC, y la ausencia de pruebas periciales aumentaba la presión sobre Dicanti, ya que los perfiles psicológicos se convertían a veces en lo único que podía conducir a un sospechoso. «Castillos en el aire», los llamaba el doctor Boi, un físico matemático y nuclear que pasaba más tiempo al teléfono que metido en el laboratorio. Por desgracia, Boi era el director general del UACV y el jefe directo de Paola, y cada vez que se cruzaba con ella en el pasillo le dedicaba una mirada irónica. «Mi guapa novelista» era el mote que usaba cuando estaban a solas en su despacho, aludiendo socarronamente a la portentosa imaginación que Dicanti derrochaba en los perfiles. Dicanti estaba deseando que su trabajo empezara a dar frutos para darle con ellos en las narices al muy cabrón. Había cometido el error de enrollarse con él en una noche de debilidad. Muchas horas trabajando hasta tarde, la guardia baja, una ausencia indefinible en el corazón... y las lamentaciones habituales por la mañana. Especialmente teniendo en cuenta que Boi estaba casado y casi la doblaba en edad. Él había sido un caballero y no había ahondado en el tema (y se había cuidado de mantener las distancias), pero tampoco permitía a Paola que lo olvidara nunca, con alguna frase entre machista y encantadora. *Dio*, cómo le odiaba.

Y por fin, desde su ascenso, tenía un caso real que abordaría desde el principio, no basándose en pruebas chapuceras recogidas por agentes torpes. Recibió la llamada en pleno desayuno y se metió en su cuarto para cambiarse. Se recogió el pelo, largo y negro, en un apretado moño, desechó la falda pantalón y el jersey con los que iba a ir a la oficina y se decantó por un elegante traje de chaqueta también negro. Estaba intrigada: la llamada no había suministrado dato alguno, sólo que se había cometido un crimen que caía dentro de su competencia, y la citaba en Santa Maria in Traspontina «con la mayor urgencia».

Y allí estaba, en la puerta de la iglesia. Detrás de Paola, un hervidero de personas se arremolinaban en los casi cinco kilómetros de cola, que llegaba hasta el puente de Vittorio Emanuele II. Contempló la escena con preocupación. Aquella gente llevaba toda la noche allí, pero los que pudieron haber visto algo estarían ya muy lejos. Algunos peregrinos miraban de pasada a la discreta pareja de *carabinieri* que impedía la entrada al templo a algún grupo ocasional de fieles. Aseguraban, con mucha diplomacia, que el edificio estaba en obras.

Paola inspiró fuerte y cruzó el umbral de la iglesia en penumbra. Había una sola nave, con cinco capillas a cada lado. En el aire flotaba olor a incienso oxidado, viejo. Todas las luces estaban apagadas, seguramente porque así estaban cuando se descubrió el cuerpo. Una de las normas de Boi era «Veamos lo que vio él».

Miró alrededor, entrecerrando los ojos. Dos personas conversaban en voz baja al fondo de la iglesia, de espaldas a ella. Junto a la pila de agua bendita, un carmelita nervioso que rezaba el rosario se fijó en la atención con la que contemplaba el escenario.

—Es preciosa, ¿verdad, *signorina*? Data de 1566. Fue construida por Peruzzi, y sus capillas...

Dicanti le interrumpió con una firme sonrisa.

—Por desgracia, hermano, no me interesa en absoluto el arte en este momento. Soy la inspectora Paola Dicanti. ¿Usted es el párroco?

—En efecto, *ispettora*. También fui el que descubrió el cuerpo. Eso seguro que le interesará más. Bendito sea Dios, en unos días como éstos... ¡Se nos ha ido un santo y sólo nos quedan demonios!

Era un hombre de aspecto avejentado, con gafas de gruesos cristales, vestido con el hábito marrón de los carmelitas. Un gran escapulario anudaba su cintura, y una barba canosa y profusa cubría su cara. Daba vueltas alrededor de la pila, un poco encorvado, cojeando ligeramente. Las manos le volaban sobre las cuentas, con un temblor periódico e incontrolable.

—Tranquilícese, hermano. ¿Cómo se llama?

—Francesco Toma, *ispettora*.

—Bien, hermano, cuénteme con sus propias palabras cómo ocurrió todo. Soy consciente de que ya lo habrá contado seis o siete veces, pero es necesario, créame.

El fraile suspiró.

—No hay gran cosa que contar. Además de párroco, soy el encargado del cuidado de la iglesia. Vivo en una pequeña celda tras la sacristía. Me levanté como cada día, a las seis de la mañana. Me lavé la cara, me puse el hábito. Crucé la sacristía, salí a la iglesia por una puerta disimulada al fondo del altar mayor y me dirigí a la capilla de Nuestra Señora del Carmen, donde cada día rezo mis oraciones. Me llamó la atención que frente a la capilla de Santo Tomás hubiera velas encendidas, ya que cuando me fui a acostar no había ninguna, y entonces lo vi. Fui corriendo a la sacristía, muerto de miedo, porque el asesino podía aún estar en la iglesia, y llamé al 113.

—¿No tocó nada en la escena del crimen?

—No, *ispettora*. Nada. Estaba muy asustado, que Dios me perdone.

23

—¿Y tampoco intentó ayudar a la víctima?

—*Ispettora*..., era evidente que estaba más allá de toda ayuda terrenal.

Una figura se acercaba a ellos por el pasillo central de la iglesia. Era el subinspector Maurizio Pontiero, de la UACV.

—Dicanti, date prisa, van a encender las luces.

—Un segundo. Tenga, hermano. Aquí tiene mi tarjeta. El número de mi teléfono móvil figura abajo. Llámeme a cualquier hora si recuerda algo más.

—Lo haré, *ispettora*. Tenga, un regalo.

El carmelita le tendió una estampa de vivos colores.

—Santa María del Carmen. Llévela siempre con usted. Le indicará el camino en estos tiempos oscuros.

—Gracias, hermano —dijo Dicanti guardando distraídamente la estampa.

La inspectora siguió a Pontiero por la iglesia, hasta la tercera capilla de la izquierda, acordonada con la clásica cinta roja de la UACV.

—Te has retrasado —le reprochó el subinspector.

—El tráfico estaba fatal. Hay un buen circo montado ahí fuera.

—Deberías haber venido por Rienzo.

Aunque según la escala policial italiana Dicanti tenía más rango que Pontiero, éste era responsable de Investigaciones de Campo de la UACV y por tanto cualquier investigador de laboratorio estaba en la práctica supeditado a él, incluso alguien como Paola, que tenía el cargo de jefa de departamento. Pontiero era un hombre de cincuenta y un años, muy delgado y malhumorado. Su rostro de pasa vieja estaba decorado con un perenne ceño fruncido. A Paola le constaba que el subinspector la adoraba, aunque se guardaba mucho de manifestarlo.

Dicanti fue a cruzar la línea, pero Pontiero la sujetó por el brazo.

—Espera un momento, Paola. Nada de lo que has visto te ha preparado para esto. Es absolutamente demencial, te lo prometo. —La voz le temblaba.

—Creo que sabré arreglármelas, Pontiero. Pero gracias.

Entró en la capilla. Dentro había un técnico de la UACV tomando fotografías. Al fondo de la capilla, un pequeño altar pegado a la pared, con un cuadro dedicado a santo Tomás, en el momento en que éste introducía los dedos en las llagas de Jesús.

Debajo estaba el cuerpo.

—*Santa Madonna.*

—Te lo dije, Dicanti.

Era un espectáculo dantesco. El muerto estaba apoyado contra el altar. Le habían arrancado los ojos, dejando dos heridas horribles y negruzcas en su lugar. De la boca, abierta en una mueca horrenda y grotesca, colgaba un objeto pardusco. A la luz relampagueante del flash, Dicanti descubrió lo más horrible. Las manos habían sido cortadas y descansaban una junto a la otra cerca del cuerpo, limpias de sangre, en un lienzo blanco. Una de las manos llevaba aún un grueso anillo.

El muerto estaba vestido con el traje talar negro con ribetes rojos, propio de los cardenales.

Paola abrió mucho los ojos.

—Pontiero, dime que no es un cardenal.

—No lo sabemos, Dicanti. Lo estamos investigando, aunque no ha quedado gran cosa de su cara. Te estábamos esperando para que vieras el aspecto del lugar tal y como lo vio el asesino.

—¿Dónde está el resto del equipo de Análisis de la Escena del Crimen?

El equipo de Análisis era el grueso de la UACV. Todos ellos eran expertos forenses, especializados en recogida de rastros, huellas, pelos y cualquier cosa que un criminal hubiera dejado detrás. Funcionaban según la norma de que en todo crimen hay una transferencia: el asesino toma algo y deja algo.

—Están de camino. La furgoneta se les quedó atascada en Cavour.

—Deberían haber venido por Rienzo —intervino el técnico.

—Nadie le ha pedido su opinión —espetó Dicanti.

El técnico salió de la sala murmurando por lo bajo cosas poco agradables de la inspectora.

—Tienes que empezar a controlar ese carácter tuyo, Paola.

—Dios santo, Pontiero, ¿por qué no me llamaste antes? —dijo Dicanti, haciendo caso omiso de la recomendación del subinspector—. Éste es un caso muy serio. El que ha hecho esto está muy mal de la cabeza.

—¿Ése es su análisis profesional, *dottora*?

Carlo Boi entró en la capilla y le dedicó una de sus miradas socarronas. Le encantaban este tipo de entradas por sorpresa. Paola se dio cuenta de que él era una de las dos personas que conversaban de espaldas junto a la pila del agua bendita cuando ella entró en la iglesia, y se recriminó a sí misma por haber dejado que la pillara desprevenida. El otro estaba cerca del director, pero no dijo una palabra ni accedió a la capilla.

—No, director Boi. Mi análisis profesional lo tendrá en su mesa en cuanto esté listo. Por lo pronto le avanzo que el que ha perpetrado este crimen es alguien muy enfermo.

Boi iba a decir algo, pero en ese momento se encendieron las luces de la iglesia. Y todos vieron algo que se les había pasado por alto: en el suelo, cerca del difunto, estaba escrito, con letras no muy grandes:

EGO TE ABSOLVO

—Parece sangre —dijo Pontiero, verbalizando lo que todos pensaban.

Sonó un teléfono móvil con los acordes del *Aleluya* de Haendel. Los tres miraron al compañero de Boi, que muy serio sacó el aparato del bolsillo del abrigo y respondió a la llamada. No dijo casi nada, apenas una docena de *ajá* y *mmm*.

Al colgar, miró a Boi y asintió.

—Es lo que nos temíamos, entonces —dijo el director de la UACV—. *Ispettora* Dicanti, *vice ispettore* Pontiero, huelga decirles que este caso es muy delicado. Ese que tienen ahí es el cardenal argentino Emilio Robayra. Si ya de por sí el asesinato de un cardenal en Roma es una tragedia indescriptible, cuánto más en la coyuntura actual. La víctima era una de las ciento quince personas que dentro de unos días participarán en el cónclave para elegir al nuevo Sumo Pontífice. La situación es, en consecuencia, delicadísima. Este crimen no debe llegar a oídos de la prensa bajo ningún concepto. Imagínense los titulares: «Asesino en serie aterroriza la elección del Papa». No quiero ni pensar…

—Un momento, director. ¿Ha dicho asesino en serie? ¿Hay algo aquí que no sabemos?

Boi carraspeó y miró al misterioso personaje que había venido con él.

26

—Paola Dicanti, Maurizio Pontiero, permítanme presentarles a Camilo Cirin, inspector general del cuerpo de vigilancia del Estado de la Ciudad del Vaticano.

Éste asintió y dio un paso al frente. Cuando habló, lo hizo con esfuerzo, como si detestara pronunciar palabra.

—Creemos que ésta es la segunda víctima.

INSTITUTO SAINT MATTHEW
Silver Spring, Maryland

Agosto de 1994

—*Entre, padre Karoski, entre. Por favor, vaya desnudándose tras ese biombo, si es tan amable.*

El sacerdote comenzó a quitarse el clergyman. La voz del técnico le llegaba desde el otro lado de la mampara blanca.

—*No ha de preocuparse por la prueba, padre. Es de lo más normal, ¿correcto? De lo más normal, je je je. Puede que haya oído hablar a otros internos de ella, pero no es tan fiero el león como lo pintan, como decía mi abuela. ¿Cuánto lleva con nosotros?*

—*Dos semanas.*

—*Tiempo suficiente para conocer esto, sí señor... ¿Ha ido a jugar al tenis?*

—*No me gusta el tenis. ¿Salgo ya?*

—*No, padre, póngase antes el camisón verde, no vaya a coger frío, je je je.*

Karoski salió de detrás del biombo con el camisón verde puesto.

—*Camine hasta la camilla y túmbese. Eso es. Espere, que le ajusto el respaldo. Ha de poder ver bien la imagen en el televisor. ¿Ve bien?*

—*Muy bien.*

—*Estupendo. Espere, he de realizar unos ajustes en los instrumentos de medición y enseguida empezamos. Por cierto, ese de ahí es un buen televisor, ¿correcto? Tiene treinta y dos pulgadas; si yo tuviera uno así en casa, seguro que la parienta me tendría más respeto, ¿no cree? Je je je je.*

28

—*No estoy seguro.*

—*Bah, claro que no, padre, claro que no. Esa arpía no le tendría respeto ni al mismísimo Jesús si saliese de un paquete de Golden Grahams y le diera una patada en su seboso culo, je je je je.*

—*No deberías tomar el nombre de Dios en vano, hijo mío.*

—*Tiene razón, padre. Bueno, esto ya está. Nunca le habían hecho antes una pletismografía peneana, ¿correcto?*

—*No.*

—*Claro que no, qué tontería, je je je je. ¿Le han explicado ya en qué consiste la prueba?*

—*A grandes rasgos.*

—*Bueno, ahora yo voy a introducir las manos por debajo de su camisón y fijar estos dos electrodos a su pene, ¿correcto? Esto nos ayudará a medir su nivel de respuesta sexual a determinados estímulos. Bien, ahora procedo a colocarlo. Ya está.*

—*Tiene las manos frías.*

—*Sí, aquí hace fresco, je je je je. ¿Está cómodo?*

—*Estoy bien.*

—*Entonces empezamos.*

29

Las imágenes comenzaron a sucederse en pantalla. La torre Eiffel. Un amanecer. Niebla en las montañas. Un helado de chocolate. Un coito heterosexual. Un bosque. Árboles. Una felación heterosexual. Tulipanes en holanda. Un coito homosexual. Las Meninas de Velázquez. Puesta de sol en el Kilimanjaro. Una felación homosexual. Nieve en lo alto de los tejados de un pueblo en Suiza. Una felación pedófila. El niño mira directamente a la cámara mientras chupa el miembro del adulto. Hay tristeza en sus ojos.

Karoski se levanta. En sus ojos hay rabia.

—*Padre, no puede levantarse, ¡no hemos terminado!*

El sacerdote le agarra por el cuello, golpea una y otra vez la cabeza del psicólogo contra el cuadro de instrumentos, mientras la sangre empapa los botones, la bata blanca del técnico, el camisón verde de Karoski y el mundo entero.

—*No cometerás actos impuros nunca más, ¿correcto? ¿Correcto, inmundo pedazo de mierda, correcto?*

IGLESIA DE SANTA MARIA IN TRASPONTINA
Via della Conciliazione, 14

Martes, 5 de abril de 2005. 11:59

*E*l silencio que siguió a las palabras de Cirin quedó aún más remarcado por las campanas que anunciaban el Ángelus en la cercana plaza de San Pedro.

—¿La segunda víctima? ¿Han hecho pedazos a otro cardenal y nos enteramos ahora? —La cara que puso Pontiero dejaba muy clara la opinión que le merecía la situación.

Cirin, impasible, les miró fijamente. Era, sin lugar a dudas, un hombre fuera de lo común. Estatura media, ojos castaños, edad indefinida, traje discreto, abrigo gris. Ninguno de sus rasgos se imponía a otro y eso era lo extraordinario: era el paradigma de la normalidad. Hablaba poquísimo, como si también de esa manera quisiera fundirse en un segundo plano. Pero eso no llevaba a engaño a ninguno de los presentes: todos habían oído hablar de Camilo Cirin, uno de los hombres más poderosos del Vaticano. Controlaba el cuerpo de policía más pequeño del mundo: la *Vigilanza Vaticana*. Un cuerpo de cuarenta y ocho agentes (oficialmente), menos de la mitad que la guardia suiza, pero infinitamente más poderoso. Nada se movía en su pequeño país sin que Cirin lo supiera. En 1997, un hombre había intentado hacerle sombra: el recién elegido comandante de la guardia suiza Alois Siltermann. Dos días después de su nombramiento, Siltermann, su mujer y un cabo de intachable reputación fueron encontrados muertos. Los habían asesinado a tiros.* La cul-

30

---

* Este caso es real (aunque se han cambiado los nombres por respeto a las víctimas), y las implicaciones del mismo hunden profundamente sus raíces en la lucha de poder entre los masones y el Opus Dei en el Vaticano.

pa recayó sobre el cabo, que supuestamente se había vuelto loco, había disparado sobre la pareja y luego se había metido «su arma reglamentaria» en la boca y apretado el gatillo. La explicación cuadraría si no fuera por dos pequeños detalles: los cabos de la guardia suiza no van armados, y el cabo en cuestión tenía los dientes delanteros destrozados. Todo hacía pensar que la pistola se la metieron brutalmente en la boca.

A Dicanti le había contado la historia un colega del Inspectorado.* Al enterarse del suceso, él y sus compañeros fueron a prestar toda la ayuda posible a los miembros de la *Vigilanza*, pero apenas pisaron la escena del crimen se les invitó cordialmente a volver al Inspectorado y cerrar la puerta por dentro, sin ni siquiera darles las gracias. La leyenda negra de Cirin recorría de boca en boca las comisarías de toda Roma, y la UACV no era una excepción.

Y allí estaban los tres, fuera de la capilla, estupefactos ante la declaración de Cirin.

—Con el debido respeto, *ispettore generale,* creo que si a ustedes les constaba que un asesino capaz de cometer un crimen similar a éste andaba suelto por Roma, su deber era comunicarlo a la UACV —dijo Dicanti.

—Exacto, y así lo hizo mi distinguido colega —repuso Boi—. Me lo comunicó a mí personalmente. Ambos coincidimos en que éste es un caso que ha de permanecer en el más estricto secreto, por el bien de todos. Y ambos coincidimos también en algo más. El Vaticano no tiene a nadie capaz de lidiar con un criminal tan… característico como éste.

Sorprendentemente, Cirin intervino.

—Seré franco, *signorina*. Nuestras labores son de contención, protección y contraespionaje. En estos campos somos muy buenos, se lo garantizo. Pero un, ¿cómo lo llamó usted?, un tío que está tan mal de la cabeza no entra en nuestras competencias. Pensábamos pedirles ayuda, hasta que nos llegó la noticia de este segundo crimen.

31

---

* Un pequeño destacamento de la policía italiana en el interior del Vaticano. Cuenta con tres hombres, cuya presencia es meramente testimonial, y sirven para labores de apoyo. Técnicamente no tienen jurisdicción en el Vaticano, ya que se trata de otro país.

—Hemos pensado que este caso requerirá de un enfoque mucho más creativo, *ispettora* Dicanti. Por eso no queremos que usted se limite como hasta ahora a realizar perfiles. Queremos que usted dirija la investigación —dijo el director Boi.

Paola se quedó muda. Ésa era labor de un agente de campo, no de una psicóloga criminóloga. Por supuesto que ella podría hacerlo tan bien como cualquier agente de campo, pues había recibido la preparación adecuada para ello en Quantico, pero que dicha petición viniera de Boi, y más en aquel momento, la dejó atónita.

Cirin se volvió hacia un hombre con cazadora de cuero que llegó hasta ellos.

—Oh, aquí está. Permítanme presentarles al superintendente Dante, de la *Vigilanza*. Será su enlace con el Vaticano, Dicanti. Le informará del crimen anterior, y trabajarán ambos en éste, puesto que es un solo caso. Cualquier cosa que le pida a él es como si me la pidiera a mí. Y al revés, cualquier cosa que él le niegue, es como si se la negara yo. En el Vaticano tenemos nuestras propias normas, espero que lo entienda. Y también espero que atrapen a este monstruo. El asesinato de dos príncipes de la Santa Madre Iglesia no puede quedar sin castigo.

Y sin decir más, se marchó.

Boi se acercó mucho a Paola, hasta hacerla sentir incómoda. Aún estaba muy reciente en su memoria su escarceo amoroso.

—Ya lo ha oído, Dicanti. Acaba usted de tomar contacto con uno de los hombres más poderosos del Vaticano, y le ha pedido algo muy concreto. No se por qué se ha fijado en usted, pero mencionó expresamente su nombre. Tome lo que necesite. Hágame informes diarios claros, breves y sencillos. Y sobre todo, reúna pruebas periciales. Espero que sus «castillos en el aire» sirvan para algo esta vez. Tráigame algo, y pronto.

Dándose la vuelta, anduvo hacia la salida en pos de Cirin.

—Qué hijos de puta —explotó por fin Dicanti, cuando estuvo segura de que los otros no podían oírla.

—Vaya, si habla —se rió el recién llegado Dante.

Paola se ruborizó y le tendió la mano.

—Paola Dicanti.

—Fabio Dante.

—Maurizio Pontiero.

Dicanti aprovechó el apretón de manos de Pontiero y Dante para estudiar atentamente a este último. Contaría apenas cuarenta y un años. Era bajo, moreno y fuerte, con una cabeza unida a los hombros por cinco escasos centímetros de grueso cuello. Pese a medir apenas un metro setenta, el superintendente era un hombre atractivo, aunque en absoluto agraciado. Tenía los ojos de ese color verde aceituna tan característico del sur de la península Itálica.

—¿Debo entender que en la expresión «hijos de puta» incluía usted a mi superior, *ispettora*?

—La verdad, sí. Creo que me ha caído encima un honor inmerecido.

—Ambos sabemos que no es un honor, sino un marrón terrible, Dicanti. Y no es inmerecido, su historial habla maravillas de su preparación. Lástima que no le acompañen aún los resultados, pero eso seguro que cambia pronto, ¿verdad?

—¿Ha leído mi historial? *Santa Madonna*, ¿es que aquí no hay nada confidencial?

—No para Él.

—Escuche, presuntuoso… —se enfureció Pontiero.

—Basta, Maurizio. No es necesario. Estamos en una escena del crimen, y yo soy la responsable. Pongámonos a trabajar, ya hablaremos después. Dejémosles campo a ellos.

—Bueno, ahora tú mandas, Paola. Lo ha dicho el jefe.

Esperando a prudente distancia tras la línea roja había dos hombres y una mujer enfundados en monos azul oscuro. Era la Unidad de Análisis de la Escena del Crimen, especialistas en la recogida de indicios. La inspectora y los otros dos salieron de la capilla y caminaron hasta la nave central.

—De acuerdo, Dante. Suéltelo todo —pidió Dicanti.

—Bien… La primera víctima fue el cardenal italiano Enrico Portini.

—¡No puede ser! —se asombraron a un tiempo Dicanti y Pontiero.

—Créanme, amigos, lo vi con mis propios ojos.

—El gran candidato del ala reformista-liberal de la Iglesia. Si esta noticia llega a los medios de comunicación, será terrible.

—No, Pontiero, será una catástrofe. Ayer por la mañana llegó a Roma George Bush con toda su familia. Otros doscientos man-

33

datarios y jefes de estado internacionales se alojan en su país, pero estarán en el mío el viernes para el funeral. La situación es de máxima alerta, pero ustedes ya saben cómo está la ciudad. Es una situación muy compleja, y lo último que queremos es que cunda el pánico. Salgan conmigo, por favor. Necesito un cigarro.

Dante les precedió hasta la calle, donde el gentío era cada vez más numeroso y estaba cada vez más apretado. La masa humana cubría por completo la Via della Conciliazione. Había banderas francesas, españolas, polacas, italianas. Jóvenes con sus guitarras, religiosas con velas encendidas, incluso un anciano ciego con su perro lazarillo. Dos millones de personas estarían en el funeral del Papa que había cambiado el mapa de Europa. «Desde luego —pensó Dicanti—, éste es el peor ambiente del mundo para trabajar. Cualquier posible rastro se perderá mucho antes en la tormenta de peregrinos.»

—Portini estaba hospedado en la residencia Madri Pie, en la Via de Gasperi —dijo Dante—. Llegó el jueves por la mañana, conocedor del grave estado de salud del Papa. Las monjas dicen que cenó con total normalidad el viernes, y que estuvo un buen rato en la capilla rezando por el Santo Padre. No le vieron acostarse. En su habitación no había indicios de lucha. Nadie durmió en su cama, o el que le secuestró la rehizo perfectamente. El sábado no fue a desayunar, pero supusieron que se habría quedado orando en el Vaticano. A nosotros no nos consta que entrara el sábado, pero hubo una gran confusión en la Città. ¿Se dan cuenta? Desapareció a una manzana del Vaticano.

Se paró, encendió un cigarro y le ofreció otro a Pontiero, quien lo rechazó con desagrado y sacó del suyo. Prosiguió.

—Ayer por la mañana apareció su cadáver en la capilla de la residencia, pero al igual que aquí la falta de sangre en el suelo denotaba que era un escenario preparado. Por suerte, quien lo descubrió fue un honrado sacerdote que nos llamó a nosotros en primer lugar. Tomamos fotografías del lugar, pero cuando yo propuse llamarles a ustedes, Cirin me dijo que él se encargaría. Y nos ordenó limpiar absolutamente todo. El cuerpo del cardenal Portini fue trasladado hasta un lugar muy concreto de las dependencias vaticanas y allí incinerado.

—¡Cómo! ¡Hicieron desaparecer las pruebas de un delito grave en suelo italiano! No puedo creerlo, de verdad.

Dante les miró desafiante.

—Mi jefe tomó una decisión, y puede que no fuera la más adecuada. Pero llamó a su jefe y le expuso la situación. Y aquí están ustedes. ¿Son conscientes de lo que tenemos entre manos? No estamos preparados para manejar una situación como ésta.

—Precisamente por eso debían haberlo dejado en manos de profesionales —intervino Pontiero, con rostro pétreo.

—Sigue sin entenderlo. No podemos fiarnos de nadie. Por eso Cirin hizo lo que hizo, bendito soldado de nuestra madre la Iglesia. No me mire con esa cara, Dicanti. Hágase cargo de los motivos que le impulsaron. Si todo hubiera quedado en la muerte de Portini, podríamos haber buscado cualquier excusa y haber echado tierra sobre el asunto. Pero no fue así. No es nada personal, entiéndalo.

—Lo que entiendo es que aquí estamos de segundo plato. Y con la mitad de las pruebas. Fantástico. ¿Hay algo más de lo que debamos enterarnos? —Dicanti estaba realmente enfurecida.

—Por ahora no, *ispettora* —dijo Dante, escondiéndose de nuevo tras su sonrisa socarrona.

—Mierda. Mierda, mierda. Tenemos un lío terrible en las manos, Dante. Quiero que a partir de ahora me lo cuente absolutamente todo. Y que quede una cosa muy clara: aquí mando yo. Le han encargado que me ayude en todo, pero quiero que comprenda que por más que las víctimas sean cardenales, ambos crímenes han tenido lugar bajo mi jurisdicción. ¿Queda claro?

—Cristalino.

—Mejor que sea así. ¿El modus operandi fue el mismo?

—Hasta donde alcanzan mis dotes detectivescas, sí. El cadáver estaba al pie del altar, tendido. Le faltaban los ojos. Las manos, al igual que aquí, estaban seccionadas y colocadas en un lienzo a un lado del cadáver. Era repugnante. Fui yo mismo quien introdujo el cuerpo en un saco y lo llevó hasta el horno crematorio. Estuve toda la noche debajo de la ducha, pueden creerme.

—Le hubiera convenido un ratito más —masculló Pontiero.

Cuatro largas horas después dieron por concluido el procesamiento del cadáver de Robayra y se pudo proceder al levantamiento. Por expreso deseo del director Boi, fueron los propios chicos de Análisis quienes metieron el cuerpo en un saco de plástico y lo condujeron al depósito de cadáveres, para evitar que el personal de enfermería viera el traje cardenalicio. Quedaba claro que aquél era un caso muy especial, y la identidad del muerto debía seguir siendo un secreto.

Por el bien de todos.

Septiembre de 1994

*TRANSCRIPCIÓN DE LA ENTREVISTA NÚMERO 5
ENTRE EL PACIENTE NÚMERO 3.643 Y EL DOCTOR CANICE CONROY*

Dr. Conroy:	Buenas tardes, Viktor. Bienvenido a mi despacho. ¿Está usted mejor?
#3.643:	Sí, gracias, doctor.
Dr. Conroy:	¿Desea beber algo?
#3.643:	No, gracias.
Dr. Conroy:	Vaya, un sacerdote que no bebe…, toda una novedad. ¿No le importará que yo…?
#3.643:	Adelante, doctor.
Dr. Conroy:	Creo que ha pasado usted un tiempo en la enfermería.
#3.643:	Sufrí unas contusiones la semana pasada.
Dr. Conroy:	¿Recuerda cómo se hizo esas contusiones?
#3.643:	Claro, doctor. Fue durante el altercado en la sala de visionado.
Dr. Conroy:	Hábleme de ello, Viktor.
#3.643:	Fui allí para someterme a una pletismografía, como usted me recomendó.
Dr. Conroy:	¿Recuerda cuál era el propósito de la prueba, Viktor?
#3.643:	Determinar las causas de mi problema.
Dr. Conroy:	Efectivamente, Viktor. Reconoce que tiene usted un problema, y eso es un progreso, no cabe duda.
#3.643:	Doctor, siempre supe que tenía un problema. Le recuerdo que estoy en este centro de manera voluntaria.
Dr. Conroy:	Ése es un tema que me gustaría afrontar con us-

	ted en una próxima entrevista, no le quepa duda. Pero ahora siga hablándome del otro día.
#3.643:	Entré allí y me desnudé.
DR. CONROY:	¿Eso le incomodó?
#3.643:	Sí.
DR. CONROY:	Es una prueba médica. Requiere estar sin ropa.
#3.643:	No lo veo necesario.
DR. CONROY:	El psicólogo debía colocar los instrumentos de medición en una zona de tu cuerpo normalmente poco accesible. Por ello era necesario estar sin ropa, Viktor.
#3.643:	No lo veo necesario.
DR. CONROY:	Bueno, suponga conmigo por un momento que era necesario.
#3.643:	Si usted lo dice, doctor.
DR. CONROY:	¿Qué sucedió después?
#3.643:	Colocó unos cables ahí.
DR. CONROY:	¿En dónde, Viktor?
#3.643:	Ya lo sabe.
DR. CONROY:	No, Viktor, no lo sé y quiero que me lo diga usted.
#3.643:	En mi cosa.
DR. CONROY:	¿Puede ser más explícito, Viktor?
#3.643:	En mi… pene.
DR. CONROY:	Muy bien, Viktor, eso es. Es el miembro viril, el órgano masculino que sirve para copular y para miccionar.
#3.643:	En mi caso sólo para lo segundo, doctor.
DR. CONROY:	¿Está seguro, Viktor?
#3.643:	Sí.
DR. CONROY:	No siempre fue así en el pasado, Viktor.
#3.643:	El pasado, pasado está. Quiero que eso cambie.
DR. CONROY:	¿Por qué?
#3.643:	Porque es la voluntad de Dios.
DR. CONROY:	¿Realmente cree que la voluntad de Dios tiene que ver con esto, Viktor? ¿Con su problema?
#3.643:	La voluntad de Dios tiene que ver con todo.
DR. CONROY:	Yo también soy sacerdote, Viktor, y creo que a veces Dios deja actuar a la Naturaleza.
#3.643:	La Naturaleza es un invento ilustrado que no tiene cabida en nuestra religión, doctor.
DR. CONROY:	Volvamos a la sala de visionado, Viktor. Cuénteme qué sintió cuando le colocaron el cable.

#3.643:	El psicólogo tenía las manos frías.
Dr. Conroy:	Sólo frío, ¿nada más?
#3.643:	Nada más.
Dr. Conroy:	¿Y cuando comenzaron a aparecer imágenes en pantalla?
#3.643:	Tampoco sentí nada.
Dr. Conroy:	¿Sabe, Víctor?, tengo aquí los resultados de la pletismografía y marcan reacciones determinadas aquí y aquí. ¿Ve los picos?
#3.643:	Sentí asco ante determinadas imágenes.
Dr. Conroy:	¿Asco, Viktor?

(*Aquí hay una pausa de más de un minuto.*)

Dr. Conroy:	Tómese el tiempo que necesite para contestar, Viktor.
#3.643:	Me produjeron asco las imágenes sexuales.
Dr. Conroy:	¿Alguna en concreto, Viktor?
#3.643:	Todas ellas.
Dr. Conroy:	¿Sabe por qué le molestaron?
#3.643:	Porque son una ofensa a Dios.
Dr. Conroy:	Y sin embargo, ante determinadas imágenes el aparato registró tumescencia en su órgano viril.
#3.643:	Eso no es posible.
Dr. Conroy:	En palabras vulgares, se puso cachondo viéndolas.
#3.643:	Ese lenguaje ofende a Dios y a su dignidad de sacerdote. Debería…
Dr. Conroy:	¿Qué debería, Viktor?
#3.643:	Nada.
Dr. Conroy:	¿Acaba de sentir un arrebato violento, Viktor?
#3.643:	No, doctor.
Dr. Conroy:	¿El otro día sintió un arrebato violento?
#3.643:	¿Qué otro día?
Dr. Conroy:	Cierto, disculpe mi imprecisión. ¿Usted diría que el otro día, mientras golpeaba la cabeza de mi psicólogo contra el cuadro de mandos, tenía un arrebato violento?
#3.643:	Ese hombre estaba tentándome. «Si tu ojo derecho te hace caer, sácatelo», dice el Señor.
Dr. Conroy:	Mateo, capítulo 5, versículo 19.
#3.643:	En efecto.
Dr. Conroy:	¿Y qué hay del ojo? ¿De la agonía del ojo?

39

#3.643:	No le comprendo.
DR. CONROY:	Ese hombre se llama Robert, tiene esposa y una hija. Usted le mandó al hospital. Le rompió la nariz, siete dientes y le causó una fuerte conmoción, aunque gracias a Dios los celadores lograron reducirle a usted a tiempo.
#3.643:	Supongo que me puse un poco violento.
DR. CONROY:	¿Cree que podría ponerse violento ahora, de no tener las manos atadas con correas a los brazos de la silla?
#3.643:	Si quiere podríamos averiguarlo, doctor.
DR. CONROY:	Será mejor que demos por concluida la entrevista, Viktor.

Martes, 5 de abril de 2005. 20:32

*L*a sala de autopsias era un lugar frío, pintado de un incongruente malva grisáceo que no servía en absoluto para alegrar el lugar. Sobre la mesa de autopsias, una lámpara de seis focos le regalaba al cadáver sus últimos minutos de fama ante los cuatro espectadores que debían determinar quién le había sacado de escena.

Pontiero hizo un gesto de asco cuando el forense colocó el estómago del cardenal Robayra sobre la bandeja. Un olor pútrido se extendió por la sala de autopsias cuando procedió a abrirlo con el bisturí. La peste era tan fuerte que cubrió incluso el olor a formaldehído y al cóctel químico que usaban allí para desinfectar los instrumentos. Dicanti, de forma absurda, se preguntó qué sentido tenía tanta limpieza del instrumental antes de hacer las incisiones. Total, no era como si el muerto fuera a coger una bacteria ni nada.

—Eh, Pontiero, ¿sabes por qué cruzó el bebé muerto la carretera?

—Sí, *dottore*, porque iba grapado a la gallina. Me lo ha contado seis, no, siete veces con ésta. ¿No se sabe otro chiste?

El forense canturreaba muy bajito mientras hacía los cortes. Cantaba muy bien, con una voz ronca y dulce que a Paola le recordaba a Louis Armstrong; sobre todo porque la canción era *What a wonderful world*. Sólo interrumpía el canto para atormentar a Pontiero.

—El auténtico chiste es ver cómo luchas por no vomitar, *vice ispettore*. Je je je. No creas que no me divierte todo esto. A éste le dieron lo suyo...

41

Paola y Dante cruzaron una mirada por encima del cuerpo del cardenal. El forense, un viejo comunista recalcitrante, era un gran profesional, pero a veces le fallaba el respeto a los muertos. Al parecer, encontraba terriblemente cómica la muerte de Robayra, algo que a Dicanti no le hacía la más mínima gracia.

—*Dottore*, he de pedirle que se ciña al análisis del cuerpo y nada más. Tanto a nuestro invitado, el superintendente Dante, como a mí nos resultan ofensivos y fuera de lugar sus pretendidos intentos de hilaridad.

El forense miró a Dicanti de reojo y continuó examinando el contenido del estómago de Robayra, pero se abstuvo de hacer más comentarios socarrones, aunque entre dientes maldijo a todos los presentes y a sus ancestros. Paola no lo escuchó, porque estaba más preocupada del rostro de Pontiero, que estaba de un color entre blanco y verdoso.

—Maurizio, no sé por qué te torturas así. Nunca has aguantado la sangre.

—Mierda, si ese meapilas puede resistirlo, yo también.

—Le sorprendería saber en cuántas autopsias he estado, mi delicado colega.

—¿Ah, sí? Pues le recuerdo que al menos le queda otra, aunque me parece que yo la disfrutaré más que usted...

«Ay Dios, ahí empiezan otra vez», pensó Paola, mientras trataba de mediar entre ambos. Llevaban así todo el día. Dante y Pontiero habían sentido mutua animadversión desde el principio, pero para ser sinceros al subinspector le caía mal todo aquel que llevara pantalones y se acercara a menos de tres metros de ella. Sabía que la veía como a una hija, pero a veces exageraba. Dante era un poco frívolo, y desde luego no el más ingenioso de los hombres, pero por ahora no justificaba el encono que le prodigaba su compañero. Lo que no entendía es cómo un hombre como el superintendente había llegado a ocupar el lugar que ocupaba en la *Vigilanza*. Sus bromas constantes y su lengua mordaz contrastaban demasiado con el carácter grisáceo y callado del inspector general Cirin.

—Tal vez mis distinguidos visitantes puedan reunir la educación suficiente como para prestar atención a la autopsia que han venido a ver.

La voz rasposa del forense devolvió a Dicanti a la realidad.

—Continúe, por favor. —Lanzó una helada mirada a los dos policías, para que dejaran de discutir.

—Bien, la víctima no había comido nada desde el desayuno, y todo indica que lo tomó muy temprano, porque apenas he hallado algunos restos.

—Por tanto, o se saltó la comida, o cayó antes en poder del asesino.

—Dudo que se saltara la comida… Estaba acostumbrado a comer bien, como es evidente. Vivo, pesaría unos noventa y dos kilos y medía un metro ochenta y tres.

—Lo que nos indica que el asesino es un tipo fuerte. Robayra no era una plumita —intervino Dante.

—Y hay cuarenta metros desde la puerta trasera de la iglesia hasta la capilla —dijo Paola—. Alguien tuvo que ver que el asesino introducía el cadáver en la iglesia. Pontiero, hazme un favor. Envía a cuatro agentes de confianza a la zona. Que vayan de paisano, pero con sus insignias. No les digas qué ha ocurrido. Diles que ha habido un robo en la iglesia, que averigüen si alguien vio algo por la noche.

—Buscar entre los peregrinos sería perder el tiempo.

—Pues no lo hagas. Que pregunten a los vecinos, especialmente a los ancianos. Suelen tener el sueño ligero.

Pontiero asintió y salió de la sala de autopsias, visiblemente agradecido por no tener que seguir allí. Paola le siguió con la mirada y, cuando las puertas se cerraron tras él, se dirigió a Dante.

—¿Se puede saber qué le pasa a usted, señor del Vaticano? Pontiero es un hombre valiente que no soporta la sangre, eso es todo. Le ruego que se abstenga de continuar con esta absurda disputa verbal.

—Vaya, así que hay más de un bocazas en el depósito de cadáveres —dijo el forense, riendo con voz queda.

—Usted a lo suyo, *dottore*, que ahora seguimos. ¿Le ha quedado claro, Dante?

—Tranquila, tranquila, *ispettora* —se defendió el superintendente, levantando las manos—. Creo que no ha comprendido lo que ocurre aquí. Si mañana mismo tuviera que entrar en una habitación en llamas pistola en mano y hombro a hombro con Pontiero, no dude que lo haría.

43

—¿Se puede saber entonces por qué se mete con él? —dijo Paola, absolutamente desconcertada.

—Porque es divertido. Estoy convencido de que a él también le divierte estar enfadado conmigo. Pregúntele.

Paola meneó la cabeza, murmurando cosas poco agradables acerca de los hombres.

—En fin, sigamos. *Dottore*, ¿sabe ya la hora y la causa de la muerte?

El forense consultó sus notas.

—Les recuerdo que es un informe preliminar, pero estoy bastante seguro. El cardenal murió en torno a las nueve de la noche de ayer lunes. El margen de error es de una hora. Murió degollado. El corte se realizó por detrás, por una persona creo que de su misma estatura. Soy incapaz de determinar nada acerca del arma, salvo que medía al menos quince centímetros, era de borde liso y estaba muy afilada. Podría ser una navaja de barbero, no lo sé.

—¿Qué hay de las heridas? —dijo Dante.

—La evisceración de los ojos se produjo *antemortem*,* así como la mutilación de la lengua.

—¿Le arrancó la lengua? Dios santo —se asqueó Dante.

—Creo que fue con unas tenazas, *ispettora*. Cuando terminó, rellenó el hueco con papel higiénico para contener la hemorragia. Luego lo retiró, pero quedaron restos de celulosa. Oiga, Dicanti, me sorprende usted. No parece que todo esto le impresione demasiado.

—Bueno, los he visto peores.

—Pues déjeme mostrarle algo que seguro que no ha visto nunca. Yo no me he encontrado con nada igual, y ya son muchos años. Le introdujo la lengua en la cavidad rectal con una pericia asombrosa. Después limpió la sangre de alrededor. No me hubiera dado cuenta si no hubiera mirado dentro.

El forense les mostró unas fotografías de la lengua seccionada.

—La he introducido en hielo y la he mandado al laboratorio. Páseme copia del informe cuando llegue, *ispettora*. Aún no comprendo cómo lo consiguió.

---

* Antes de la muerte.

—Descuide, me encargaré personalmente —le aseguró Dicanti—. ¿Qué hay de las manos?

—Ésas fueron lesiones post mórtem. Los cortes no son muy limpios. Hay marcas de vacilación aquí y aquí. Probablemente le costó o estaba en una postura incómoda.

—¿Nada bajo las uñas?

—Aire. Las manos están impecablemente limpias. Sospecho que las lavó con jabón. Creo percibir un cierto olor a lavanda.

Paola se quedó pensativa.

—*Dottore*, en su opinión, ¿cuánto tiempo tardó el asesino en infligir estas heridas a la víctima?

—Pues no lo había pensado. Vamos a ver, déjenme calcular.

El viejo manoseó, pensativo, los antebrazos del cadáver, las cuencas de los ojos, la boca mutilada. Seguía tarareando bajito, esta vez algo de los Moody Blues. Paola no recordaba el título de la canción.

—Pues, señores…, al menos tuvo que tardar media hora en seccionar las manos y limpiarlas, y alrededor de una hora en limpiar todo el cuerpo y vestirlo. Es imposible calcular el tiempo que estuvo torturando a la víctima, pero parece ser que le llevó su tiempo. Yo aseguraría que estuvo con la víctima al menos tres horas, y probablemente fue más.

Un lugar tranquilo y secreto. Un lugar privado, alejado de miradas escondidas. Y aislado, porque Robayra tuvo que gritar, seguro. ¿Cuánto ruido hace un hombre al que le arrancan los ojos y la lengua? Seguro que mucho. Había que acotar los tiempos, establecer cuántas horas había estado el cardenal en manos del asesino y restarle las que tardó en hacerle lo que le hizo. Así reducirían el radio de la búsqueda, si con suerte el asesino no había campado a sus anchas.

—Sé que los chicos no han hallado ninguna huella. ¿Encontró algo anormal antes de lavarlo, algo que enviar a analizar?

—No gran cosa. Unas fibras de tela, y algunas manchas de algo que podría ser maquillaje en el cuello de la camisa.

—¿Maquillaje? Curioso. ¿Será del asesino?

—Bueno, Dicanti, tal vez nuestro cardenal tenía algún secretillo —dijo Dante.

Paola le miró, sorprendida. El forense rió maliciosamente entre dientes.

45

—Eh, que no voy por ahí —se apresuró a decir Dante—. Quiero decir que es posible que cuidara mucho su imagen. Al fin y al cabo tenía una cierta edad...

—Sigue siendo un detalle remarcable. ¿Había algún rastro de cosmético en la cara?

—No, pero el asesino también tuvo que lavarla o al menos secar la sangre de las cuencas de los ojos. Lo miraré más a fondo.

—*Dottore*, envíe una muestra del maquillaje al laboratorio, por si acaso. Quiero saber la marca y el tono exacto.

—Podría llevar tiempo si no tienen una base de datos preestablecida para compararla con la muestra que les mandemos.

—Escriba en la orden de trabajo que vacíen una perfumería entera si es necesario. Es el tipo de encargo que le encanta al director Boi. ¿Qué me dice de sangre o semen? ¿Ha habido suerte?

—Nada de nada. La ropa de la víctima estaba muy limpia, y sólo había restos de una sangre de su mismo tipo. Seguro que es la suya.

—¿Y algo en la piel o el pelo? ¿Esporas, tierra..., cualquier indicio?

—He encontrado restos de adhesivo en lo que quedó de las muñecas, así que sospecho que el asesino desnudó al cardenal y le ató con cinta aislante antes de torturarle, para luego volverle a vestir. Lavó el cuerpo, pero no por inmersión, ¿lo ven?

El forense señaló una fina línea blanca de jabón reseco en el costado del cadáver de Robayra.

—Le pasó una esponja con agua y jabón, pero no debía de tener mucha agua o no prestó mucha atención a esta parte, ya que dejó mucho jabón sobre el cuerpo.

—¿Y el tipo de jabón?

—Será más sencillo de identificar que el maquillaje, pero también menos útil. Parece un jabón de lavanda de lo más corriente.

Paola suspiró. Era cierto.

—¿Eso es todo?

—Hay algún resto de adhesivo también en el rostro, pero en cantidad muy pequeña. Eso es todo. Por cierto, el muerto era bastante miope.

—¿Y qué tiene que ver eso con el caso?

—Dante, fíjese bien. Faltaban las gafas.

—Claro que faltaban las gafas. Le arrancó los malditos ojos, ¿cómo no van a faltar las gafas?

El forense se picó con el superintendente.

—Bueno, oiga, yo no intento decirles cómo hacer su trabajo, me limito a señalar lo que veo.

—Está bien, doctor. Llámenos cuando tenga el informe completo.

—Por supuesto, *ispettora*.

Dante y Paola dejaron al forense enfrascado en el cadáver y en sus versiones de los clásicos del jazz y salieron al pasillo, donde Pontiero ladraba órdenes breves y concisas por el móvil. Cuando colgó, la inspectora se dirigió a ambos.

—Bien, esto es lo que vamos a hacer. Dante, usted volverá a su oficina y redactará un informe con todo lo que pueda recordar de la escena del primer crimen. Prefiero que esté solo, así le será más fácil. Consiga todas las fotos y las evidencias que su sabio e iluminado líder le haya permitido conservar. Y venga a la sede central de la UACV en cuanto finalice. Me temo que esta noche va a ser muy larga.

47

Pregunta única: Describa en menos de 100 palabras la importancia del tiempo en la elaboración del perfil criminal (según Rosper). Extraiga una conclusión personal relacionando las variables con el nivel de experiencia del asesino. Dispone de dos minutos que ya están contando desde el momento en que le ha dado la vuelta a la hoja.

48

Respuesta: _Se tiene en cuenta el tiempo necesario para:_

a) eliminar a la víctima
b) interactuar con el cadáver
c) borrar sus evidencias del cuerpo y deshacerse del mismo

Comentario: _Según deduzco, la variable a) viene definida por las fantasías del asesino, la variable b) ayuda a desvelar sus motivaciones ocultas, y la c) define su capacidad de análisis e improvisación. En conclusión, si el asesino dedica más tiempo a la_

a) tiene un nivel medio (3 crímenes)
b) es un experto (4 crímenes o más)
c) es un principiante (primer o segundo crimen).

Martes, 5 de abril de 2005. 22:32

—Veamos, ¿qué tenemos?

—Tenemos dos cardenales muertos de una forma horrible, Dicanti.

Dicanti y Pontiero comían sándwiches y bebían café en la sala de reuniones del laboratorio. El lugar, a pesar de ser moderno, era gris y deprimente. El único colorido de toda la sala lo ponía el centenar de fotografías de la escena del crimen que estaba esparcido frente a ellos. A un lado de la enorme mesa de la sala había cuatro bolsas de plástico con pruebas periciales; lo que tenían hasta el momento, a falta de lo que les trajera Dante acerca del primer crimen.

—De acuerdo, Pontiero, empezaremos por Robayra. ¿Qué sabemos de él?

—Vivía y trabajaba en Buenos Aires. Llegó en un vuelo de Aerolíneas Argentinas el domingo por la mañana. Tenía un billete abierto comprado desde hacía semanas, y esperó a cerrarlo a la una de la tarde del sábado. Con la diferencia horaria, supongo que fue el momento en que murió el Santo Padre.

—¿Ida y vuelta?

—Sólo ida.

—Qué curioso… O el cardenal era muy poco previsor, o venía al cónclave con muchas esperanzas. Maurizio, tú me conoces: yo no soy especialmente religiosa. ¿Sabes algo de las posibilidades de Robayra como papable?

—No gran cosa. Leí algo sobre él hace una semana, creo que fue en *La Stampa*. Le consideraban bien colocado, pero no

49

uno de los grandes favoritos. De todas formas, ya sabes cómo son los medios de comunicación italianos. Sólo prestan atención a nuestros cardenales. Acerca de Portini sí había leído, y mucho.

Pontiero era un hombre de familia, de impecable honestidad. Era, hasta donde alcanzaban los datos de Paola, un buen marido y un buen padre. Iba a misa todos los domingos, como un reloj. Como puntual era su invitación a acompañarles, que Dicanti rechazaba con múltiples excusas. Algunas eran buenas; otras, malas; pero ninguna colaba. Pontiero sabía que en el alma de la inspectora no había mucha fe. Se le marchó al cielo con su padre, hacía diez años.

—Hay algo que me preocupa, Maurizio. Es importante conocer qué clase de frustración une al asesino con los cardenales. Si detesta el rojo, si es un seminarista chiflado o si simplemente odia los sombreritos redondos.

—Capelo cardenalicio.

—Gracias por la aclaración. Sospecho que hay un nexo de unión entre las víctimas, más allá del capelo. En fin, por ese camino no vamos a llegar muy lejos sin consultar a alguna auténtica fuente de autoridad. Mañana Dante tendrá que allanarnos el camino para hablar con alguien que esté arriba en la curia. Y cuando digo arriba, me refiero a arriba.

—No será fácil.

—Eso ya lo veremos. Por ahora, centrémonos en las pruebas. Para empezar, sabemos que Robayra no murió en la iglesia.

—Había muy poca sangre, en efecto. Tuvo que morir en otro sitio.

—Definitivamente, el asesino tuvo que retener en su poder al cardenal un cierto tiempo en un lugar privado y secreto, donde aprovecharía para interactuar con el cuerpo. Sabemos que tuvo que ganarse su confianza de algún modo, para que la víctima entrara voluntariamente en ese lugar. Desde ahí, movió el cadáver hasta Santa Maria in Traspontina, evidentemente con un motivo.

—¿Qué hay de la iglesia?

—Hablé con el párroco. Estaba cerrada a cal y canto cuando él se acostó. Recuerda que tuvo que abrir a la policía cuando llegó. Pero hay una segunda puerta, muy pequeña, que da a la Via dei Corridori. Probablemente ésa fue la vía de entrada. ¿Lo han comprobado?

—La cerradura estaba intacta, pero era moderna y fuerte. Aunque la puerta estuviera abierta de par en par, no comprendo cómo pudo entrar el asesino.

—¿Por qué?

—¿Te fijaste en la cantidad de gente que había en la puerta principal, en la Via della Conciliazione? Pues en la calle de atrás hay aún más gente, joder. Está a rebosar de peregrinos. Si hasta la han cortado al tráfico. No me digas que el asesino entró con un cadáver en las manos a la vista de todo el mundo.

Paola pensó durante unos segundos. Tal vez aquella marea humana había sido el mejor camuflaje para el asesino, pero ¿cómo había entrado sin forzar la puerta?

—Pontiero, averigua cómo entró ésta entre nuestras prioridades. Presiento que es muy importante. Mañana iremos a ver al hermano, ¿cómo se llamaba?

—Francesco Toma, fraile carmelita.

El subinspector asintió, lentamente, escribiendo en su libreta.

—A ése. Por otro lado, tenemos los detalles macabros: el mensaje en la pared, las manos cortadas sobre el lienzo… y estas bolsas de aquí. Procede.

Pontiero comenzó a leer, mientras la inspectora Dicanti rellenaba el informe de pruebas a bolígrafo. Una oficina ultramoderna, y aún tenían reliquias del siglo xx como esos anticuados impresos.

—Prueba pericial número 1. Estola. Rectángulo de tela bordada empleada por los sacerdotes católicos en el sacramento de la confesión. Se encontró colgando de la boca del cadáver, totalmente bañada en sangre. El grupo sanguíneo coincide con el de la víctima. Análisis de ADN, en curso.

Ése era el objeto pardusco que en la penumbra de la iglesia no habían podido distinguir. El análisis de ADN tardaría al menos dos días, y eso gracias a que la UACV contaba con uno de los laboratorios más avanzados del mundo. Muchas veces, a Dicanti le entraba la risa cuando veía *CSI* en la tele. Ojalá las pruebas se procesaran tan rápido como aparecía en las series americanas.

—Prueba pericial número 2. Lienzo blanco. Procedencia desconocida. Material, algodón. Presencia de sangre, pero muy leve. Sobre él se encontraron las manos cortadas de la víctima. El grupo sanguíneo coincide con el de la víctima. Análisis de ADN, en curso.

—Una cosa, ¿Robayra es con *y* griega, o con *i* latina? —dudó Dicanti.

—Con *y* griega, creo.

—Bien, sigue, Maurizio, por favor.

—Prueba pericial número tres. Papel arrugado, de unos tres por tres centímetros. Se encontró en la cuenca ocular izquierda de la víctima. El tipo de papel, su composición, gramaje y porcentaje de cloro están siendo estudiados. Sobre el papel están escritas, a mano y con bolígrafo, las letras:

Mt 16

—Mt 16 —dijo Dicanti—. ¿Una dirección?

—El papel se encontró cubierto de sangre y hecho una bola. Es evidente que se trata de un mensaje del asesino. La ausencia de los ojos en la víctima podría no ser tanto un castigo para él como un indicio…, como si nos estuviera diciendo dónde mirar.

—O que estamos ciegos.

—Un asesino lúdico… Es el primero de ellos que aparece en Italia. Creo que por eso Boi quería que te encargaras tú, Paola. No un detective normal, sino alguien capaz de pensar de forma creativa.

Dicanti reflexionó sobre las palabras del subinspector. De ser eso cierto, las apuestas se doblaban. El perfil del asesino lúdico solía responder a personas muy inteligentes, y normalmente mucho más difíciles de atrapar, si no cometían un error. Tarde o temprano todos lo cometían, pero mientras tanto llenaban las cámaras del depósito de cadáveres.

—De acuerdo, pensemos un momento. ¿Qué calles tenemos con esas iniciales?

—Viale del Muro Torto…

—No vale, atraviesa un parque y no tiene números, Maurizio.

—Entonces tampoco vale Monte Tarpeo, que es la que atraviesa los jardines del Palazzo dei Conservatori.

—¿Y Monte Testaccio?

—Por el Parco Testaccio... Ésa podría valer.

—Espera un momento. —Dicanti cogió el teléfono y marcó un número interno—. ¿Documentación? Ah, hola Silvio. Compruébame qué hay en Monte Testaccio, 16. Y tráenos un callejero de Roma a la sala de reuniones, por favor.

Mientras esperaban, Pontiero siguió haciendo la enumeración de pruebas.

—Por último (por ahora): Prueba pericial número cuatro. Papel arrugado, de unos tres por tres centímetros. Se encontró en la cuenca derecha de la víctima, en idénticas condiciones que la prueba número tres. El tipo de papel, su composición, gramaje y porcentaje de cloro están siendo estudiados. Sobre el papel está escrita, a mano y con bolígrafo, la palabra:

53

Undeviginti
—▷

—*Undeviginti.*

—Joder, es como un puñetero jeroglífico —se desesperó Dicanti—. Sólo espero que no sea la continuación de un mensaje que dejó en la primera víctima, porque la primera parte se ha convertido en humo.

—Supongo que tendremos que conformarnos con lo que tenemos por ahora.

—Estupendo, Pontiero. ¿Por qué no me dices lo que es *Undeviginti,* para que pueda conformarme con ello?

—Tienes un poco oxidado el latín, Dicanti. Significa diecinueve.

—Maldita sea, es cierto. Siempre me suspendían en la escuela. ¿Y la flecha?

En aquel momento entró uno de los ayudantes de Documentación con el callejero de Roma.

—Aquí tiene, inspectora. He buscado lo que me pidió: Monte Testaccio 16 no existe. Esa calle sólo tiene catorce portales.

—Gracias, Silvio. Hazme un favor, quédate aquí con Pontiero y conmigo y comprueba qué calles de Roma comienzan por MT. Es un tiro a ciegas, pero he tenido una intuición.

—Esperemos que sea mejor psicóloga que adivina, *dottora* Dicanti. Haría mejor en ir a buscar una Biblia.

Los tres giraron la cabeza hacia la puerta de la sala de reuniones. En el umbral había un sacerdote vestido con *clergyman*. Era alto y delgado, fibroso, con una pronunciada calva. Aparentaba cincuenta años muy bien conservados, y tenía unos rasgos duros y fuertes, propios del que ha visto muchos amaneceres a la intemperie. Dicanti pensó que parecía más un soldado que un sacerdote.

—¿Quién es usted y qué es lo que quiere? Ésta es una zona restringida. Haga el favor de marcharse inmediatamente —dijo Pontiero.

—Soy el padre Anthony Fowler, y he venido a ayudarles. —Hablaba un italiano correcto, pero algo cadencioso y vacilante.

—Éstas son dependencias policiales y usted ha entrado en ellas sin autorización. Si quiere ayudarnos, vaya a la iglesia y rece por nuestras almas.

Pontiero se dirigió hacia el recién llegado, con ánimo de invitarle a marcharse con malos modos. Dicanti ya se daba la vuelta para seguir estudiando las fotos, cuando Fowler habló:

—Es de la Biblia. Del Nuevo Testamento, más concretamente.

—¿Cómo? —se sorprendió Pontiero.

Dicanti alzó la cabeza y miró a Fowler.

—De acuerdo, explíquese.

—Mt, 16. Evangelio según san Mateo, capítulo 16. ¿Dejó alguna otra nota?

Pontiero parecía contrariado.

—Escucha, Paola, de verdad no irás a hacer caso a…

Dicanti le detuvo con un gesto.

—Escuchémosle.

Fowler entró en la sala de juntas. Llevaba un abrigo negro en la mano, y lo dejó sobre una silla.

—El Nuevo Testamento cristiano se divide en cuatro libros, como bien saben: Mateo, Marcos, Lucas y Juan. En la bibliografía cristiana se representa el libro de Mateo con las letras Mt. Un número a continuación hace referencia al capítulo. Y con dos números más, se indicaría una cita del mismo, entre dos versículos.

—El asesino dejó esto.

Paola le mostró la prueba número 4, embolsada en plástico. Le miraba muy atenta a los ojos. El sacerdote no dio muestras de reconocer la nota, y tampoco se asqueó ante la sangre. Sólo la miró detenidamente y dijo:

—Diecinueve. Qué apropiado.

Pontiero se enfureció.

—¿Va a decirnos lo que sabe de una vez, o nos va a hacer esperar mucho rato, padre?

—«*Et tibi dabo claves regni coelorum* —recitó Fowler—, *et quodcumque ligaveris super terram, erit legatum et in coelis; et quodcumque solveris super terram, erit solutum et in coelis.*» «Te daré las llaves del reino de los cielos; lo que ates en la tierra quedará atado en el cielo, y lo que desates en la tierra quedará desatado en el cielo.» Mateo 16, versículo 19. Es decir, las palabras con las que Jesús confirmó a san Pedro como jefe de los Apóstoles y les otorgó a él y a sus sucesores el poder sobre toda la cristiandad.

—*Santa Madonna* —exclamó Dicanti.

—Considerando lo que está a punto de suceder en esta ciudad, señores, creo que deberían ustedes preocuparse. Y mucho.

—Joder, un loco errático acaba de degollar a un cura y usted hace sonar las sirenas. No lo veo tan preocupante, padre Fowler —dijo Pontiero.

—No, amigo mío. El asesino no es un loco errático. Es una persona cruel, metódica e inteligente, y está terriblemente trastornado, pueden creerme.

—¿Ah, sí? Parece que sabe mucho sobre sus motivaciones, padre —se burló el subinspector.

El sacerdote miró fijamente a Dicanti mientras respondía.

—Sé mucho más que eso, señores. Sé quién es.

55

(ARTÍCULO EXTRAÍDO DEL DIARIO *MARYLAND GAZETTE*,
29 DE JULIO DE 1999. PÁGINA 7)

SACERDOTE AMERICANO ACUSADO
DE ABUSO SEXUAL SE SUICIDA

SILVER SPRING, Maryland (NEWS AGENCIES) — Mientras los escándalos de abuso sexual continúan sacudiendo al clero católico en América, un sacerdote de Connecticut acusado de abusos sexuales a menores se ahorcó en su habitación en una institución que trata a clérigos con problemas, según comunicó la policía local a la agencia American-Press el pasado viernes.

56

Peter Selznick, de sesenta y cuatro años, había renunciado a su puesto de párroco en la parroquia de San Andrés de Bridgeport (Connecticut), el pasado 27 de abril, justo un día después de que responsables de la Iglesia católica entrevistaran a dos hombres que afirmaban que Selznick abusó de ellos entre finales de los setenta y principios de los ochenta, según un portavoz de la diócesis de Bridgeport.

El sacerdote estaba siendo tratado en el Instituto Saint Matthew de Maryland, un centro psiquiátrico que acoge a clérigos que han sido acusados de abusos sexuales o «con sexualidad confundida», según dicha institución.

«El personal del hospital llamó a su puerta varias veces e intentó entrar en su habitación, pero algo estaba bloqueando la puerta —afirmó en rueda de prensa Diane Richardson, portavoz del Departamento de Policía del condado de Prince George—. Cuando entraron en la habitación, encontraron el cadáver colgando de una de las vigas vistas del techo.»

Selznick se ahorcó con una de las sábanas de su cama, afirmó Richardson, añadiendo que su cuerpo fue transportado al depósito de cadáveres para serle practicada una autopsia. Asimismo, negó rotundamente los rumores de que el cadáver estuviera desnudo y mutilado, rumores que señaló como «absolutamente infundados». Durante la rueda de prensa, varios periodistas citaron a «testigos presenciales» que declaraban haber visto dichas mutilaciones. La portavoz afirmó que «un enfermero del cuerpo médico del Condado tiene escarceos con drogas como la marihuana y otros estupefacientes, bajo la influencia de los cuales habrá hecho dichas declaraciones; dicho empleado municipal ha sido suspendido de empleo y sueldo hasta que deponga su actitud». Este periódico tuvo oportunidad de contactar con el enfermero del que partió el rumor, quien rehusó hacer otra declaración que un escueto «*I was wrong*» (estaba equivocado).

El obispo de Bridgeport, William Lopes, afirmó que estaba «profundamente entristecido» por la «trágica» muerte de Selznick, añadiendo que el escándalo que preocupa a la rama norteamericana de la Iglesia católica tiene ahora «múltiples víctimas».

El padre Selznick nació en Nueva York en 1938, y fue ordenado en Bridgeport en 1965. Sirvió en varias parroquias de Connecticut y durante un tiempo breve en la parroquia de San Juan Vianney en Chiclayo, Perú.

«Cada persona, sin excepción, tiene dignidad y valor a los ojos de Dios, y cada persona necesita y merece nuestra compasión», afirmó Lopes. «Las perturbadoras circunstancias que rodearon su muerte no pueden erradicar todo el bien que hizo», finalizó el obispo.

El director del Instituto Saint Matthew, el padre Canice Conroy, rehusó hacer declaraciones a este periódico. El padre Anthony Fowler, director de Nuevos Programas del Instituto, disculpó la ausencia de comentarios afirmando que el padre Conroy se encontraba «en estado de choque».

57

Martes, 5 de abril de 2005. 23:14

*L*a declaración de Fowler fue como un mazazo. Dicanti y Pontiero se quedaron parados, mirando muy fijamente al calvo sacerdote.

—¿Puedo sentarme?

—Hay muchas sillas vacías —señaló Paola—. Escoja usted mismo.

Hizo un gesto hacia el ayudante de Documentación, que se marchó.

Fowler dejó una pequeña bolsa de viaje negra sobre la mesa, con bordes gastados y roídos. Era una bolsa que había visto mucho mundo, que hablaba a voces de los kilómetros que llevaba a cuestas su dueño. Éste la abrió y sacó un abultado portafolio de cartón oscuro, con los bordes doblados y manchas de café. Lo colocó en la mesa y se sentó frente a la inspectora. Dicanti le observó atentamente, reparando en su economía de movimientos, en la energía que transmitían sus ojos negros. Estaba muy intrigada por la procedencia de aquel extraño sacerdote, pero firmemente decidida a no dejarse avasallar, y menos en su propio terreno.

Pontiero cogió una silla, la colocó al revés y se sentó a la izquierda, con las manos en el respaldo. Dicanti tomó nota mental de recordarle que dejara de imitar las películas de Humphrey Bogart. El *vice ispettore* había visto *El halcón maltés* unas trescientas veces. Siempre se colocaba al lado izquierdo de alguien a quien consideraba sospechoso, y fumaba compulsivamente a su lado un Pall Mall sin filtro tras otro.

—De acuerdo, padre. Enséñenos un documento que pruebe su identidad.

Fowler sacó su pasaporte del bolsillo interior de la chaqueta y se lo tendió a Pontiero. Hizo un gesto de desagrado a la nube de humo que salía del cigarro del subinspector.

—Vaya, vaya. Pasaporte diplomático. Tiene inmunidad, ¿eh? ¿Qué demonios es?, ¿una especie de espía? —preguntó Pontiero.

—Soy oficial de la Fuerza Aérea de Estados Unidos.

—¿Con qué rango? —dijo Paola.

—Mayor. ¿Le importaría decirle al subinspector Pontiero que deje de fumar a mi lado, por favor? Hace muchos años que lo dejé y no tengo ganas de reincidir.

—Es un adicto al tabaco, mayor Fowler.

—Padre Fowler, *dottora* Dicanti. Estoy… retirado.

—Eh, un momento, ¿cómo sabe mi nombre, padre, o el de la *ispettora*?

La criminóloga sonrió, entre curiosa y divertida.

—Bueno, Maurizio, sospecho que el padre Fowler no está tan retirado como él mismo dice.

Fowler le devolvió una sonrisa algo más triste.

—He sido reincorporado al servicio activo recientemente, es cierto. Y curiosamente, la causa de ello han sido mis ocupaciones durante mi vida civil. —Se calló y agitó la mano para alejar el humo.

—¿Y bien? Díganos quién es y dónde está ese hijo de puta que le ha hecho esto a un cardenal de la Santa Madre Iglesia para que todos podamos irnos a casa a dormir, listillo.

El sacerdote siguió callado, tan impasible como su alzacuello. Paola sospechaba que aquel hombre era demasiado duro como para impresionarse con el numerito de Pontiero. Los surcos de su piel dejaban claro que la vida había plantado en ellos muy malas experiencias, y aquellos ojos habían visto enfrente cosas peores que un policía menudo y su maloliente tabaco.

—Basta, Maurizio. Y apaga el cigarro.

Pontiero tiró la colilla al suelo, enfurruñado.

—Muy bien, padre Fowler —dijo Paola, repasando las fotos que había sobre la mesa con las manos, pero con la mirada bien clavada en el sacerdote—, me ha dejado claro que usted man-

59

da, por ahora. Sabe algo que yo no sé, y que necesito saber. Pero está en mi campo, en mi terreno. Usted dirá cómo lo resolvemos.

—¿Qué le parece si usted empieza elaborando un perfil?

—¿Me puede decir para qué?

—Porque en este caso no va a necesitar elaborar un perfil para conocer el nombre del asesino. Eso se lo diré yo. En este caso va a necesitar un perfil para saber dónde se encuentra. Y no es lo mismo.

—¿Se trata de un examen, padre? ¿Quiere ver lo buena que es la persona que tiene enfrente? ¿Va a poner en tela de juicio mi capacidad deductiva, como lo hace Boi?

—Creo, *dottora*, que aquí la única que se juzga es usted a sí misma.

Paola respiró hondo e hizo acopio de todo su autocontrol para no gritar, ya que Fowler había puesto el dedo en la llaga. Justo cuando creía que no iba a conseguirlo, apareció su jefe por la puerta. Se quedó parado, estudiando atentamente al sacerdote, quien le devolvió el examen. Finalmente, ambos se saludaron con una inclinación de cabeza.

—Padre Fowler.

—Director Boi.

—Me han avisado de su llegada por un canal, digamos, inhabitual. Huelga decir que su presencia aquí es una imposición, pero reconozco que podría sernos de utilidad, si es que mis fuentes no mienten.

—No lo hacen.

—Entonces continúen, por favor.

De niña siempre tuvo la odiosa sensación de que llegaba tarde a un mundo empezado, y esa sensación se repetía en aquel momento. Paola estaba harta de que todo el mundo allí supiera cosas que ella desconocía. Le pediría explicaciones a Boi en cuanto tuviera ocasión. Mientras tanto, decidió tomar ventaja.

—Director, el padre Fowler aquí presente nos ha contado a Pontiero y a mí que conoce la identidad del asesino, pero parece querer un perfil psicológico gratuito del criminal antes de revelarnos su nombre. Personalmente opino que estamos perdiendo un tiempo precioso, pero he decidido jugar a su juego.

Se puso de pie con energía, impresionando a los tres hombres, que la contemplaban atónitos. Se acercó a la pizarra que ocupaba casi toda la pared del fondo y comenzó a escribir en ella.

—El asesino es un hombre blanco, con una edad de entre treinta y ocho y cuarenta y seis años. Es una persona de estatura media, fuerte e inteligente. Tiene estudios de nivel universitario, y facilidad para los idiomas. Es zurdo, ha recibido una severa educación religiosa y sufrió trastornos o abusos en su infancia. Es inmaduro, su trabajo le somete a una presión por encima de su estabilidad psicológica y afectiva, y sufre una gran represión sexual. Probablemente tenga un historial de violencia importante. No es la primera ni la segunda vez que mata, y por supuesto tampoco será la última. Nos desprecia profundamente, tanto a nosotros como policías como a sus víctimas. Y ahora, padre, póngale usted nombre a su asesino —dijo Dicanti, volviéndose y arrojando la tiza en manos del sacerdote.

Observó a sus oyentes. Fowler la miraba sorprendido; Pontiero, admirado; y Boi, escéptico. Finalmente fue el sacerdote quien habló.

—Enhorabuena, *dottora*. Un diez. A pesar de que soy psicólogo, no logro entender de dónde ha extraído todas sus conclusiones. ¿Podría explicarse un poco más?

—Sólo es un perfil provisional, pero las conclusiones deberían aproximarse bastante a la realidad. Que es un hombre blanco lo marca el perfil de sus víctimas, ya que es muy extraño que un asesino en serie mate a alguien de una raza diferente. Es de estatura media, ya que Robayra era una persona alta, y el ángulo y la dirección del corte en el cuello indican que alguien de aproximadamente un metro ochenta le asesinó por sorpresa. Que es fuerte es evidente; de lo contrario, le hubiera resultado imposible colocar al cardenal en el interior de la iglesia, pues aunque usara un coche para transportar el cuerpo hasta la puerta de atrás, hay un trecho de unos cuarenta metros hasta la capilla. La inmadurez es directamente proporcional al tipo de asesino lúdico, que desprecia profundamente a la víctima, a quien considera un objeto, y al policía, a quien considera un ser inferior.

Fowler la interrumpió levantando la mano educadamente.

61

—Hay dos detalles que me han llamado especialmente la atención, *dottora*. Primero: usted ha dicho que no es la primera vez que mata. ¿Lo dedujo de la complicada elaboración del asesinato?

—En efecto, padre. Esta persona tiene unos conocimientos básicos de la labor policial, y ha hecho esto en más de una ocasión. La experiencia me indica que la primera vez suele ser muy sucia e improvisada.

—La segunda es aquello de que «su trabajo le somete a una presión por encima de su estabilidad psicológica y afectiva». No logro entender de dónde lo dedujo.

Dicanti se puso roja y se cruzó de brazos. No respondió. Boi aprovechó para intervenir.

—Ah, la buena de Paola. Su gran inteligencia siempre deja algún resquicio para que se cuele su intuición femenina, ¿verdad? Padre, la *dottora* Dicanti a veces llega a conclusiones puramente emocionales. Desconozco el porqué. Desde luego, tendría un gran futuro como escritora.

—Más del que usted cree. Porque ha dado de lleno en la diana —dijo Fowler, levantándose al fin y caminando hacia la pizarra—. Inspectora, ¿cuál es el nombre correcto de su profesión? *Profiler*, ¿cierto?

—Sí —dijo Paola, aún avergonzada.

—¿Cuándo se alcanza el grado de *profiler*?

—Una vez finalizado el curso de Criminología Forense y tras un año de estudios intensivos en la Unidad de Ciencias del Comportamiento del FBI. Muy pocos consiguen superar el curso completo.

—¿Podría decirnos cuántos *profilers* cualificados existen en el mundo?

—Actualmente, veinte. Doce en Estados Unidos, cuatro en Canadá, dos en Alemania, uno en Italia y uno en Austria.

—Gracias. ¿Les ha quedado claro, caballeros? Sólo veinte personas en el mundo son capaces de dibujar el perfil psicológico de un asesino en serie con plenas garantías, y una de ellas está en esta habitación. Y pueden creerme, para encontrar a este hombre…

Se volvió y escribió en la pizarra, bien grande, con caracteres gruesos y firmes un nombre:

VIKTOR KAROSKI

—… vamos a necesitar de alguien capaz de meterse en su cabeza. Aquí tienen el nombre que me pidieron. Pero antes de que corran al teléfono para vociferar órdenes de arresto, permítanme que les cuente toda su historia.

63

DE LA CORRESPONDENCIA ENTRE EDWARD DRESSLER, PSIQUIATRA, Y EL CARDENAL FRANCIS SHAW

Boston, 14 de mayo de 1991

[…] Su Eminencia, nos hallamos sin duda ante un reincidente nato. Según me cuentan, es la quinta vez que le reasignan a otra parroquia. Las pruebas realizadas durante dos semanas nos confirman que no podemos arriesgarnos a hacerle convivir de nuevo con niños sin ponerlos en peligro. […] No dudo en absoluto de su voluntad de arrepentimiento, pues ésta es firme. Dudo de su capacidad de controlarse. […] No se puede permitir el lujo de tenerle en una parroquia. Más vale que le corte las alas antes de que esto explote. De lo contrario, no me hago responsable. Recomiendo un periodo de internamiento de al menos seis meses en el Instituto Saint Matthew.

Boston, 4 de agosto de 1993

[…] Por tercera vez he tratado con él (Karoski) […] Debo decirle que el «cambio de aires», como usted lo llamó, no le ha ayudado en absoluto, antes al contrario. Comienza a perder el control con mayor frecuencia, y detecto indicios de esquizofrenia en su comportamiento. Es muy posible que en algún momento cruce del todo la línea y se convierta en otra persona. Eminencia, usted conoce mi devoción a la Iglesia, y entiendo la tremenda falta de sacerdotes, pero ¡bajar tanto el listón! […] 35 han pasado por mis manos ya, Eminencia, y a algunos de ellos he visto con posibilidades de recuperación de forma autónoma […] decididamente, Karoski no es uno de ellos. Cardenal, en raras ocasiones ha seguido Su Eminencia mi consejo. Le ruego que ahora sí lo haga: persuada a Karoski para que ingrese en el Saint Matthew.

Miércoles, 6 de abril de 2005. 00:03

*P*aola tomó asiento, preparándose para escuchar el relato del padre Fowler.

—Todo comenzó, al menos para mí, en 1995. En esa época, tras mi retiro de las Fuerzas Aéreas, me puse a disposición de mi obispo. Éste quiso aprovechar mi título de psicología enviándome al Instituto Saint Matthew. ¿Han oído hablar de él?

Todos negaron con la cabeza.

—No me extraña. La propia naturaleza de la institución es un secreto para la mayoría de la opinión pública norteamericana. Oficialmente, consiste en un centro hospitalario preparado para atender a los sacerdotes y monjas con «problemas», situado en Silver Spring, en el estado de Maryland. La realidad es que el noventa y cinco por ciento de sus pacientes tiene un historial de abusos sexuales a menores o consumo de drogas. Las instalaciones del lugar son de auténtico lujo: treinta y cinco habitaciones para los pacientes, nueve para el personal médico (casi todo interno), una cancha de tenis, dos pistas de pádel, una piscina, una sala de «esparcimiento» con billar...

—Casi parece más un sitio de recreo que una institución psiquiátrica —intervino Pontiero.

—Ah, ese lugar es un misterio, pero en muchos niveles. Es un misterio hacia fuera, y es un misterio para los internos, quienes al principio lo ven como un espacio donde retirarse unos meses, donde descansar, aunque poco a poco descubran algo muy diferente. Ustedes conocen el tremendo problema que ha habido en mi país con determinados sacerdotes católi-

65

cos en los últimos años. Desde la opinión pública no sería muy bien visto que personas que han sido acusadas de abusos sexuales a menores pasasen unas vacaciones pagadas en un hotel de lujo.

—¿Y eso hacían? —preguntó Pontiero, quien parecía muy afectado por el tema. Paola le comprendía, ya que el subinspector tenía dos hijos de trece y catorce años.

—No. Intentaré resumir mi experiencia allí de la forma más sucinta posible. Cuando llegué, encontré un lugar profundamente laico. No parecía una institución religiosa. No había crucifijos en las paredes, ninguno de los religiosos llevaba hábito ni sotana. He pasado muchas noches al aire libre, en campaña o en el frente, y nunca jamás dejé de lado mi alzacuello. Pero allí todo el mundo campaba a sus anchas, se entraba y se salía. La escasez de fe y de control era patente.

—¿Y no se lo comunicó a nadie? —preguntó Dicanti.

—¡Por supuesto! Lo primero que hice fue escribir una carta al obispo de la diócesis. Se me acusó de estar demasiado influenciado por mi paso por el ejército, por la «rigidez del ambiente castrense». Se me aconsejó que fuera más «permeable». Fueron tiempos complejos para mí, ya que mi carrera en las Fuerzas Aéreas sufrió ciertos altibajos. No quiero entrar ahí, ya que no tiene nada que ver con el caso. Baste decir que no me convenía aumentar mi fama de intransigente.

—No hace falta que se justifique.

—Lo sé, pero aún me persigue mi mala conciencia. En aquel lugar no se curaba la mente y el alma, simplemente se empujaba «un poquito» en la dirección en que el interno menos estorbara. Ocurría exactamente lo contrario de lo que la diócesis esperaba que ocurriera.

—No lo comprendo —dijo Pontiero.

—Ni yo tampoco —dijo Boi.

—Es complicado. Para empezar, el único psiquiatra titulado que había en la plantilla del centro era el padre Conroy, el director del Instituto en aquella época. El resto no tenía titulación superior alguna, por encima de enfermería o alguna diplomatura técnica. ¡Y se permitían el lujo de hacer evaluaciones psiquiátricas!

—Demencial —se asombró Dicanti.

—Totalmente. El mejor aval para entrar en la plantilla del Instituto era pertenecer a Dignity, una asociación que promueve el sacerdocio para las mujeres y la libertad sexual para los sacerdotes varones. Aunque personalmente no esté de acuerdo con los postulados de esa asociación, no es mi deber juzgarlos en absoluto. Lo que sí puedo es juzgar la capacidad profesional del personal, y ésta era muy, muy escasa.

—No veo dónde nos lleva todo esto —dijo Pontiero, encendiéndose un cigarro.

—Deme cinco minutos más y lo verá. Como les decía, el padre Conroy, gran amigo de Dignity y liberal de puertas hacia dentro, dirigió el Saint Matthew de manera absolutamente errática. Llegaron sacerdotes honestos que se habían enfrentado a alguna acusación infundada (que los hubo) y gracias a Conroy acabaron abandonando el sacerdocio, que era la luz de sus vidas. A otros muchos se les dijo que no lucharan contra su naturaleza y que vivieran la vida. Se consideraba un éxito que algún religioso se laicizara y emprendiera una relación homosexual.

—¿Y eso es un problema? —preguntó Dicanti.

—No, no lo es si es lo que la persona de verdad quiere o necesita. Pero las necesidades del paciente no le importaban nada al doctor Conroy. Primero marcaba el objetivo y luego lo aplicaba a la persona, sin conocerla previamente. Jugaba a Dios con las almas y las mentes de aquellos hombres y mujeres, algunos con graves problemas. Y lo regaba todo con buen whisky de malta. Bien regado.

—Dios santo —dijo Pontiero, escandalizado.

—Puede creerme, Él no estaba allí, subinspector. Pero lo peor no es eso. Debido a graves errores en la selección de los candidatos, ingresaron durante los años setenta y ochenta en los seminarios católicos de mi país muchos jóvenes que no eran aptos para conducir almas. Ni siquiera eran aptos para conducirse a sí mismos. Esto es un hecho. Con el tiempo, muchos de estos chicos acabaron vistiendo una sotana. Hicieron mucho daño al buen nombre de la Iglesia católica, y lo que es peor, a muchos niños y jóvenes. Muchos sacerdotes acusados de abuso sexual, culpables de abuso sexual, no fueron a la cárcel. Se les apartaba de la vista; se les cambiaba de parroquia en parroquia. Y al-

67

gunos acababan finalmente en el Saint Matthew.* Una vez allí, y con suerte, se les encauzaba hacia la vida civil. Pero por desgracia a muchos de ellos se les devolvía al ministerio, cuando debían estar entre rejas. Dígame, *dottora* Dicanti, ¿cuántas posibilidades existen de rehabilitar a un asesino en serie?

—Absolutamente ninguna. Una vez que se ha cruzado la línea, no hay nada que hacer.

—Pues es lo mismo para un pedófilo compulsivo. Por desgracia en este campo no existe la bendita certeza que tienen ustedes. Saben que entre manos tienen una bestia que hay que cazar y encerrar. Pero es mucho más difícil para el terapeuta que atiende al pedófilo saber si éste ha cruzado definitivamente la línea o no. Sólo hubo un caso en el que jamás tuve la más mínima duda. Y fue un caso en el que, debajo del pedófilo, había algo más.

—Déjeme adivinar: Viktor Karoski. Nuestro asesino.

—El mismo.

Boi carraspeó antes de intervenir. Una costumbre irritante que repetía a menudo.

—Padre Fowler, ¿sería tan amable de explicarnos cómo está tan seguro de que es él quien ha hecho pedazos a Robayra y a Portini?

—Cómo no. Karoski llegó al Instituto en agosto de 1994. Había sido trasladado de varias parroquias, con su superior evitando el problema de una a otra. En todas ellas hubo quejas, algunas más graves que otras, aunque ninguna con violencia extrema. Según las denuncias recogidas, creemos que en total abusó de ochenta y nueve niños, aunque podrían ser más.

—Joder.

—Usted lo ha dicho, Pontiero. Verá, la raíz de los problemas de Karoski residía en su infancia. Nació en Katowice, en Polonia, en 1961, allí…

—Espere un momento, padre. ¿Tiene por tanto ahora cuarenta y cuatro años?

---

* Las cifras reales: entre 1993 y 2003 el Instituto Saint Matthew atendió a 500 religiosos, de los que 44 fueron diagnosticados como pedófilos, 185 efebófilos, 142 compulsivos y 165 con trastornos de *sexualidad no integrada* (dificultad para integrar la misma en la propia personalidad).

—En efecto, *dottora*. Mide un metro setenta y ocho y pesa en torno a ochenta y cinco kilos. Es de constitución fuerte, y sus test de inteligencia arrojaban un coeficiente de entre ciento diez y ciento veinticinco, según cuando los hiciera. En total hizo siete en el Instituto. Le distraían.

—Tiene un pico elevado.

—*Dottora*, usted es psiquiatra, mientras que yo estudié psicología y no fui un alumno especialmente brillante. Las psicopatías más agudas de Fowler se revelaron demasiado tarde como para que leyera bibliografía sobre el tema, así que dígame: ¿es cierto que los asesinos en serie son muy inteligentes?

Paola se permitió media sonrisa irónica y miró a Pontiero, quien le devolvió la mueca.

—Creo que el subinspector responderá más contundentemente a la pregunta.

—La *ispettora* siempre dice: Lecter no existe y Jodie Foster debería ceñirse a los dramas de época.

Todos rieron, no por la gracia del chiste sino para aliviar un poco la tensión.

—Gracias, Pontiero. Padre, la figura del superpsicópata es un mito creado por las películas y por las novelas de Thomas Harris. En la vida real no podría haber nadie así. Ha habido asesinos reincidentes con coeficientes altos y otros con coeficientes bajos. La gran diferencia entre ambos es que los que tienen coeficientes altos suelen actuar durante más tiempo porque son más precavidos. Lo que sí que se les reconoce unánimemente a nivel académico es una gran habilidad para ejecutar la muerte.

—¿Y a nivel no académico, *dottora*?

—A nivel no académico, padre, le reconozco que alguno de estos hijoputas es más listo que el diablo. No inteligente, sino listo. Y hay algunos, los menos, que tienen un elevado coeficiente, una habilidad innata para su despreciable tarea y para disimular. Y en un caso, en un solo caso hasta la fecha, estas tres características coincidieron con que el criminal era una persona de gran cultura. Estoy hablando de Ted Bundy.

—Su caso es muy famoso en mi país. Estranguló y sodomizó con el gato de su coche a unas treinta mujeres.

—Treinta y seis, padre. Que sepamos —le corrigió Paola,

que recordaba muy bien el caso de Bundy, ya que era materia de estudio obligada en Quantico.

Fowler asintió, triste.

—Como le decía, *dottora*, Viktor Karoski vino al mundo en 1961 en Katowice, irónicamente a pocos kilómetros del lugar de nacimiento del papa Wojtyla. En 1969 la familia Karoski, compuesta por él, sus padres y dos hermanos, se trasladó a Estados Unidos. El padre consiguió trabajo en la fábrica de General Motors en Detroit, y según todos los registros era un buen trabajador, aunque muy irascible. En 1972 hubo un reajuste ocasionado por la crisis del petróleo y Karoski padre fue el primero en irse a la calle. En aquel momento el padre había conseguido la ciudadanía americana, así que se sentó en el estrecho apartamento donde vivía toda la familia a beberse su indemnización y el subsidio de desempleo. Se empleó a fondo en la tarea, muy a fondo. Se convirtió en otra persona, y comenzó a abusar sexualmente de Viktor y de su hermano pequeño. El mayor, de catorce años, se largó un día de casa, sin más.

—¿Karoski le contó todo esto? —dijo Paola, intrigada y extrañada a la vez.

—Sólo después de intensas terapias de regresión. Cuando llegó al centro, su versión era que había nacido en una modélica familia católica.

Paola, quien anotaba todo con su menuda letra de funcionaria, se pasó la mano por los ojos, intentando arrastrar fuera el cansancio antes de hablar.

—Lo que relata, padre Fowler, casa perfectamente con indicios comunes a una psicopatía primaria: encanto personal, ausencia de pensamiento irracional, escasa fiabilidad, mentiras y falta de remordimientos. Las palizas paternas y el consumo generalizado de alcohol en los progenitores también se han observado en más del setenta y cuatro por ciento de psicópatas violentos conocidos.*

—¿Es la causa probable? —preguntó Fowler.

—Más bien un condicionante entre otros. Puedo citarle miles de casos de personas que han crecido en hogares desestruc-

---

* Hasta ahora se conocen 191 asesinos en serie masculinos y 39 femeninos.

turados mucho peores que ese que describe y han alcanzado una madurez bastante normal.

—Espere, *ispettora*. Apenas ha rozado la superficie del océano. Karoski nos contó cómo su hermano pequeño murió de meningitis en 1974, sin que a nadie pareciera importarle mucho. Me sorprendió mucho la frialdad con que narraba este episodio en particular. A los dos meses de la muerte del joven, el padre desapareció misteriosamente. Viktor no ha explicado si tuvo algo que ver en la desaparición, aunque creemos que no, ya que contaba sólo trece años. Sí sabemos que en esa época comenzó a torturar pequeños animales. Pero lo peor para él fue quedarse a merced de una madre dominante, obsesionada con la religión, que incluso llegaba a vestirle de niña para «jugar juntos». Al parecer, le tocaba bajo las faldas, y solía decir que le cortaría sus «bultos» para que el disfraz estuviese completo. El resultado: Karoski aún mojaba la cama a los quince años. Llevaba ropas de saldo, pasadas de moda o roídas, pues eran pobres. En el instituto sufrió burlas y estuvo muy solo. Un día un compañero hizo un comentario desafortunado sobre su atuendo al pasar Karoski. Éste, enfurecido, le golpeó con un grueso libro repetidas veces en la cara. El otro niño llevaba gafas, y los cristales se le clavaron en los ojos. Quedó ciego de por vida.

—Los ojos…, al igual que en los cadáveres. Ése fue su primer crimen violento.

—Al menos que sepamos, sí. Viktor fue enviado a un reformatorio en Boston, y lo último que le dijo su madre antes de despedirse de él fue: «Ojalá te hubiera abortado». Meses después se suicidó.

Todos guardaron un horrorizado silencio. No hacía falta decir nada.

—Karoski estuvo en el reformatorio hasta finales de 1979. De ese año no tenemos nada, pero en 1980 ingresó en un seminario de Baltimore. Su expediente de ingreso en el seminario afirma que su historial estaba limpio y que provenía de una familia de tradición católica. Contaba entonces con diecinueve años, y parecía haberse reformado. Desconocemos casi todo de su estancia en el seminario, sólo sabemos que estudiaba hasta desmayarse y que estaba profundamente asqueado por el ambiente abiertamente homosexual de la institución.* Conroy insistía en que Karoski era un homosexual reprimido que negaba su verdadera naturaleza, pero eso es incorrecto. Karoski no es ni homosexual ni heterosexual, no tiene una orientación definida. El sexo no está integrado en su personalidad, lo que ha causado graves daños a su psique, desde mi punto de vista.

—Explíquese, padre —pidió Pontiero.

—Cómo no. Yo soy sacerdote y he decidido mantener el celibato. Ello no me impide sentirme atraído por la doctora Dicanti, aquí presente —dijo Fowler, señalando a Paola, quien no pudo evitar ruborizarse—. Sé, por tanto, que soy heterosexual, pero elijo de manera libre la castidad. De esa forma he integrado la sexualidad en mi personalidad, aunque sea de una forma no práctica. En el caso de Karoski es muy diferente. Los profundos traumas de su infancia y adolescencia provocaron la escisión de su psique. Lo que Karoski rechazó de plano fue su naturaleza sexual y violenta. Se odia y se ama profundamente a sí mismo, todo ello a la vez. Ello devino en brotes de violencia, esquizofrenia, y finalmente en el abuso de menores, repitiendo los abusos de su padre. En 1986, durante su año de pastoral,** Karoski tiene su primer incidente con un menor. Era un chico de catorce años, y hubo besos y tocamientos, nada más. Creemos que no fueron consentidos por el menor. En cualquier caso, no hay constancia oficial de que este episodio llegase a oídos del obispo, por lo que Karoski finalmente se ordena como sacerdote. Desde aquel día tiene una obsesión insana con sus manos. Se las lava entre treinta y cuarenta veces diarias y las cuida de manera excepcional.

Pontiero rebuscó entre el centenar de macabras fotografías

---

* El Seminario Saint Mary de Baltimore era llamado en los años 80 el *Palacio Rosa*, por la liberalidad con la que se aceptaban las prácticas homosexuales entre los seminaristas. Según el padre John Despard, «en mis días en Saint Mary podía haber dos tíos juntos en la ducha y todo el mundo lo sabía, no pasaba nada. Por la noche era un continuo abrir y cerrar de puertas en los pasillos…».

** El seminario consta habitualmente de seis cursos, de los cuales el sexto, o año de pastoral, es un año de prácticas en distintos puntos donde el seminarista pueda prestar una ayuda, ya sea una parroquia, un hospital o una institución benéfica de ideario cristiano.

expuestas en la mesa hasta dar con la que buscaba y se la lanzó a Fowler. Éste la cazó al vuelo con dos dedos, sin hacer apenas esfuerzo. Paola admiró secretamente la elegancia del movimiento.

—Dos manos, cortadas y lavadas, colocadas sobre un lienzo blanco. El lienzo blanco es símbolo en la Iglesia de respeto y reverencia. Hay múltiples referencias a él en el Nuevo Testamento. Como saben, Jesús fue cubierto en su sepulcro con un lienzo blanco.

—Ahora ya no está tan blanco —bromeó Boi.*

—Director, estoy convencido de que le encantaría aplicar sus instrumentos sobre el lienzo en cuestión —afirmó Pontiero.

—No le quepa duda. Continúe, Fowler.

—Las manos de un sacerdote son sagradas. Con ellas administra los sacramentos. Ello quedó muy metido en la cabeza de Karoski, como luego verán. En 1987 trabajó en un colegio en Pittsburg, donde se produjeron sus primeros abusos. Sus víctimas eran varones de entre ocho y once años. No se le conoce ningún tipo de relación adulta consentida, homosexual o heterosexual. Cuando comenzaron a llegar las quejas a sus superiores, éstos al principio no hicieron nada. Después lo trasladaron de parroquia en parroquia. Pronto hubo una queja por agresión a un feligrés, al que golpeó en la cara sin mayores consecuencias… Y finalmente llegó al Instituto.

—¿Cree que si hubieran empezado a ayudarle antes hubiera sido diferente?

Fowler torció el gesto, con las manos crispadas, el cuerpo en tensión.

—Estimado subinspector, no le ayudamos ni lo más mínimo. Lo único que conseguimos fue sacar al asesino al exterior. Y finalmente dejar que se nos escapara.

73

* El director Boi hace una referencia a la Sábana Santa de Turín. La tradición cristiana afirma que es el lienzo en el que se envolvió a Jesucristo y en el que quedó grabada su imagen de manera milagrosa. Numerosas investigaciones no han conseguido hallar una prueba concluyente en sentido afirmativo o negativo. La Iglesia no ha aclarado oficialmente su postura sobre el lienzo de Turín, y oficiosamente ha resaltado que «es un tema que se deja a la fe y a la interpretación de cada cristiano».

—¿Tan grave fue?

—Peor. Cuando llegó, era un hombre abrumado, tanto por sus deseos descontrolados como por sus estallidos violentos. Tenía remordimientos por sus acciones, aunque las negase repetidas veces. Simplemente no era capaz de controlarse. Pero con el paso del tiempo, con las terapias equivocadas, con el contacto con los desechos del sacerdocio que se juntaban en el Saint Matthew, Karoski se convirtió en algo mucho peor. Se volvió frío, irónico. Perdió el remordimiento. Verán, él había bloqueado los recuerdos más dolorosos de su infancia. Con ello sólo se convirtió en un pederasta. Pero tras las desastrosas terapias de regresión...

—¿Por qué desastrosas?

—Hubiera ido algo mejor si el objetivo hubiera sido llevar algo de paz a la mente del paciente. Pero mucho me temo que el doctor Conroy sentía una curiosidad morbosa por el caso de Karoski, hasta extremos inmorales. En casos similares, lo que el hipnotizador intenta es implantar de forma artificial recuerdos positivos en la memoria del paciente, recomendándole que olvide los peores hechos. Conroy prohibió esa línea de actuación. No sólo hizo recordar a Karoski, sino que le obligó a escuchar las cintas en las que, con voz de falsete, pedía a su madre que le dejara en paz.

—¿Qué clase de Mengele tenían al frente de ese lugar? —se horrorizó Paola.

—Conroy estaba convencido de que Karoski debía aceptarse a sí mismo. Según él, era la única solución. Debía reconocer que había tenido una infancia dura y que era homosexual. Como les dije antes, había realizado un diagnóstico previo y luego intentaba meter en él con calzador al paciente. Para colmo, sometió a Karoski a un cóctel de hormonas, algunas de ellas experimentales, como una variante del anticonceptivo Depo-Covetán. Con este fármaco, inyectado en dosis anormales, Conroy reducía el nivel de respuesta sexual de Karoski, pero potenciaba su agresividad. La terapia se alargaba más y más, y no había progresos positivos. Había épocas en que estaba más tranquilo, simplemente, pero Conroy lo interpretaba como éxitos de su terapia. Al final se produjo una castración química. Karoski es incapaz de tener una erección, y esa frustración le destruye.

—¿Cuándo entró usted en contacto con él por primera vez?

—Cuando llegué al Instituto, en 1995. Hablé mucho con él. Entre ambos se estableció una relación de cierta confianza, que se fue al traste más adelante, como ahora les contaré. Pero no quiero adelantarme. Verán, a los quince días de la llegada de Karoski al Instituto se le recomendó una pletismografía peneana. Se trata de una prueba en la que se conecta un aparato al pene mediante unos electrodos. Dicho aparato mide la respuesta sexual a determinados estímulos.

—Conozco esa prueba —dijo Paola, como el que dice que ha oído hablar del virus Ébola.

—Verá… Se lo tomó muy mal. Durante la sesión se le mostraron imágenes terribles, extremas.

—¿Cómo de extremas?

—Relacionadas con pedofilia.

—Joder.

—Karoski reaccionó con violencia e hirió gravemente al especialista que controlaba la máquina. Los celadores consiguieron reducirle, de lo contrario le habría matado. A raíz de ese episodio Conroy debería haber reconocido que no estaba en condiciones de tratarle y haberle encaminado a un hospital mental. Pero no lo hizo. Contrató a dos celadores fuertes con el encargo de no quitarle ojo de encima y comenzó a someterle a terapia de regresión. Coincidió con mi llegada al Instituto. Con el paso de los meses, Karoski se fue retrayendo. Sus exabruptos de ira desaparecían. Conroy lo achacó a grandes mejoras en su personalidad. Levantaron bastante la vigilancia a su alrededor. Y una noche, Karoski forzó la cerradura de su habitación (que por precaución se solía cerrar por fuera a determinadas horas) y le cercenó las manos a un sacerdote que dormía en su misma ala. Dijo a todos que el sacerdote era un hombre impuro y que él había visto cómo tocaba a otro sacerdote de manera «impropia». Mientras los celadores corrían hacia la habitación desde la que salían los aullidos del cura, Karoski se lavaba las manos bajo el grifo de la ducha.

—El mismo modus operandi. Creo, padre Fowler, que no queda ninguna duda entonces —dijo Paola.

—Ante mi asombro y desesperación, Conroy no denunció el hecho a la policía. El sacerdote mutilado recibió una indemnización, y unos médicos de California consiguieron volver a implantarle ambas manos, aunque con una movilidad muy reducida. Y entretanto Conroy mandó reforzar la seguridad y construyó una celda de aislamiento de tres por tres metros. Ése fue el alojamiento de Karoski hasta que se fugó del Instituto. Entrevista tras entrevista, terapia de grupo tras terapia de grupo, Conroy iba fracasando y Karoski iba evolucionando hacia el monstruo que es ahora. Yo escribí varias cartas al cardenal, explicándole el problema. No recibí respuesta. En 1999, Karoski escapó de la celda y cometió su primer asesinato conocido: el padre Peter Selznick.

—Oímos hablar de él aquí. Se dijo que se había suicidado.

—Pues no era cierto. Karoski se escapó de la celda forzando la cerradura con un bolígrafo y usó un trozo de metal que había afilado en su celda para arrancarle a Selznick la lengua y los labios. También le arrancó el pene y le obligó a morderlo. Tardó tres cuartos de hora en morirse, y nadie se enteró hasta la mañana siguiente.

—¿Qué dijo Conroy?

—Oficialmente definió el episodio como un «contratiempo». Consiguió encubrirlo, y coaccionó al juez y al sheriff del condado para que emitieran un dictamen de suicidio.

—¿Y se avinieron a ello? ¿Sin más? —dijo Pontiero.

—Ambos eran católicos. Creo que Conroy les manipuló a ambos apelando a su deber como tales de proteger a la Iglesia. Pero aunque no quisiera reconocerlo, mi ex jefe realmente estaba muy asustado. Veía que la mente de Karoski se le escapaba, como si absorbiera su voluntad día a día. A pesar de ello se negó en repetidas ocasiones a denunciar los hechos a una instancia superior, por miedo sin duda a perder la custodia del interno. Yo escribí más cartas a la archidiócesis, pero no se me escuchó. Hablé con Karoski, pero no encontré en él ni rastro de remordimiento, y me di cuenta de que finalmente allí había otra persona. Ahí se rompió todo contacto entre ambos. Aquélla fue la última vez que hablé con él. Sinceramente, aquella bestia encerrada en la celda me daba miedo. Y Karoski siguió en el Instituto. Se colocaron cámaras. Se contrató a más personal. Hasta que una noche de junio de 2000 se esfumó. Sin más.

—¿Y Conroy? ¿Cómo reaccionó?

—Estaba traumatizado. Se dio aún más a la bebida. A la tercera semana le explotó el hígado y murió. Una pena.

—No exagere —dijo Pontiero.

—Dejémoslo, mejor. Se me encargó la dirección temporal de la institución, mientras se buscaba un sustituto adecuado. La archidiócesis no confiaba en mí, supongo que por mis continuas quejas acerca de mi superior. Yo apenas estuve un mes en el cargo, pero lo aproveché lo mejor que pude. Reestructuré la plantilla a toda prisa, contando con personal profesional, y redacté nuevos programas para los internos. Muchos de esos cambios no llegaron a implantarse, pero otros sí, así que mereció la pena el esfuerzo. Envié un conciso informe a un antiguo contacto en el VICAP* llamado Kelly Sanders. Se mostró preocupado por el perfil del sospechoso y por el crimen sin castigo del padre Selznick y dispuso un operativo para capturar a Karoski. Nada.

—¿Así, sin más? ¿Desapareció? —Paola estaba asombrada.

—Desapareció sin más. En 2001 se creyó que había reaparecido, ya que hubo un crimen con mutilación parcial en Albany. Pero no era él. Muchos le dieron por muerto, pero por suerte metieron su perfil en el ordenador. Yo, mientras, encontré hueco en un comedor de beneficencia del Harlem hispano, en Nueva York. Trabajé allí unos meses, hasta ayer mismo. Un antiguo jefe me reclamó para el servicio, así que supongo que vuelvo a ser un capellán castrense. Me comunicaron que había indicios de que Karoski había vuelto a actuar después de todo este tiempo. Y aquí estoy. Les traigo un portafolio con la documentación más pertinente que reuní sobre Karoski en los cinco años que traté con él —dijo Fowler, tendiéndole el grueso expediente, de más de catorce centímetros de grosor—. Hay *e-mails* relacionados con la hormona de la que les he hablado, transcripciones de sus entrevistas, algún artículo de periódico en el que se le menciona, cartas de psiquiatras, informes… Es todo suyo, *dottora* Dicanti. Pregúnteme si tiene cualquier duda.

Paola alargó la mano a través de la mesa para coger el grueso legajo, y nada más abrirlo sintió una fuerte inquietud. Suje-

77

* VICAP son las siglas en inglés del Programa de Captura de Criminales Violentos, una división del FBI que trata con los delincuentes más extremos.

ta con un clip a la primera página había una fotografía de Karoski. Tenía un color de piel blanquecino, el pelo castaño liso y los ojos grises. A lo largo de los años que había dedicado a investigar esas cáscaras vacías de sentimiento que eran los asesinos en serie, había aprendido a reconocer esa mirada vacua en el fondo de los ojos de los depredadores, de los que matan con la misma naturalidad con la que comen. Sólo hay algo en la naturaleza remotamente parecido a esa mirada, y son los ojos de los tiburones blancos. Miran sin ver, de una forma única y aterradora.

Y allí estaba, reflejada de pleno en las pupilas del padre Karoski.

—¿Impresiona, verdad? —dijo Fowler, estudiando con la mirada a Paola—. Este hombre tiene algo en su porte, en sus gestos. Algo indefinible. A simple vista pasa desapercibido, pero cuando, digamos, tiene toda su personalidad encendida... es terrible.

—Y cautivador, ¿verdad, padre?

—Sí

Dicanti le pasó la foto a Pontiero y a Boi, quienes se inclinaron a la vez sobre ella para escudriñar el rostro del asesino.

—¿Qué le daba más miedo, padre, el peligro físico o el mirar a aquel hombre directamente a los ojos y sentirse escrutado, desnudo, como si él fuera un miembro de una raza superior que había roto todas nuestras convenciones?

Fowler la contempló, boquiabierto.

—Supongo, *dottora*, que usted ya sabe la respuesta.

—A lo largo de mi carrera he tenido oportunidad de entrevistarme con tres asesinos en serie. Los tres me produjeron esa sensación que le acabo de describir, y otros mucho mejores que usted y que yo la han sentido. Pero es una sensación falsa. No hay que olvidar una cosa, padre. Estas personas son fracasados, no profetas. Basura humana. No merecen ni un ápice de compasión.

Informe acerca de la hormona progesterona
sintética 1.789 (depot-gestágeno inyectable).
Nombre comercial: Depo-Covetán.
Clasificación del informe: Confidencial – Encriptado.

Para: Marcus.Bietghofer@beltzer-hogan.com
De: Lorna.Berr@beltzer-hogan.com
CC: filesys@beltzer-hogan.com
Asunto: CONFIDENCIAL – Informe #45 sobre la HPS 1.789
Fecha: 17 de marzo de 1997. 11:43
Archivos adjuntos: Inf#45_HPS1789.pdf

Estimado Marcus:
Te adjunto el avance del informe que nos solicitaste.
Los análisis realizados en estudios de campo en zonas ALFA*
han registrado irregularidades graves en el flujo menstrual, trastornos del sueño, vértigo y posibles hemorragias internas. Se han descrito casos graves de hipertensión, trombosis, enfermedades cardíacas. Ha surgido algún pequeño problema: el 1,3% de las pacientes ha desarrollado fibromialgia,** un efecto secundario no contemplado en la versión anterior.

* Determinadas multinacionales farmacéuticas han saldado sus excedentes de stock de anticonceptivos a organizaciones internacionales que trabajan en zonas del Tercer Mundo como Kenia y Tanzania. En muchos casos, los médicos que veían impotentes cómo pacientes morían en sus manos por falta de cloroquinina tenían, por el contrario, sus botiquines a rebosar de anticonceptivos. Las empresas encuentran de ese modo miles de examinadores involuntarios de sus productos, con pocas opciones de emprender demandas legales. A esta práctica se refiere la doctora Berr como Programa Alfa.
** Enfermedad incurable en la que el paciente presenta dolores generalizados en los tejidos blandos. La causan trastornos del sueño o desórdenes bioquímicos inducidos por agentes externos.

Si contrastas el informe con el de la versión 1.786, la que estamos comercializando actualmente en Estados Unidos y Europa, los efectos secundarios se han reducido un 3,9%. Si los analistas de riesgos no se equivocan, podemos cifrar en un máximo de 53 millones de dólares el gasto en daños y perjuicios. Por tanto, lo mantenemos en la norma, es decir, inferior al 7% de los beneficios. No, no me des las gracias…, ¡mándame una bonificación!

Por cierto, han llegado indicios hasta el laboratorio del uso de la 1.789 en pacientes masculinos, con el objetivo de reprimir o eliminar su respuesta sexual. En la práctica, dosis suficientes han llegado a ejercer de castrador químico. De los informes y análisis examinados por este laboratorio se deducen aumentos en la agresividad del sujeto en casos concretos, así como determinadas anomalías en la actividad cerebral. Recomendamos ampliar el marco investigador para dilucidar el porcentaje en que dicho efecto secundario podría presentarse. Sería interesante iniciar pruebas con sujetos Omega,* como pacientes psiquiátricamente desahuciados o presos en el corredor de la muerte.

Estaré encantada de dirigir personalmente dichas pruebas.

¿Comemos el viernes? He encontrado un sitio encantador cerca del Village. Tienen un pescado al vapor realmente divino.

80 Saludos,

Dra. Lorna Berr
Directora de Investigaciones

CONFIDENCIAL — CONTIENE INFORMACIÓN RESERVADA SÓLO A MIEMBROS DEL PERSONAL CON CLASIFICACIÓN A1. SI VD. HA TENIDO ACCESO A ESTE INFORME Y SU CLASIFICACIÓN NO SE CORRESPONDE CON EL MISMO, SEPA QUE ESTÁ OBLIGADO A COMUNICAR DICHA VIOLACIÓN DE SEGURIDAD A SU INMEDIATO SUPERIOR SIN REVELAR EN NINGÚN CASO LA INFORMACIÓN CONTENIDA EN LOS PÁRRAFOS PRECEDENTES. EL INCUMPLIMIENTO PODRÍA ACARREARLE SEVERAS DEMANDAS LEGALES Y HASTA TREINTA Y CINCO AÑOS DE PRISIÓN O EL EQUIVALENTE MÁXIMO QUE ADMITA LA LEGISLACIÓN VIGENTE EN ESTADOS UNIDOS.

---

* La doctora Berr se refiere a individuos sin nada que perder, a ser posible con pasado violento. La letra Omega, la última del alfabeto griego, se ha asociado siempre con sustantivos como «muerte» o «final».

Miércoles, 6 de abril de 2005. 01:25

*L*a sala se quedó en silencio ante las duras palabras de Paola. Sin embargo, nadie dijo nada. Se notaba el peso del día sobre los cuerpos y el de la madrugada sobre los ojos y las mentes. Al fin fue el director Boi quien habló.

—Usted dirá qué hacemos, Dicanti.

Paola se tomó medio minuto antes de contestar.

—Creo que ha sido un día muy duro. Vayamos todos a casa y durmamos unas horas. Nos veremos aquí mismo a las ocho y media de la mañana. Empezaremos por los entornos de las víctimas. Revisaremos de nuevo los escenarios y esperaremos a que los agentes que Pontiero ha movilizado encuentren algún indicio, por ridícula que sea la esperanza. Ah, y Pontiero, llama a Dante e infórmale de la hora de la reunión.

—Será un placer —respondió éste, zumbón.

Haciendo como que no oía nada, Dicanti se acercó a Boi y le cogió por el brazo.

—Director, me gustaría hablar un minuto con usted en privado.

—Salgamos al pasillo.

Paola precedió al maduro científico, quien como siempre se mostró galante abriéndole la puerta y cerrándola tras de sí al pasar. Dicanti detestaba esas deferencias en su jefe.

—Dígame.

—Director, ¿cuál es exactamente el papel de Fowler en el asunto? No acabo de entenderlo. Y no me fío nada de sus vagas explicaciones.

81

—Dicanti, ¿ha oído usted alguna vez el nombre de John Negroponte?

—Me suena mucho. ¿Es italoamericano?

—Dios mío, Paola, levante alguna vez la nariz de los libros de criminología. Sí, es americano, pero de origen griego. En concreto, es el recientemente nombrado director nacional de Inteligencia de los Estados Unidos. A su cargo están todas las agencias de los norteamericanos: la NSA, la CIA, la DEA...* y un largo etcétera. Eso quiere decir que este señor, quien por cierto es católico, es la segunda persona más poderosa del mundo, por detrás sólo del presidente Bush. Bien, pues el señor Negroponte me ha llamado personalmente esta mañana mientras estábamos con Robayra y hemos tenido una larga, larga conversación. Me ha avisado de que Fowler cogía un vuelo directo desde Washington para unirse a la investigación. No me ha dado opción. No se trata sólo de que el propio presidente Bush esté en Roma, y por supuesto bajo aviso de todo. Es él quien le ha pedido a Negroponte que tome cartas en el asunto antes de que éste salte a los medios de comunicación. Y Negroponte textualmente me ha dicho: «Le envío a uno de mis más íntimos colaboradores, tenemos la suerte de que conoce el tema a fondo».

—¿Cómo se enteraron tan rápido? —dijo Paola, que miraba al suelo anonadada por la magnitud de lo que estaba escuchando.

—Ah, querida Paola..., no subestime ni un momento a Camilo Cirin. Cuando apareció la segunda víctima, llamó personalmente a Negroponte. Según me dijo éste, antes jamás habían hablado, y no tenía ni la más remota idea de cómo consiguió un número que existe sólo desde hace un par de semanas.

---

* La NSA (National Security Agency) o Agencia de Seguridad Nacional es el cuerpo de inteligencia más grande del mundo, mucho más que la archifamosa CIA (Central Intelligence Agency). La DEA es la agencia para el control de drogas en Estados Unidos. A raíz de los atentados del 11-S en las Torres Gemelas, la opinión pública norteamericana presionó para que las agencias de inteligencia estuvieran todas coordinadas por una sola cabeza pensante. La administración Bush afrontó este reto, y el primer director nacional de Inteligencia, desde febrero de 2005, es John Negroponte. En esta novela se ofrece una versión literaria de este polémico personaje real.

—¿Y cómo supo Negroponte tan rápido a quién enviar?

—Eso no es ningún misterio. El amigo de Fowler en el VI-CAP interpretó las últimas palabras registradas de Karoski antes de huir del Saint Matthew como una amenaza implícita a personalidades de la Iglesia, y así se lo comunicaron a la *Vigilanza Vaticana* hace cinco años. Cuando esta mañana descubrieron a Robayra, Cirin rompió su política de lavar los trapos sucios en casa. Hizo unas llamadas y tiró de los hilos. Es un hijo de puta muy bien relacionado y con contactos al máximo nivel. Pero supongo que de eso ya se está dando cuenta, *cara mia*.

—Me hago una ligera idea —ironizó Dicanti.

—Según me dijo Negroponte, George Bush se ha interesado personalmente por el caso. El presidente cree que aún está en deuda con Juan Pablo II, quien hace años le miró a los ojos y le pidió que no invadiera Irak. Bush le dijo a Negroponte que le debían al menos eso a la memoria de Wojtyla.

—Dios santo. ¿No va a haber equipo esta vez, verdad?

—Responda usted misma a la pregunta.

Dicanti no dijo nada. Si la prioridad era mantener el asunto en secreto, tendría que trabajar con lo que había. Sin más.

—Director, ¿no cree que todo esto me supera un poco? —Dicanti estaba realmente cansada y abrumada por las circunstancias del caso. En su vida había dicho nada semejante, y durante mucho tiempo después se arrepintió de haber pronunciado esas palabras.

Boi le alzó la barbilla con los dedos y la obligó a mirar al frente.

—Nos supera a todos, *bambina*. Pero olvídese de todo. Simplemente piense que hay un monstruo matando personas. Y usted se dedica a cazar monstruos.

Paola sonrió, agradecida. Le deseó de nuevo, una última vez, allí mismo, aunque supiera que era un error y que le rompería el corazón. Por suerte fue sólo un momento fugaz, y enseguida hizo un esfuerzo por recuperar la compostura. Confiaba en que él no se hubiera dado cuenta.

—Director, me preocupa que Fowler revolotee a nuestro alrededor durante la investigación. Podría ser un estorbo.

—Podría. Y también podría ser de mucha utilidad. Ese hombre ha trabajado en las Fuerzas Aéreas y es un tirador consumado. Entre… otras aptitudes. Por no mencionar el hecho de que conoce a fondo a nuestro principal sospechoso y es sacerdote. Le será útil para moverse en un mundo al que no está usted muy habituada, al igual que el superintendente Dante. Piense que nuestro colega del Vaticano le abrirá las puertas, y Fowler, las mentes.

—Dante es un gilipollas insufrible.

—Lo sé. Y también un mal necesario. Todas las potenciales víctimas de nuestro sospechoso están en su país. Aunque nos separen de él apenas unos metros, es su territorio.

—E Italia, el nuestro. En el caso Portini actuaron de manera ilegal, sin contar con nosotros. Eso es obstrucción a la justicia.

El director se encogió de hombros, cínico.

—¿Qué habríamos ganado denunciándolos? Crearnos enemistades, nada más. Olvídese de la política y de que pudieran meter la pata en ese momento. Ahora necesitamos a Dante. Así que ya sabe, éste es su equipo.

—Usted es el jefe.

—Y usted, mi *ispettora* favorita. En fin, Dicanti, voy a descansar un rato y mañana estaré en el laboratorio, analizando hasta la última fibra de lo que me traigan. Le dejo a usted construir su «castillo en el aire».

Boi ya se alejaba por el pasillo, pero de repente se paró en seco y se dio la vuelta, mirándola de hito en hito.

—Sólo una cosa más. Negroponte me ha pedido que cojamos a ese cabrón. Me lo ha pedido como favor personal. ¿Me sigue? Y no le quepa duda de que estaré encantado de que nos deba un favor.

PARROQUIA DE SAINT THOMAS
Augusta, Massachusetts

Julio de 1992

*H*arry Bloom dejó la cesta con la colecta encima de la mesa del fondo de la sacristía. Echó una última ojeada a la iglesia. No quedaba nadie... No iba mucha gente a primera hora los sábados. Sabía que si se daba prisa, llegaría a tiempo de ver la final de los 100 metros lisos. Sólo tenía que dejar la casulla de monaguillo en el armario, cambiar los brillantes zapatos por las zapatillas deportivas y volar a casa. La señorita Mona, la maestra de cuarto grado, le reñía cada vez que corría por los pasillos del colegio. Su madre le reñía cada vez que corría dentro de casa. Pero en el medio kilómetro que separaba la iglesia de su casa estaba la libertad... Podía correr todo lo que quisiera, siempre que mirara a ambos lados antes de cruzar la calle. Cuando fuera mayor, sería atleta.

Dobló cuidadosamente la casulla y la colocó en el armario. Dentro estaba su mochila, de la que sacó las zapatillas. Se estaba quitando los zapatos con cuidado cuando sintió la mano del padre Karoski en el hombro.

—Harry, Harry..., estoy muy decepcionado contigo.

El niño iba a darse la vuelta, pero la mano del padre Karoski no le dejó.

—¿Es que he hecho algo malo?

Hubo un cambio de inflexión en la voz del padre. Como si respirase más deprisa.

—Ah, y encima te haces el listillo. Aún peor.

—Padre, de verdad que no sé lo que he hecho...

—Qué descaro. ¿Acaso no has llegado tarde al rezo del Santo Rosario antes de misa?

—Padre, es que mi hermano Leopold no me dejaba usar el baño, y bueno, ya sabe... No ha sido culpa mía.

—¡Silencio, desvergonzado! No inventes excusas. Ahora añades el pecado de la mentira al de tu desinterés.

Harry se sorprendió de que le hubiera pillado. Lo cierto es que sí había sido culpa suya. Ponían G.I. Joe en la tele, y remoloneó un rato en el salón antes de salir zumbando por la puerta al ver la hora que era.

—Perdón, padre...

—Está muy mal que los niños mientan.

Jamás había escuchado al padre Karoski hablando de esa manera, tan enfadado. Ahora estaba comenzando a asustarse mucho. Intentó darse la vuelta una vez más, pero la mano le apretó contra la pared, muy fuerte. Sólo que ya no era una mano. Era una garra, como la del hombre lobo en el serial de la NBC. Y la garra le clavaba las uñas, aprisionaba su rostro contra la pared como si quisiera obligarle a atravesarla.

—Ahora, Harry, recibirás tu castigo. Bájate los pantalones y no te vuelvas, o será mucho peor.

El niño escuchó el ruido de algo metálico cayendo al suelo. Se bajó los pantalones con auténtico pánico, convencido de que iba a recibir una tanda de azotes. El anterior monaguillo, Stephen, le había contado en voz baja que el padre Karoski le había castigado una vez, y que le había dolido mucho.

—Ahora recibirás tu castigo —repitió Karoski, con voz ronca, la boca muy cerca de su nuca. Sintió un escalofrío. Le llegó una vaharada de aliento a menta fresca mezclada con loción de afeitar. En una increíble pirueta mental, se dio cuenta de que el padre Karoski usaba la misma loción que su padre.

—¡Arrepiéntete!

Harry sintió un empujón y un dolor agudo entre las nalgas y creyó que se moría. Se arrepintió de haber llegado tarde, lo sentía de verdad, mucho. Pero aunque se lo dijo a la garra, no sirvió de nada. El dolor continuó, más fuerte con cada «arrepiéntete». Harry, con la cara aplastada contra la pared, alcanzaba a ver sus zapatillas en el suelo de la sacristía, y deseó tenerlas puestas, correr lejos con ellas, libre y lejos.

Libre y lejos, muy lejos.

APARTAMENTO DE LA FAMILIA DICANTI
Via Della Croce, 12

Miércoles, 6 de abril de 2005. 1:59

—*Q*uédese el cambio.

—Muy generosa, *grazie tante.*

Paola hizo caso omiso de la socarronería del taxista. Menuda mierda de ciudad, en la que hasta el taxista se quejaba porque la propina eran sólo sesenta céntimos. Eso en liras hubiera sido... Uff. Mucho. Seguro. Y para colmo el muy maleducado pegaba un acelerón antes de irse. Si fuera un caballero, esperaría a que entrara en el portal. Eran las dos de la mañana y la calle estaba desierta, por Dios.

Hacía calor para esa época del año, pero aun así Paola sintió un escalofrío mientras abría el portal. ¿Había visto una sombra al final de la calle? Seguro que era su imaginación.

Cerró tras ella muy rápido, sintiéndose ridícula por tener tanto miedo de golpe. Subió los tres pisos a la carrera. Las escaleras de madera hacían un ruido tremendo, pero Paola no lo escuchó, pues la sangre le bombeaba en los oídos. Llegó a la puerta del apartamento casi sin aliento. Pero al llegar a su rellano se quedó clavada.

La puerta estaba entreabierta.

Lenta, cuidadosamente, se abrió la chaqueta y llevó la mano a la sobaquera. Extrajo su arma de reglamento y se colocó en la posición de asalto, el codo en ángulo recto con el cuerpo. Empujó la puerta con una mano, mientras entraba en el apartamento muy despacio. La luz de la entrada estaba encendida. Dio un paso precavido hacia el interior y luego tiró de la puerta muy rápido, apuntando al hueco.

Nada.

—¿Paola?

—¿Mamá?

—Pasa, hija, estoy en la cocina.

Respiró de alivio y guardó el arma en su sitio. Jamás en su vida había sacado la pistola en una situación real, sólo en la academia del FBI. Decididamente aquel caso la estaba poniendo demasiado nerviosa.

Lucrecia Dicanti estaba en la cocina, untando mantequilla en unas galletas. Sonó el timbre del microondas y la señora sacó del interior dos humeantes tazas de leche. Las colocó en la pequeña mesa de formica. Paola echó una mirada en derredor, con el pecho aún agitado. Todo estaba en su sitio: el cerdito de plástico con las cucharas de madera en el lomo, la pintura brillante aplicada por ellas mismas, los restos de olor a orégano en el ambiente. Supo que su madre había hecho *canolis*. También supo que se los había comido ella todos y que por eso le ofrecía galletas.

—¿Te llegará con éstas? Si quieres, unto más.

—Mamá, por Dios, me has dado un susto de muerte. ¿Se puede saber por qué has dejado la puerta abierta?

Casi estaba gritando. Su madre la miró preocupada. Se sacó un pañuelo de papel de la bata y se frotó con él las puntas de los dedos para eliminar los restos de mantequilla.

—Hija, estaba levantada, oyendo las noticias en la terraza. Toda Roma anda revolucionada con la capilla ardiente del Papa, la radio no habla de otra cosa... Decidí esperarte despierta y te vi bajar del taxi. Lo siento.

Paola se sintió mal al instante y le pidió perdón.

—Tranquila, mujer. Toma una galleta.

—Gracias, mamá.

La joven se sentó junto a su madre, quien no le quitaba ojo de encima. Desde que Paola era pequeña, Lucrecia había sabido captar enseguida cuándo tenía un problema y aconsejarla debidamente. Sólo que el problema que embarullaba su cabeza era demasiado grave, demasiado complejo, demasiado *demasiado*. Ni siquiera sabía si existía esa expresión, *Santa Madonna*.

—¿Es por algo del trabajo?

—Sabes que no puedo hablar de ello.

—Lo sé, y sé que cuando tienes esa cara, como si alguien te hubiera pisado un callo, te pasas la noche dando vueltas en la cama. ¿Seguro que no quieres contarme nada?

Paola miró su vaso de leche, y le fue echando cucharada tras cucharada de azúcar mientras hablaba.

—Sólo es… otro caso, mamá. Un caso de locos. Me siento como un maldito vaso de leche al que alguien sigue echando azúcar y azúcar. El azúcar ya no se disuelve, y sólo sirve para desbordar la taza.

Lucrecia, cariñosamente, colocó la mano abierta encima del vaso, con lo que Paola derramó en su palma una cucharada de azúcar.

—A veces compartirlo ayuda.

—No puedo, mamá. Lo siento.

—No pasa nada, palomita, no pasa nada. ¿Quieres más galletas? Seguro que no has cenado nada —dijo la señora, cambiando de tema sabiamente.

—No, mamá, con éstas es más que suficiente. Tengo el pandero como el estadio de la Roma.

—Hija mía, tienes un culo precioso.

—Sí, por eso sigo soltera.

—No, hija mía. Sigues soltera porque tienes muy mal carácter. Eres guapa, te cuidas, vas al gimnasio… Es cuestión de tiempo que encuentres a un hombre que no se amilane con tus gritos y tus malos gestos.

—No creo que eso ocurra nunca, mamá.

—¿Y por qué no? ¿Qué me dices de tu jefe, ese hombre encantador?

—Está casado, mamá. Y podría ser mi padre.

—Qué exagerada eres. Tráemelo a mí, verás como no le hago ascos. Además, en el mundo de hoy lo de estar casado carece de importancia.

«Si tú supieras», pensó Paola.

—¿Tú crees, mamá?

—Convencida. ¡*Madonna*, qué manos tan bonitas tiene! Con ése bailaba yo la danza del jergón…

—¡Mamá! ¡Podría escandalizarme!

—Desde que tu padre nos dejó hace diez años, hija, no he pasado un solo día sin acordarme de él. Pero no pienso ser co-

89

mo esas viudas sicilianas de negro que echan raíces junto a las lápidas de sus maridos. Anda, toma otra y vamos a la cama.

Paola mojó otra galleta en la leche, calculando mentalmente las calorías y sintiéndose muy culpable consigo misma. Por suerte, le duró muy poco.

DE LA CORRESPONDENCIA ENTRE EL CARDENAL
FRANCIS SHAW Y LA SEÑORA EDWINA BLOOM

Boston, 23-02-1999

Querida señora:

En respuesta a la suya del 17-02-1999, quiero manifestarle [...]
y que respeto y lamento su dolor y el de su hijo Harry. Soy consciente de la tremenda angustia que ha soportado, del tremendo sufrimiento. Coincido con usted en que el hecho de que un hombre de
Dios caiga en los errores que cometió el padre Karoski ha podido hacer tambalear los cimientos de su fe [...] Reconozco mi error. Nunca
debí haber reasignado al padre Karoski [...] tal vez en aquella tercera ocasión en que fieles preocupados como usted me presentaron sus
quejas, debí haber tomado un camino diferente [...] Mal aconsejado
por los psiquiatras que revisaron su caso, como el doctor Dressler,
quien comprometió su prestigio profesional afirmando que era apto
para el ministerio, cedí [...]

Espero que la generosa indemnización pactada con su abogado
haya resuelto el asunto a satisfacción de todos [...] ya que es más de
lo que podíamos ofrecer [...] aun sin, por supuesto, querer paliar con
dinero su dolor, sí me permito aconsejarle que guarde silencio, por el
bien de todos [...] nuestra Santa Madre Iglesia ya ha sufrido bastante las calumnias de los malvados, del Satán mediático [...] por el bien
de nuestra pequeña comunidad, por el de su hijo *y por el suyo propio*, hagamos como si esto no hubiera ocurrido nunca.

Reciba todas mis bendiciones,

FRANCIS AUGUSTUS SHAW
Cardenal prelado de la archidiócesis de Boston

INSTITUTO SAINT MATTHEW
Silver Spring, Maryland

Noviembre de 1995

TRANSCRIPCIÓN DE LA ENTREVISTA NÚMERO 45 ENTRE EL
PACIENTE NÚMERO 3.643 Y EL DOCTOR CANICE CONROY.
ASISTEN A LA MISMA EL DOCTOR FOWLER
Y SALHER FANABARZRA

DR. CONROY:	Hola Viktor, ¿podemos pasar?
#3.643:	Por favor, doctor. Es su clínica.
DR. CONROY:	Es su habitación.
#3.643:	Pasen, por favor, pasen.
DR. CONROY:	Le veo de muy buen humor hoy. ¿Se encuentra bien?
#3.643:	Estupendamente.
DR. CONROY:	Me alegra ver que no ha habido incidentes violentos desde su salida de la enfermería. Toma usted su medicación regularmente, asiste con regularidad a las sesiones de grupo... Está usted haciendo progresos, Viktor.
#3.643:	Gracias, doctor. Hago lo que puedo.
DR. CONROY:	Bien, como habíamos hablado, hoy es el día en que empezaremos con la terapia de regresión. Éste es el señor Fanabarzra. Es un médico hindú, especializado en hipnosis.
#3.643:	Doctor, no sé si acabo de sentirme cómodo con la idea de someterme a este experimento.
DR. CONROY:	Es importante, Viktor. Lo hablamos la semana pasada, ¿recuerda?
#3.643:	Sí, lo recuerdo.

DR. CONROY:	Entonces todo está resuelto. Señor Fanabarzra, ¿dónde prefiere que se sitúe el paciente?
SR. FANABARZRA:	Estará más cómodo en la cama. Es importante que esté lo más relajado posible.
DR. CONROY:	Será en la cama, entonces. Túmbate, Viktor.
#3.643:	Como quiera.
SR. FANABARZRA:	Bien, Viktor, voy a mostrarle este péndulo. ¿Le importaría bajar un poco la persiana, doctor? Así es suficiente, gracias. Viktor, mire al péndulo, si es tan amable.

(EN ESTA TRANSCRIPCIÓN SE OMITE EL PROCEDIMIENTO DE HIPNOSIS DEL SR. FANABARZRA, A PETICIÓN EXPRESA DEL MISMO. TAMBIÉN SE HAN ELIMINADO LAS PAUSAS PARA FACILITAR SU LEGIBILIDAD)

SR. FANABARZRA:	De acuerdo… Estamos en 1972. ¿Qué recuerdas de esa época?
#3.643:	Mi padre… Nunca estaba en casa. A veces íbamos toda la familia a esperarle a la fábrica los viernes. Mamá decía que era un inútil y que así evitábamos que se gastase el dinero en los bares. Hacía frío fuera. Un día esperamos y esperamos. Dábamos patadas en el suelo para no congelarnos. Emil *(el hermano pequeño de Karoski)* me pidió mi bufanda, porque tenía frío. Yo no se la di. Mi madre me golpeó en la cabeza y me dijo que se la diera. Finalmente nos cansamos de esperar y nos fuimos.
DR. CONROY:	Pregúntele dónde estaba el padre.
SR. FANABARZRA:	¿Sabes dónde estaba tu padre?
#3.643:	Le habían despedido. Llegó a casa dos días después, estaba malo. Mamá dijo que había estado bebiendo y yendo con fulanas. Le dieron un cheque, pero no duró mucho. Íbamos a la Seguridad Social a por el cheque de papá. Pero a veces papá se adelantaba y se lo bebía. Emil no entendía cómo alguien podía beberse un papel.
SR. FANABARZRA:	¿Pedisteis ayuda?
#3.643:	En la parroquia a veces nos daban ropa. Otros chicos iban a por la ropa al Ejército de Salvación, donde ésta siempre era mejor. Pero mamá decía

93

que eran unos herejes y unos paganos y que era mejor llevar honradas ropas cristianas. Beria *(el hermano mayor de Karoski)* decía que sus honradas ropas cristianas estaban llenas de agujeros. Le odié por eso.

SR. FANABARZRA: ¿Te alegraste cuando se fue Beria?

#3.643: Yo estaba en la cama. Le vi cruzar la habitación a oscuras. Llevaba las botas en la mano. Me regaló su llavero. Tenía un oso plateado. Me dijo que pusiera en él las llaves adecuadas. Por la mañana Emil lloró porque no se había despedido de él. Yo le di el llavero. Emil siguió llorando y tiró el llavero. Lloró todo el día. Yo le rompí un libro de cuentos que tenía para que se callara. Lo hice pedazos con unas tijeras. Mi padre me encerró en su habitación.

SR. FANABARZRA: ¿Dónde estaba tu madre?

#3.643: Jugando al bingo en la parroquia. Era martes. Jugaban al bingo los martes. Cada cartón costaba un centavo.

SR. FANABARZRA: ¿Qué ocurrió en aquella habitación?

#3.643: Nada. Esperé.

SR. FANABARZRA: Viktor, tienes que contármelo.

#3.643: ¡No pasó NADA!, ¿entiende señor? ¡NADA!

SR. FANABARZRA: Viktor, tienes que contármelo. Tu padre te metió en su habitación y te hizo algo, ¿verdad?

#3.643: Usted no lo entiende. ¡Me lo merecía!

SR. FANABARZRA: ¿Qué es lo que te merecías?

#3.643: El castigo. El castigo. Necesitaba mucho castigo para arrepentirme de las cosas malas.

SR. FANABARZRA: ¿Qué cosas malas?

#3.643: Todas las cosas malas. Lo malo que era. Lo de los gatos. Metí un gato en un cubo de basura lleno de periódicos arrugados y le prendí fuego. ¡Y chilló! Chilló con voz humana. Y lo del cuento.

SR. FANABARZRA: ¿Cuál fue el castigo, Viktor?

#3.643: Dolor. Me dolió. Y a él le gustaba, lo sé. Me decía que a él también le dolía, pero era mentira. Lo decía en polaco. No sabía mentir en inglés, se trabucaba. Siempre hablaba en polaco cuando me castigaba.

SR. FANABARZRA: ¿Te tocaba?

#3.643:	Me daba en el trasero. No me dejaba darme la vuelta. Y me metía algo dentro. Algo caliente que dolía.
SR. FANABARZRA:	¿Eran frecuentes esos castigos?
#3.643:	Todos los martes. Cuando mamá no estaba. A veces, cuando terminaba, se quedaba dormido encima de mí. Como si estuviera muerto. A veces no podía castigarme y me pegaba.
SR. FANABARZRA:	¿Cómo te pegaba?
#3.643:	Me daba con la mano hasta que se cansaba. A veces después de pegarme podía castigarme y otras no.
SR. FANABARZRA:	¿Y a tus hermanos, Viktor? ¿Tu padre les castigaba?
#3.643:	Creo que castigó a Beria. A Emil nunca, Emil era bueno, por eso se murió.
SR. FANABARZRA:	¿Sólo se mueren los buenos, Viktor?
#3.643:	Sólo los buenos. Los malos, nunca.

PALAZZO DEL GOVERNATORATO
Ciudad del Vaticano

Miércoles, 6 de abril de 2005. 10:34

*P*aola esperaba a Dante desgastando la moqueta del pasillo con paseos cortos y nerviosos. El día había empezado mal. Apenas había descansado por la noche, y al llegar a la oficina se encontró con un montón de insufrible papeleo y compromisos. El responsable italiano de Protección Civil, Guido Bertolano, se manifestaba muy preocupado por el creciente número de peregrinos que comenzaban a desbordar la ciudad. Ya habían llenado por completo polideportivos, colegios y toda clase de instituciones municipales con un techo y mucho sitio. Ahora dormían en las calles, los portales, las plazas, los cajeros automáticos. Dicanti contactó con él para solicitarle ayuda en la busca y captura de un sospechoso, y Bertolano prácticamente se rió en su oreja.

—Querida *ispettora*, aunque ese sospechoso fuera el mismísimo Osama, poco podríamos hacer. Seguro que puede esperar a que termine todo este barullo.

—No sé si es usted consciente de que…

—*Ispettora*… Dicanti ha dicho que se llamaba usted, ¿verdad? En Fiumicino está aparcado el Air Force One. No hay un hotel de cinco estrellas que no tenga una testa coronada ocupando la suite presidencial. ¿Se da cuenta de la pesadilla que supone proteger a esta gente? Hay indicios de posibles atentados terroristas y falsas amenazas de bomba cada quince minutos. Estoy convocando a los *carabinieri* de los pueblos situados a doscientos kilómetros a la redonda. Créame, lo suyo puede esperar. Y ahora deje de bloquear mi línea, por favor —dijo colgando bruscamente.

¡Maldita sea! ¿Por qué nadie la tomaba en serio? Aquel caso era un auténtico quebradero de cabeza, y el mutismo por decreto sobre la naturaleza del caso sólo contribuía a que cualquier pretensión por su parte se topara con indiferencia por la de los demás. Se pasó al teléfono un buen rato, pero consiguió poca cosa. Entre llamada y llamada le pidió a Pontiero que se acercara a hablar con el viejo carmelita de Santa Maria in Traspontina, mientras ella iba a hablar con el cardenal Samalo. Y allí estaba, a las puertas del despacho del camarlengo, dando vueltas como un tigre atiborrado de café de saldo.

El padre Fowler, cómodamente sentado en un lujoso banco de madera de palisandro, leía su breviario.

—Es en momentos como éste cuando lamento haber dejado de fumar, *dottora*.

—¿También está nervioso, padre?

—No. Pero usted está esforzándose mucho por conseguirlo.

Paola captó la indirecta del sacerdote y dejó de dar vueltas en círculos. Se sentó junto a él. Fingió leer el informe de Dante acerca del primer crimen, mientras pensaba en la extraña mirada que el superintendente vaticano había lanzado al padre Fowler cuando les presentó en la sede de la UACV por la mañana. Dante había llevado aparte a Paola y le había lanzado un escueto «no se fíe de él». La inspectora se había quedado inquieta e intrigada. Decidió que, en la primera ocasión que tuviera, le pediría explicaciones a Dante por aquella frase.

Volvió su atención al informe. Era una pifia absoluta. Resultaba evidente que Dante no realizaba estas tareas asiduamente, lo que por otro lado era una suerte para él. Tendrían que revisar concienzudamente la escena donde murió el cardenal Portini, con la esperanza de encontrar algo más. Lo harían esa misma tarde. Al menos las fotos no eran malas del todo. Cerró la carpeta de golpe. No podía concentrarse.

Le costaba reconocer que estaba atemorizada. Estaba en el mismísimo corazón del Vaticano, un edificio aislado del resto en el centro de la Città. Aquella construcción contenía más de mil quinientos despachos, entre ellos el del Sumo Pontífice. A Paola, la mera profusión de estatuas y cuadros que poblaban los pasillos la turbaba y distraía. Un resultado buscado por los estadistas del Vaticano a lo largo de siglos, que sabían cuál era

97

el efecto que producía su ciudad en los visitantes. Pero Paola no podía permitirse distracción alguna en su trabajo.

—Padre Fowler.

—¿Sí?

—¿Puedo hacerle una pregunta?

—Por supuesto.

—Es la primera vez que veo a un cardenal.

—Eso no es verdad.

Paola se quedó pensativa un momento.

—Quiero decir vivo.

—Y ¿cuál es su pregunta?

—¿Cómo se dirige una a un cardenal?

—Normalmente con el término *eminencia*. —Fowler cerró su breviario y la miró a los ojos—. Tranquila, *dottora*. Sólo es una persona, como usted y como yo. Y usted es la inspectora al mando de la investigación, y una gran profesional. Actúe con normalidad.

Dicanti sonrió agradecida. Finalmente Dante abrió la puerta del antedespacho.

—Pasen por aquí, por favor.

En el antedespacho había dos escritorios, con dos sacerdotes jóvenes pegados al teléfono y al correo electrónico. Ambos saludaron con una educada inclinación de cabeza a los visitantes, que pasaron sin más ceremonia al despacho del camarlengo. Era una estancia sobria, sin cuadros ni alfombras, con una librería a un lado y un sofá con unas mesas al otro. Un crucifijo de palo era la única decoración de las paredes.

En contraste con el vacío de los muros, el escritorio de Eduardo González Samalo, el hombre que llevaría las riendas de la Iglesia hasta la elección de un nuevo Sumo Pontífice, estaba atestado de papeles. Samalo, vestido con la sotana púrpura, se levantó del sofá y salió a recibirles. Fowler se agachó y le besó el anillo cardenalicio en señal de respeto y obediencia, como hacen todos los católicos al saludar a un cardenal. Paola permaneció detrás, discretamente. Hizo una ligera —y algo avergonzada— inclinación de cabeza. Ella no se consideraba católica desde hacía años.

Samalo se tomó el desplante de la inspectora con naturalidad, pero con el cansancio y el pesar claramente visibles sobre su rostro y sus espaldas. Era la máxima autoridad en el Vaticano durante unos días, pero evidentemente no lo estaba disfrutando.

—Perdonen que les haya hecho esperar. En estos momentos tenía al teléfono a un delegado de la comisión alemana bastante nervioso. Faltan plazas hoteleras por todas partes, la ciudad es un auténtico caos. Y todo el mundo quiere estar en la primera fila en el funeral de pasado mañana.

Paola asintió educadamente.

—Me imagino que todo este follón tiene que ser tremendamente engorroso.

Samalo les dedicó un suspiro desvencijado por toda respuesta.

—¿Está al corriente de lo ocurrido, Eminencia?

—Por supuesto. Camilo Cirin me ha informado puntualmente de los hechos acaecidos. Es una desgracia horrible todo esto. Supongo que en otras circunstancias hubiera reaccionado mucho peor a estos crímenes nefandos, pero sinceramente, no he tenido tiempo de horrorizarme.

—Como sabe, tenemos que pensar en la seguridad del resto de los cardenales, Eminencia.

Samalo hizo un gesto en dirección a Dante.

—La *Vigilanza* ha hecho un esfuerzo especial por reunir a todos en la Domus Sanctae Marthae antes de lo previsto, así como por proteger la integridad del lugar.

—¿La Domus Sanctae Marthae?

—Se trata de un edificio reformado por petición expresa de Juan Pablo II para servir de residencia a los cardenales durante el cónclave —intervino Dante.

—Un uso muy específico para un edificio entero, ¿no?

—El resto del año se utiliza para acoger a huéspedes distinguidos. Incluso creo que usted se alojó allí una vez, ¿no es cierto, padre Fowler? —dijo Samalo.

Fowler pareció un tanto incómodo. Por unos instantes pareció darse entre ellos una breve confrontación sin animosidad, una lucha de voluntades. Fue Fowler quien agachó la cabeza.

—En efecto, Eminencia. Fui invitado de la Santa Sede un tiempo.

—Según creo, tuvo usted un problema con el Sant'Uffizio.*

—Fui llamado a consulta acerca de actividades en las que yo había tomado parte, en efecto. Nada más.

El cardenal pareció darse por satisfecho con la visible inquietud del sacerdote.

—Ah, pero por supuesto, padre Fowler..., no necesita darme ninguna explicación. Su reputación le ha precedido. Como le decía, inspectora Dicanti, estoy tranquilo respecto a la seguridad de mis hermanos cardenales, gracias al buen hacer de la *Vigilanza*. Se encuentran casi todos a salvo aquí, en el interior del Vaticano. Hay algunos que aún no han llegado. En principio, residir en la Domus era opcional hasta el quince de abril. Muchos cardenales estaban repartidos por congregaciones o residencias de sacerdotes. Pero ahora les hemos comunicado que deben alojarse todos juntos.

—¿Cuántos hay ahora mismo en la Domus Sanctae Marthae?

—Ochenta y cuatro. El resto, hasta ciento quince, llegará en las próximas horas. Hemos intentado contactar con todos para avisarles de que nos manden su itinerario para aumentar la seguridad. Ellos son los que más nos preocupan. Pero como les he dicho, el inspector general Cirin está a cargo de todo. No debe usted preocuparse, mi querida niña.

—¿En esos ciento quince está incluyendo a Robayra y a Portini? —inquirió Dicanti, molesta por la condescendencia del camarlengo.

—Bien, supongo que en realidad quiero decir ciento trece cardenales —respondió Samalo con resquemor. Era un hombre orgulloso y no le gustaba que una mujer le corrigiera.

—Seguro que Su Eminencia ya ha pensado en algún plan al respecto —intervino Fowler, conciliador.

—En efecto... Haremos correr el rumor de que Portini se encuentra enfermo en la casa de campo de su familia, en Córcega. La enfermedad, por desgracia, finalizará trágicamente. En cuanto a Robayra, unos asuntos relacionados con su pastoral le impedirán asistir al cónclave, aunque sí viajará a Roma para

---

* El Santo Oficio, cuya nomenclatura oficial es Congregación para la Doctrina de la Fe, es el nombre moderno (y políticamente correcto) de la Santa Inquisición.

rendir obediencia al nuevo Sumo Pontífice. Por desgracia fallecerá en trágico accidente de coche, como muy bien podrá certificar la *Polizia*. Estas noticias sólo trascenderán a la prensa después del cónclave, no antes.

Paola no salía de su asombro.

—Veo que Su Eminencia lo tiene todo atado y bien atado.

El camarlengo se aclaró la garganta antes de responder.

—Es una versión como otra cualquiera. Y es una que no hace daño a nadie.

—Salvo a la verdad.

—Esto es la Iglesia católica, *ispettora*. La inspiración y la luz que muestran el camino a mil millones de personas. No podemos permitirnos más escándalos. Desde este punto de vista, ¿qué es la verdad?

Dicanti torció el gesto, aunque reconoció la lógica implícita en las palabras del anciano. Se le ocurrieron muchas formas de replicarle, pero comprendió que no sacaría nada en claro. Prefirió continuar con la entrevista.

—Supongo que no le habrán comunicado aún a los cardenales el motivo de su prematura concentración.

—En absoluto. Se les ha pedido expresamente que no salgan de la ciudad sin un acompañante de la *Vigilanza* o de la guardia suiza, con la excusa de que había en la ciudad un grupo radical que había proferido amenazas contra la jerarquía católica. Creo que todos lo entendieron.

—¿Conocía personalmente a las víctimas?

El rostro del cardenal se ensombreció por un momento.

—Sí, válgame el cielo. Con el cardenal Portini coincidí menos, a pesar de que él era italiano, pero mis asuntos han estado siempre muy centrados en la organización interna del Vaticano, y él dedicó su vida a la doctrina. Escribía mucho, viajaba mucho... Fue un gran hombre. Personalmente no estaba de acuerdo con su política tan abierta, tan revolucionaria.

—¿Revolucionaria? —se interesó Fowler.

—Mucho, padre, mucho. Abogaba por el uso del preservativo, por la ordenación de mujeres sacerdotes... Hubiera sido el Papa del siglo veintiuno. Además era relativamente joven, ya que apenas contaba cincuenta y nueve años. Si se hubiera sentado en la silla de Pedro, hubiera encabezado el Concilio Vaticano III que muchos ven tan necesario para la Iglesia. Su muerte ha sido una desgracia absurda y sin sentido.

—¿Contaba con su voto? —dijo Fowler.

El camarlengo rió entre dientes.

—No me estará pidiendo en serio que le revele a quién voy a votar, ¿verdad, padre?

Paola volvió a coger las riendas de la entrevista.

—Eminencia, ha afirmado que coincidió menos con Portini, ¿qué hay de Robayra?

—Un gran hombre. Entregado por completo a la causa de los pobres. Tenía defectos, claro. Era muy dado a imaginarse vestido de blanco en el balcón de la plaza de San Pedro. No es que hiciera público ese deseo, por supuesto. Éramos muy amigos. Nos escribimos en muchas ocasiones. Su único pecado era el orgullo. Siempre hacía gala de su pobreza. Firmaba sus cartas con un *beati pauperes*. Yo, para hacerle rabiar, siempre finalizaba mis correos con un *beati pauperes spirito*,* aunque nunca quiso dar por comprendida la indirecta. Pero por encima de sus defectos era un hombre de Estado y un hombre de Iglesia. Hizo muchísimo bien a lo largo de su vida. Yo nunca le imaginé calzando las sandalias del pescador,** supongo que por mi gran cercanía con él.

Según hablaba de su amigo, el viejo cardenal se iba haciendo más pequeño y gris, la voz se le entristecía y la cara revelaba la fatiga acumulada en su cuerpo de setenta y ocho años. A pesar de que no compartía sus ideas, Paola sintió lástima por él. Supo que detrás de aquellas palabras, teñidas de honroso epitafio, el viejo español lamentaba no poder tener un hueco para llorar a solas por su amigo. Maldita dignidad. Mientras lo pensaba, se dio cuenta de que estaba comenzando a mirar más allá del capelo cardenalicio y de la sotana púrpura y ver a la perso-

* Robayra hacía referencia a la cita «Bienaventurados los pobres porque vuestro es el reino de Dios» (Lucas VI, 6). Samalo le respondía con «Bienaventurados los pobres de espíritu porque de ellos es el reino de los cielos» (Mateo V, 20).

** Las sandalias rojas, junto con la tiara, el anillo y la sotana blanca, son uno de los cuatro símbolos más importantes que reconocen al Sumo Pontífice. A lo largo del libro se hace referencia a ellos en varias ocasiones.

na que la llevaba. Debía aprender a dejar de ver a los eclesiásticos como seres unidimensionales, pues los prejuicios de la sotana podían poner en riesgo su trabajo.

—En fin, supongo que nadie es profeta en su tierra. Como les he dicho, coincidimos en muchas ocasiones. El bueno de Emilio vino aquí hace siete meses, sin ir más lejos. Uno de mis asistentes nos tomó una fotografía en el despacho. Creo que la tengo por algún sitio.

El purpurado se acercó al escritorio, y sacó de un cajón un sobre con fotografías. Buscó en su interior y tendió una de las instantáneas a sus visitantes.

Paola sostuvo la foto sin mucho interés. Pero de repente clavó en ella los ojos, abiertos como platos. Agarró con fuerza a Dante por el brazo.

—Oh, mierda. ¡Mierda!

Miércoles, 6 de abril de 2005. 10:41

*P*ontiero llamó insistentemente a la puerta trasera de la iglesia, la que daba a la sacristía. Según las instrucciones de la policía, el hermano Francesco había colocado un cartel en la puerta, de letras vacilantes, que indicaba que la iglesia estaba cerrada por reformas. Pero además de ser obediente, el fraile debía de estar un poco sordo, ya que el subinspector llevaba cinco minutos aporreando el timbre. Tras él, miles de personas abarrotaban la Via dei Corridori, en número aún mayor y más desordenado de lo que lo hacían en la Via della Conciliazione.

Finalmente oyó ruido al otro lado de la puerta. Los cerrojos se descorrieron y el hermano Francesco asomó el rostro por una rendija, bizqueando a la fuerte luz del sol.

—¿Sí?

—Hermano, soy el subinspector Pontiero. Me recordará de ayer.

El religioso asintió, una y otra vez.

—¿Qué deseaba? Ha venido a decirme que ya puedo abrir mi iglesia, bendito sea Dios. Con la de peregrinos que hay fuera… Véalo usted mismo, vea… —dijo señalando a las miles de personas de la calle.

—No, hermano. Necesito hacerle unas preguntas. ¿Le importa que pase?

—¿Tiene que ser ahora? Estaba rezando mis oraciones…

—No le robaré mucho tiempo. Sólo será un momento, de verdad.

Francesco meneó la cabeza, a un lado y a otro.

—Qué tiempos estos, qué tiempos. Sólo hay muerte por todas partes, muerte y prisas. Ni mis oraciones me dejan rezar.

La puerta se abrió despacio y se cerró tras Pontiero con un fuerte ruido.

—Padre, ésta es una puerta muy pesada.

—Sí, hijo mío. A veces me cuesta abrirla, sobre todo cuando vengo cargado del supermercado. Ya nadie ayuda a los viejos a llevar las bolsas. Qué tiempos, qué tiempos.

—Debería usar un carrito, hermano.

El subinspector acarició la puerta por dentro, miró atentamente el pasador y los gruesos goznes que la unían a la pared.

—Lo que quiero decir es que no hay marcas en la cerradura, ni parece forzada en absoluto.

—No, hijo mío, no, gracias a Dios. Es una buena cerradura, y la puerta se pintó el año pasado. La pintó un feligrés amigo mío, el bueno de Giuseppe. Tiene asma, ¿sabe?, y los vapores de la pintura no le sientan...

—Hermano, seguro que Giuseppe es un buen cristiano.

—Lo es, hijo mío, lo es.

—Pero no estoy aquí por eso. Necesito saber cómo consiguió el asesino entrar en la iglesia, si es que no hay más accesos. La *ispettora* Dicanti cree que es un detalle muy importante.

—Podría haber entrado por una de las ventanas, si es que dispuso de una escalera. Pero no lo creo, porque estarían rotas. Madre mía, qué desastre si llega a romper una de las vidrieras.

—¿Le importa que eche un vistazo a esas ventanas?

—Cómo no. Sígame.

El fraile renqueó por la sacristía hasta la iglesia, iluminada sólo por las velas al pie de las estatuas de santos y mártires. A Pontiero le chocó que hubiera tal número de ellas encendidas.

—Cuántas ofrendas, hermano Francesco.

—Ah, hijo mío, he sido yo quien ha encendido todas las velas que había en la iglesia, pidiendo a los santos que lleven el alma de nuestro Santo Padre Juan Pablo II hasta el seno de Dios.

Pontiero sonrió ante la ingenuidad del religioso. Estaban en el pasillo central, desde el que se veía tanto la puerta de la sacristía como la puerta principal y las ventanas del frente, las únicas que había en la iglesia. Deslizó el dedo por el respaldo de uno de los bancos, en un gesto involuntario suyo, repetido en miles

105

de misas dominicales. Aquélla era la casa de Dios, y había sido profanada y vejada. Aquel día, al resplandor bizqueante de las velas, la iglesia tenía un aspecto muy diferente al del día anterior. El subinspector no pudo reprimir un escalofrío. El interior del templo estaba húmedo y frío, en contraste con el calor de fuera. Miró hacia las ventanas. La más baja se encontraba a una altura de unos cinco metros del suelo. La cubría una elaborada vidriera de colores que no tenía ni un rasguño.

—Es imposible que el asesino entrara por las ventanas, cargado con un peso de noventa y dos kilos. Hubiera tenido que usar una grúa. Y le hubieran visto los miles de peregrinos de fuera. No, es imposible.

Hasta los oídos de ambos llegaban las canciones de los jóvenes que hacían cola para despedir al papa Wojtyla. Todas ellas hablaban de paz y de amor.

—Ah, los jóvenes. Son nuestra esperanza para el futuro, ¿verdad, subinspector?

—Cuánta razón tiene, hermano.

Pontiero se rascó la cabeza, pensativo. No se le ocurría ningún punto de entrada que no fueran las puertas o las ventanas. Caminó unos pasos, que hicieron un fuerte eco en la iglesia vacía.

—Oiga, hermano, ¿y no tendrá nadie más llave de la iglesia? Tal vez alguien que lleve la limpieza.

—Ah, no, no, en absoluto. Unas feligresas muy devotas vienen a ayudarme con la limpieza del templo los sábados por la mañana muy temprano y los miércoles por la tarde, pero siempre vienen cuando estoy yo. De hecho, sólo tengo un juego de llaves que siempre llevo conmigo, ¿ve? —Llevaba la mano izquierda en un bolsillo interior de su hábito marrón, en el que hizo sonar las llaves.

—Pues padre, me rindo… No comprendo cómo pudo entrar sin ser visto.

—Nada, hijo mío, siento no haber sido de más ayuda…

—Gracias, padre.

Pontiero se dio la vuelta y se encaminó a la sacristía.

—A no ser… —El carmelita pareció reflexionar un momento, luego meneó la cabeza—. No, es imposible. No puede ser.

—¿Qué, hermano? Dígame. Cualquier pequeña cosa puede ser útil.

—No, déjelo.

—Insisto, hermano, insisto. Dígame lo que piensa.

El fraile se mesaba la barba, pensativo.

—Bueno... hay un acceso subterráneo. Es un viejo pasadizo secreto que data de la segunda construcción de la iglesia.

—¿Segunda construcción?

—Sí, la iglesia original fue destruida durante el saqueo de Roma en 1527. Estuvo en la línea de fuego de los cañones que defendían el Castel Sant'Angelo. Y esa iglesia a su vez...

—Hermano, deje la clase de historia para mejor ocasión, por favor. Muéstreme el pasadizo, ¡deprisa!

—¿Está seguro? Lleva un traje muy bonito...

—Sí, padre. Estoy seguro, enséñemelo.

—Como quiera, subinspector, como quiera —dijo humilde el fraile.

Renqueó hasta cerca de la entrada, donde se encontraba la pila de agua bendita. Señaló a Pontiero una hendidura en una de las baldosas del suelo.

—¿Ve esa hendidura? Introduzca en ella los dedos y tire con fuerza.

Pontiero se arrodilló, y siguió las instrucciones del fraile. No pasó nada.

—Inténtelo de nuevo, haciendo fuerza hacia la izquierda.

El subinspector hizo lo que le decía el hermano Francesco, sin efecto alguno. Pero flaco y bajo como era, tenía, no obstante, mucha fuerza y mayor determinación. Lo intentó una tercera vez y notó cómo la piedra se desencajaba de su sitio y salía con facilidad. En realidad era una trampilla. La abrió con una sola mano, revelando una pequeña y estrecha escalerita, que descendía apenas unos metros. Sacó una linterna de bolsillo y apuntó a la oscuridad. Los escalones eran de piedra y parecían firmes.

—Muy bien, veamos dónde nos lleva todo esto.

—Subinspector, no baje ahí solo, por favor.

—Tranquilo, hermano. No hay problema. Todo está controlado.

Pontiero se imaginó la cara que pondrían Dante y Dicanti cuando les contara lo que había descubierto. Se puso de pie y comenzó a bajar por las escaleras.

—Espere, subinspector, espere. Iré a por una vela.

—No se preocupe, hermano. Con la linterna es suficiente —gritó Pontiero.

Las escaleras daban a un corto pasillo de húmedas paredes, y éste, a una estancia de unos seis metros cuadrados. Pontiero paseó la linterna en derredor. Parecía que el camino acababa allí. Había dos columnas partidas en el centro de la estancia. Parecían muy antiguas. No supo identificar el estilo, claro que nunca había prestado demasiada atención en la clase de historia. En lo que quedaba de una de las columnas, sin embargo, vio lo que parecían restos de algo que no debería estar allí. Parecía, era…

Cinta aislante.

Aquello no era un pasadizo secreto, era una cámara de ejecución.

Oh, no.

Pontiero se volvió justo a tiempo para evitar que el golpe destinado a partirle el cráneo sólo le diera en el hombro derecho. Cayó al suelo, estremecido de dolor. La linterna había rodado lejos, iluminando la base de una de las columnas. Intuyó un segundo golpe, en arco desde la derecha, que le dio en el brazo izquierdo. Buscó a tientas la pistola en la sobaquera y consiguió sacarla con el brazo izquierdo, a pesar del dolor. La pistola le pesaba como si fuera de plomo. No notaba el otro brazo.

«Una barra de hierro. Tiene que tener una barra de hierro o algo así.»

Intentó apuntar, pero no tenía a qué. Intentó retroceder hasta la columna, pero un tercer golpe, esta vez en la espalda, lo mandó al suelo. Aferraba aún fuerte el arma, como quien se aferra a su propia vida.

Un pie sobre la mano se la hizo soltar. El pie siguió apretando y apretando. Al crujido de los huesos al romperse le acompañó una voz vagamente conocida, pero con un timbre muy, muy distinto.

—Pontiero, Pontiero. Cómo iba diciéndole, la iglesia anterior estuvo en la línea de fuego de los cañones que defendían el Castel Sant'Angelo. Y esa iglesia a su vez reemplazó a un templo pagano que mandó derribar el papa Alejandro VI. En la Edad Media se creía que era la tumba del mismísimo Rómulo.

La barra de hierro subió y bajó de nuevo, golpeando en la espalda del subinspector, que estaba aturdido.

—Ah, pero su apasionante historia no termina ahí. Estas dos columnas que ve usted aquí son en las que estuvieron atados san Pedro y san Pablo antes de ser martirizados por los romanos. Ustedes los romanos, siempre tan atentos con nuestros santos.

De nuevo la barra de hierro golpeó, esta vez en la pierna izquierda. Pontiero aulló de dolor.

—Podría haberse enterado de todo esto arriba, si no me hubiera interrumpido. Pero no se preocupe, que va usted a conocer muy bien estas columnas. Las va a usted a conocer muy pero que muy bien.

Pontiero intentó moverse, pero descubrió con horror que no podía. Desconocía el alcance de sus heridas, pero no notaba sus extremidades. Sintió cómo unas manos muy fuertes le movían en la oscuridad y un dolor agudo. Soltó un alarido.

—No le recomiendo que intente gritar. No le oirá nadie. Nadie oyó a los otros dos tampoco. Tomo muchas precauciones, ¿sabe? No me gusta que me interrumpan.

Pontiero notaba su conciencia caer en un pozo negro, como el que se desliza poco a poco en el sueño. Como en un sueño, oía a lo lejos las voces de los jóvenes de la calle, a pocos metros encima de él. Creyó reconocer la canción que entonaban a coro, un recuerdo de su infancia, a un millón de años en el pasado. Era *Yo tengo un amigo que me ama, su nombre es Jesús*.

—De hecho, detesto que me interrumpan —dijo Karoski.

109

Miércoles, 6 de abril de 2005. 13:31

*P*aola les mostró a Dante y a Fowler la foto de Robayra. Un primer plano perfecto, en el que el cardenal sonreía con afectación y los ojos le brillaban tras sus gruesas gafas de concha. Dante al principio miró la foto sin comprender.

—Las gafas, Dante. Las gafas que desaparecieron.

Paola buscaba el móvil, marcaba como loca, andaba hacia la puerta, salía a toda prisa del despacho del asombrado camarlengo.

—¡Las gafas! ¡Las gafas del carmelita! —gritó Paola desde el pasillo.

Y entonces el superintendente comprendió.

—¡Vamos, padre!

Pidió apresuradas disculpas al camarlengo y salió junto con Fowler en pos de Paola.

La inspectora colgó el móvil con rabia. Pontiero no lo cogía. Debía de tenerlo en silencio. Corrió escaleras abajo, hacia la calle. Tenía que recorrer completa la Via del Governatorato. En aquel momento pasaba un utilitario con la matrícula SCV.* Tres monjas iban en su interior. Paola les hizo gestos desesperados para que pararan y se colocó delante del coche. El parachoques se detuvo a escasos centímetros de sus rodillas.

—¡*Santa Madonna*! ¿Está usted loca, señorita?

La criminóloga se acercó a la puerta del conductor, enseñando su placa.

* Stato Città del Vaticano.

—Por favor, no tengo tiempo para explicaciones. Necesito llegar a la puerta de Santa Ana.

Las religiosas la miraron como si estuviera loca. Paola subió al coche por una de las puertas de atrás.

—Desde aquí es imposible, tendría que atravesar a pie el Cortile del Belvedere —le dijo la que conducía—. Si quiere, puedo acercarle hasta la Piazza del Sant'Uffizio, es la salida más rápida de la Città en estos días. La guardia suiza está colocando barreras con motivo del cónclave.

—Lo que sea, pero por favor, dese prisa.

Cuando la monja estaba ya metiendo primera y arrancando, clavó de nuevo el coche al suelo.

—Pero ¿es que se ha vuelto loco todo el mundo? —gritó la monja.

Fowler y Dante se habían colocado frente al coche, ambos con las manos en el capó. Cuando la monja frenó, se apretujaron en la parte de atrás del utilitario. Las religiosas se santiguaron.

—¡Arranque, hermana, por el amor de Dios! —dijo Paola.

El cochecito no tardó ni veinte segundos en recorrer el medio kilómetro que les separaba de su destino. Parecía que la monja tenía prisa por desembarazarse de su extraña, inoportuna y embarazosa carga. Aún no había frenado el coche en la Piazza del Sant'Uffizio cuando Paola ya corría hacia la cancela de hierro negro que protegía aquella entrada a la Città, con el móvil en la mano. Marcó deprisa el número de la jefatura y contestó la operadora.

—Inspectora Paola Dicanti, código de seguridad 13.897. Agente en peligro, repito, agente en peligro. El subinspector Pontiero se encuentra en la Via della Conciliazione, 14. Iglesia de Santa Maria in Traspontina. Repito: Via della Conciliazione, 14. Iglesia de Santa Maria in Traspontina. Envíen tantas unidades como puedan. Posible sospechoso de asesinato en el interior. Procedan con extrema precaución.

Paola corría con la chaqueta al viento, dejando entrever la pistolera y gritando como una posesa por el móvil. Los dos guardias suizos que custodiaban la entrada se asombraron e hicieron ademán de detenerla. Paola intentó evitarles haciendo un quiebro de cintura, pero uno de ellos finalmente la agarró por la chaqueta. La joven echó hacia atrás los brazos. El teléfono cayó al

111

suelo y la chaqueta quedó en manos del guardia. Éste iba a salir en su persecución cuando llegó Dante, a toda velocidad. Llevaba en alto su identificación del *Corpo di Vigilanza*.

—¡Déjala! ¡Es de los nuestros!

Fowler les seguía, aferrado a su maletín. Paola decidió seguir el camino más corto. Atravesaría la plaza de San Pedro, ya que allí las aglomeraciones eran más pequeñas: la policía había formado una única cola muy estrecha en contraste con el terrible apelotonamiento de las calles que conducían a ella. Mientras corría, la inspectora exhibía la placa en alto para evitar problemas con sus propios compañeros. Tras atravesar la explanada y la columnata de Bernini sin demasiados problemas, llegaron a la Via dei Corridori sin aliento. Allí la masa de peregrinos era amenazadoramente compacta. Paola pegó el brazo izquierdo al cuerpo para camuflar en lo posible su pistolera, se arrimó a los edificios e intentó avanzar lo más deprisa posible. El superintendente se colocó delante de ella y sirvió como improvisado pero efectivo ariete, todo codos y antebrazos. Fowler cerraba la formación.

Les costó diez angustiosos minutos alcanzar la puerta de la sacristía. Allí les esperaban dos agentes que tocaban insistentemente el timbre. Dicanti, empapada en sudor, en camiseta, con la funda del arma a la vista y con el pelo aplastado, fue toda una aparición para los dos policías que, sin embargo, la saludaron respetuosos en cuanto les mostró, con la respiración entrecortada, su acreditación de la UACV.

—Hemos recibido su aviso. Nadie contesta dentro. En la otra entrada hay cuatro compañeros.

—¿Se puede saber por qué coño no han entrado ya? ¿No saben que puede haber un compañero ahí dentro?

Los agentes agacharon la cabeza.

—El director Boi ha llamado. Ha dicho que actuemos con discreción. Hay muchísima gente mirando, *ispettora*.

La inspectora se apoyó en la pared y se tomó cinco segundos para pensar.

«Mierda, espero que no sea demasiado tarde.»

—¿Han traído la «llave maestra»?*

---

* Así llaman los policías italianos a la palanca que sirve para reventar cerraduras y forzar la entrada en lugares sospechosos.

Uno de los policías le mostró una palanca de acero terminada en doble punta. La llevaba pegada a la pierna, ocultándola a las múltiples miradas de los peregrinos de la calle, que ya empezaban a volver comprometida la situación del grupo. Paola señaló al agente que le había enseñado la barra de acero.

—Deme su radio.

El policía le tendió el auricular, que llevaba enganchado con un cable al dispositivo de su cinturón. Paola dictó unas instrucciones breves, precisas, al equipo de la otra entrada. Nadie debía mover un dedo hasta su llegada, y por supuesto nadie debía entrar ni salir.

—¿Podría alguien explicarme de qué va todo esto? —dijo Fowler, entre toses.

—Creemos que el sospechoso está ahí dentro, padre. Ahora se lo contaré más despacio. Por lo pronto quiero que se quede aquí fuera, esperando —dijo Paola. Hizo un gesto en dirección a la marea humana que les rodeaba—. Haga lo posible por distraerlos mientras rompemos la puerta. Ojalá lleguemos a tiempo.

Fowler asintió. Miró en derredor, buscando un lugar al que encaramarse. No había ningún coche, ya que la calle estaba cortada al tráfico. Tenía que darse prisa. Sólo había personas, así que eso usaría para elevarse. Vio no muy lejos a un peregrino alto y fuerte. Debía de medir metro noventa. Se le acercó y le dijo:

—¿Crees que podrías alzarme a hombros?

El joven hizo gestos de no hablar italiano, y Fowler le indicó por gestos lo que quería. El otro finalmente comprendió. Hincó la rodilla en tierra y alzó al sacerdote, sonriendo. Éste comenzó a entonar en latín el canto de comunión de la misa de difuntos:

In paradisum deducant te angeli,
In tuo advente
*Suscipiant te martyres...**

---

* «Al paraíso te conduzcan los ángeles, a tu llegada te reciban los mártires...»

Un montón de personas se volvieron a mirarle. Fowler indicó por gestos a su sufrido portador que avanzase hasta el centro de la calle, alejando la atención de Paola y los demás. Algunos fieles, monjas y sacerdotes en su mayor parte, se unieron a su cántico en honor del Papa fallecido por el cual esperaban a pie firme desde hacía muchas horas.

Aprovechando la distracción, entre los dos agentes abrieron la puerta de la sacristía con un crujido. Pudieron colarse dentro sin llamar la atención.

—Muchachos, hay un compañero dentro. Tengan mucho cuidado.

Entraron de uno en uno, primero Dicanti, como una exhalación, sacando la pistola. Dejó para los dos policías el registrar la sacristía, y salió a la iglesia. Miró apresurada en la capilla de Santo Tomás. Estaba vacía, aún cerrada por el precinto rojo de la UACV. Recorrió las capillas del lado izquierdo, arma en mano. Le hizo una seña a Dante, quien cruzó la iglesia, mirando en cada una de las capillas. Los rostros de los santos se removían inquietos en las paredes a la vacilante y enfermiza luz de los cientos de velas encendidas por todas partes. Ambos se encontraron en el pasillo central.

—¿Nada?

Dante negó con la cabeza.

Entonces lo vieron, escrito en el suelo, cerca de la entrada, al pie de la pila de agua bendita. Con grandes caracteres rojos, retorcidos, estaba escrito:

VEXILLA REGIS PRODEUNT INFERNI

—«Avanzan los estandartes del rey de los infiernos» —dijo una voz detrás de ellos.

Dante y la inspectora se dieron la vuelta, sobresaltados. Era Fowler, quien había conseguido finalizar el cántico y escabullirse al interior de la iglesia.

—Creí haberle dicho que se quedara en la calle.

—Eso no importa ahora —dijo Dante, señalándole a Paola la trampilla abierta en el suelo—. Llamaré a los otros.

Paola tenía el gesto desencajado. Su corazón le decía que bajara allí inmediatamente, pero no se atrevía a hacerlo a oscuras. Dante fue hasta la puerta delantera y descorrió los cerrojos. Entraron dos de los agentes, dejando a los otros dos en la puerta. Dante consiguió que uno de ellos le prestase una MagLite que llevaba en el cinturón. Dicanti se la quitó de las manos y bajó delante de él, con los músculos en tensión, el arma apuntando al frente. Fowler se quedó arriba, musitando una pequeña oración.

Al cabo de un rato emergió la cabeza de Paola, que salió a toda prisa a la calle. Dante salió despacio. Miró a Fowler y meneó la cabeza.

Paola escapó al aire libre, sollozando. Vomitó el desayuno lo más lejos que pudo de la puerta. Unos jóvenes con aspecto extranjero que esperaban en la cola se acercaron a interesarse por ella.

—¿Necesita ayuda?

Paola los alejó con un gesto. Junto a ella apareció Fowler, quien le tendió un pañuelo. Lo aceptó y se limpió con él la bilis y las lágrimas. Las de fuera, porque las de dentro no podía sacárselas tan fácilmente. La cabeza le daba vueltas. No podía ser, no podía ser Pontiero la masa sanguinolenta que había encontrado atada a aquella columna. Maurizio Pontiero, superintendente, era un buen hombre, delgado y lleno de un constante, abrupto y simpático mal humor. Era un padre de familia, era un amigo, un compañero. En las tardes de lluvia se rebullía inquieto dentro del traje; era un colega, siempre pagaba los cafés, siempre estaba allí. Llevaba muchos años estando. No podía ser que dejase de respirar, convertido en aquel bulto informe. Intentó borrar aquella imagen de sus pupilas, sacudiendo la mano ante los ojos.

Y en aquel momento sonó su móvil. Lo sacó del bolsillo con gesto de disgusto y se quedó paralizada. En la pantalla, la llamada entrante era de:

M. PONTIERO

Paola descolgó, muerta de miedo. Fowler la miró intrigada.

—¿Sí?

115

—Buenas tardes, inspectora. ¿Qué tal se encuentra?

—¿Quién es?

—Inspectora, por favor. Usted misma me pidió que la llamara a cualquier hora si recordaba algo. Acabo de recordar que he tenido que acabar con su compañero. Lo lamento de veras. Se cruzó en mi camino.

—Vamos a cogerle, Francesco. ¿O debería decir Viktor? —dijo Paola, escupiendo las palabras con rabia, con los ojos empapados en lágrimas, pero intentando mantener la calma, golpear donde dolía. Que supiera que su máscara había caído.

Hubo una breve pausa. Muy breve. No le había cogido por sorpresa en absoluto.

—Ah, sí, claro. Ya saben quién soy. Dele recuerdos de mi parte al padre Fowler. Ha perdido pelo desde que no nos vemos. Y a usted la veo más pálida.

Paola abrió mucho los ojos, sorprendida.

—¿Dónde está, maldito hijo de puta?

—¿No es evidente? Detrás de usted.

Paola miró a los miles de personas que abarrotaban la calle, cubiertos por sombreros, gorras, agitando banderas, bebiendo agua, rezando, cantando.

—¿Por qué no se acerca, padre? Podremos charlar un ratito.

—No, Paola, por desgracia me temo que he de permanecer alejado de ustedes un poco más. Ni por un segundo piensen que han realizado ningún avance descubriendo al bueno del hermano Francesco. Su vida se había agotado ya. En fin, he de dejarla. En breve tendrá noticias mías, descuide. Y no se preocupe, ya he perdonado su pequeña descortesía de antes. Usted es importante para mí.

Y colgó.

Dicanti se lanzó de cabeza a la multitud. Iba apartando gente sin ton ni son, buscando a los hombres de una cierta altura, sujetándolos por el brazo, dando la vuelta a los que miraban hacia otro lado, quitando sombreros, gorras. La gente se alejaba de ella. Estaba desquiciada, con la mirada perdida, dispuesta a examinar a todos los peregrinos uno a uno, si era preciso.

Fowler se abrió paso al corazón de la muchedumbre y la retuvo del brazo.

—Es inútil, *ispettora*.

—¡Suélteme!

—Paola. Déjalo. Se ha ido.

Dicanti se echó a llorar. Fowler la abrazó. A su alrededor, la gigantesca serpiente humana avanzaba, lentamente, hacia el cuerpo insepulto de Juan Pablo II. Y llevaba un asesino en su interior.

Instituto Saint Matthew
Silver Spring, Maryland

Enero de 1996

*TRANSCRIPCIÓN DE LA ENTREVISTA NÚMERO 72
ENTRE EL PACIENTE NÚMERO 3.643 Y EL DOCTOR CANICE
CONROY. ASISTEN A LA MISMA EL DOCTOR FOWLER
Y SALHER FANABARZRA*

Dr. Conroy:	Buenas tardes, Viktor.
#3.643:	Hola de nuevo.
Dr. Conroy:	Día de terapia regresiva, Viktor.

*(OMITIMOS DE NUEVO EL PROCEDIMIENTO DE HIPNOSIS,
COMO EN INFORMES ANTERIORES)*

Sr. Fanabarzra:	Estamos en 1973, Viktor. A partir de ahora sólo escucharás mi voz y ninguna otra, ¿de acuerdo?
#3.643:	Sí.
Sr. Fanabarzra:	Ahora ya no puede oírles, caballeros.
Dr. Conroy:	El otro día le hicimos un test de manchas Rorschach. Viktor participó en la prueba con normalidad, señalando los habituales pájaros y flores. Sólo en dos me dijo que no veía nada. Tome usted nota, padre Fowler: cuando Viktor parece no demostrar interés por algo, es que ese algo le afecta profundamente. Lo que pretendo es provocar esa respuesta durante el estado de regresión, para conocer su origen.
Dr. Fowler:	Discrepo de la bondad del método, por más que sea empíricamente posible. En estado regresivo el

paciente no dispone de tantos recursos defensivos como en su estado normal. El riesgo de causarle un trauma es demasiado alto.

DR. CONROY: Esos mismos recursos hacen impracticable su cerebro. Usted sabe que este paciente sufre un profundo rechazo hacia determinados episodios de su vida. Hemos de tirar las barreras, descubrir el origen de su mal.

DR. FOWLER: ¿A cualquier precio?

SR. FANABARZRA: Caballeros, no discutan. En cualquier caso, es imposible mostrarle las imágenes ya que el paciente no puede abrir los ojos.

DR. CONROY: Pero podremos describírselas. Proceda, Fanabarzra.

SR. FANABARZRA: A sus órdenes. Viktor, estás en 1973. Quiero que vayamos a un lugar que te guste. ¿Cuál escogemos?

#3.643: La escalera de incendios.

SR. FANABARZRA: ¿Pasas mucho tiempo en la escalera?

#3.643: Sí.

SR. FANABARZRA: Explícame por qué.

#3.643: Hay mucho aire. No huele mal. En casa huele a podrido.

SR. FANABARZRA: ¿A podrido?

#3.643: Igual que una fruta pasada. El olor viene de la cama de Emil.

SR. FANABARZRA: ¿Tu hermano está enfermo?

#3.643: Está enfermo. No sabemos de qué. Nadie le cuida. Mi madre dice que está poseído. No soporta la luz y le dan tembleques. El cuello le duele.

DR. CONROY: Son los síntomas de la meningitis. Fotofobia, cuello rígido, convulsiones.

SR. FANABARZRA: ¿Nadie cuida a tu hermano?

#3.643: Mi madre, cuando se acuerda. Le da manzanas trituradas. Tiene diarrea y mi padre no quiere saber nada. Yo le odio. Él me mira y me dice que le limpie. No quiero, me da asco. Mi madre me dice que haga algo. Yo no quiero y me empuja contra el radiador.

DR. CONROY: Ya hemos documentado los malos tratos. Vamos a averiguar qué le hacen sentir las imágenes del test de Rorschach. Particularmente me preocupa ésta.

119

SR. FANABARZRA:	Volvamos a la escalera de incendios. Siéntate allí. Dime lo que sientes.
#3.643:	Aire. El metal bajo los pies. Puedo oler los guisos de los judíos del edificio de enfrente.
SR. FANABARZRA:	Ahora quiero que te imagines algo. Una gran mancha negra, muy grande. Ocupa todo lo que tienes enfrente. En la parte inferior de la mancha hay una pequeña forma ovalada blanca. ¿Te sugiere algo?
#3.643:	La oscuridad. Solo en el armario.
DR. CONROY:	Atentos, creo que tenemos algo.
SR. FANABARZRA:	¿Qué haces en el armario?
#3.643:	Me han encerrado. Estoy solo.
DR. FOWLER:	Por Dios, doctor Conroy, mire su cara. Está sufriendo.
DR. CONROY:	Cállese Fowler. Llegaremos donde tengamos que llegar. Fanabarzra, le escribiré mis preguntas en esta pizarra. Léalas textualmente, ¿de acuerdo?
SR. FANABARZRA:	Viktor, ¿recuerdas lo que ocurrió antes de que te encerraran en el armario?
#3.643:	Muchas cosas. Emil murió.
SR. FANABARZRA:	¿Cómo murió Emil?
#3.643:	Me han encerrado. Estoy solo.
SR. FANABARZRA:	Lo sé, Viktor. Dime cómo murió Emil.
#3.643:	Estaba en nuestra habitación. Papá veía la tele, mamá no estaba. Yo estaba en la escalera. Oí un ruido.
SR. FANABARZRA:	¿Qué clase de ruido?
#3.643:	Como un globo al que se le sale el aire. Metí la cabeza en la habitación. Emil estaba muy blanco. Fui al salón. Hablé a mi padre y me tiró una lata de cerveza.
SR. FANABARZRA:	¿Te dio?
#3.643:	En la cabeza. Sangra. Yo lloro. Mi padre se levanta, alza un brazo. Le digo lo de Emil. Se enfada mucho. Me dice que es mi culpa. Que Emil estaba a mi cargo. Que merezco un castigo. Y empieza de nuevo.
SR. FANABARZRA:	¿Es el castigo de siempre? ¿Te toca ahí?
#3.643:	Me duele. Sangro por la cabeza y por el culo. Pero se interrumpe.
SR. FANABARZRA:	¿Por qué se interrumpe?

#3.643:	Oigo la voz de mamá. Le grita cosas a terribles a papá. Cosas que yo no entiendo. Mi padre le dice que ella ya lo sabía. Mi madre chilla y llama a Emil a gritos. Yo sé que Emil no puede oírla y me alegro muchísimo. Entonces ella me agarra por el pelo y me arroja dentro del armario. Yo grito y me asusto. Golpeo la puerta un buen rato. Ella la abre y me enseña un cuchillo. Me dice que como abra la boca, me lo clavará.
SR. FANABARZRA:	¿Y tú qué haces?
#3.643:	Estoy en silencio. Estoy solo. Oigo voces fuera. Voces desconocidas. Están varias horas. Yo sigo dentro.
DR. CONROY:	Debieron de ser las voces de los servicios de emergencia retirando el cadáver del hermano.
SR. FANABARZRA:	¿Cuánto tiempo estás dentro del armario?
#3.643:	Mucho tiempo. Estoy solo. Mi madre abre la puerta. Me dice que he sido muy malo. Que Dios no quiere a los niños malos que provocan a sus papás. Que voy a aprender el castigo que Dios reserva a los que se portan mal. Me da una lata vieja. Me dice que haga ahí mis cosas. Por las mañanas me da un vaso de agua, pan y queso.
SR. FANABARZRA:	Pero ¿cuántos días estuviste allí?
#3.643:	Fueron muchas mañanas.
SR. FANABARZRA:	¿No tenías un reloj? ¿No podías contar el tiempo?
#3.643:	Intento contar, pero es demasiado. Si pego muy fuerte el oído a la pared, puedo escuchar el transistor de la señora Berger. Es un poco sorda. A veces ponen béisbol.
SR. FANABARZRA:	¿Cuántos partidos escuchaste?
#3.643:	Once.
DR. FOWLER:	¡Dios mío, este chico estuvo encerrado casi dos meses!
SR. FANABARZRA:	¿No salías nunca?
#3.643:	Una vez.
SR. FANABARZRA:	¿Por qué saliste?
#3.643:	Cometo un error. Le doy a la lata con el pie y la vuelco. El armario huele fatal. Vomito. Cuando mamá viene, se enfada. Me hunde la cara en la porquería. Luego me saca del armario para limpiarlo.

121

SR. FANABARZRA:	¿No intentas huir?
#3.643:	No tengo dónde ir. Mamá lo hace por mi bien.
SR. FANABARZRA:	¿Y cuándo te dejó salir?
#3.643:	Un día. Me lleva al baño. Me limpia. Me dice que espera que haya aprendido la lección. Dice que el armario es el infierno y que será el sitio al que vaya si no soy bueno, sólo que no saldré nunca. Me pone su ropa. Me dice que yo debería haber sido una niña y que aún estamos a tiempo de arreglar eso. Me toca los bultos. Me dice que todo es inútil. Que iré al infierno de todas formas. Que no hay remedio para mí.
SR. FANABARZRA:	¿Y tu padre?
#3.643:	Papá no está. Se ha marchado.
DR. FOWLER:	Conroy, detenga esto inmediatamente. Observe su cara. El paciente está muy mal.
#3.643:	Se ha marchado, marchado, marchado…
DR. FOWLER:	¡Conroy!
DR. CONROY;	Está bien. Fanabarzra, pare la grabación y sáquele del trance.

IGLESIA DE SANTA MARIA IN TRASPONTINA
Via della Conciliazione, 14

Miércoles, 6 de abril de 2005. 15:21

*P*or segunda vez aquella semana cruzaron los técnicos de Análisis de la Escena del Crimen las puertas de Santa Maria in Traspontina. Lo hicieron discretamente, vestidos con ropa de calle, para no alertar a los peregrinos. Dentro, la *ispettora* vociferaba órdenes por el móvil y el *walkie*, a partes iguales. El padre Fowler abordó a uno de los técnicos de la UACV.

—¿Han terminado ya en la escena?

—Sí, padre. Vamos a retirar el cadáver y a examinar la sacristía.

Fowler interrogó con la mirada a Dicanti.

—Bajaré con usted.

—¿Está segura?

—No quiero que se me pase nada por alto. ¿Qué es eso?

El sacerdote llevaba en la mano derecha un estuche pequeño y negro.

—Contiene los santos óleos. Es para darle la extremaunción.

—¿Cree que eso será de alguna utilidad?

—No a nuestra investigación. Pero sí a él. Era un católico devoto, ¿verdad?

—Lo era. Y tampoco le sirvió de mucho.

—Bueno, *dottora*, con todos mis respetos..., eso usted no lo sabe.

Ambos bajaron las escaleras con precaución para no pisar la inscripción que había a la entrada de la cripta. Recorrieron el corto pasillo hasta la cámara. Los técnicos de la UACV habían

123

instalado dos potentes grupos electrógenos que ahora iluminaban el lugar.

Pontiero colgaba inerte entre las dos columnas que se alzaban, truncadas, en el centro de la estancia. Estaba desnudo de cintura para arriba. Karoski le había fijado los brazos a la piedra con cinta aislante, aparentemente del mismo rollo que había usado con Robayra. El cadáver no tenía ojos ni lengua. La cara estaba horriblemente desfigurada, y jirones de piel ensangrentada le colgaban del tórax como macabras condecoraciones.

Paola inclinó la cabeza mientras el padre le administraba el último sacramento. Los zapatos del sacerdote, negros e inmaculados, pisaban un charco de sangre pastosa. La inspectora tragó saliva y cerró los ojos.

—Dicanti.

Los abrió de nuevo. Dante estaba junto a ellos. Fowler ya había terminado y se disponía a marcharse, educadamente.

—¿Dónde va, padre?

—Afuera. No quiero ser un estorbo.

—No lo es, padre. Si la mitad de lo que dicen de usted es cierto, es una persona muy inteligente. Le han enviado para ayudar, ¿verdad? Pues ayúdenos.

—Con sumo gusto, *ispettora*.

Paola tragó saliva y comenzó a hablar.

—Al parecer, Pontiero entró por la puerta de atrás. Seguramente llamó a la puerta y el falso fraile le abrió con normalidad. Habló con Karoski y éste le atacó.

—Pero ¿dónde?

—Tuvo que ser aquí abajo. De lo contrario, arriba habría sangre.

—¿Por qué lo hizo? ¿Tal vez Pontiero se olió algo?

—Lo dudo —dijo Fowler—. Creo más bien que Karoski vio la oportunidad y la aprovechó. Me inclino a pensar que le mostró el camino a la cripta y que Pontiero bajó solo, dejando al otro a su espalda.

—Eso tiene sentido. Probablemente descartó inmediatamente al hermano Francesco. No sólo por parecer un anciano impedido...

—... sino porque era un fraile. Pontiero no desconfiaba de los frailes, ¿verdad? Pobre iluso —se lamentó Dante.

—Haga el favor, superintendente.

Fowler le llamó la atención con gesto acusador. Dante desvió la mirada.

—Lo siento. Continúe, Dicanti.

—Una vez aquí, Karoski le golpeó con un objeto contundente. Creemos que fue un candelabro de bronce. Los chicos de la UACV ya se lo han llevado para procesarlo. Estaba tirado junto al cadáver. Después le ató y le hizo... esto. Tuvo que sufrir horriblemente.

Se le quebró la voz. Los otros dos hicieron caso omiso de la momentánea debilidad de la criminóloga. Ésta tosió para disimular y recuperar el tono antes de volver a hablar.

—Un lugar oscuro, muy oscuro. ¿Está repitiendo el trauma de su infancia, el tiempo que pasó encerrado en el armario?

—Podría ser. ¿Han hallado alguna pista intencionada?

—Creemos que no ha habido más mensaje que el de fuera: «Vexilla regis prodeunt inferni».

—«Avanzan los estandartes del rey de los infiernos» —tradujo de nuevo el sacerdote.

—¿Qué significa, Fowler? —preguntó Dante.

—Usted debería saberlo.

—Si pretende dejarme en ridículo, no lo va a conseguir, padre.

Fowler sonrió con tristeza.

—Nada más lejos de mi intención. Se trata de una cita de un antepasado suyo, Dante Alighieri.

—No es mi antepasado. Lo mío es apellido, y lo suyo, nombre. No tenemos nada que ver.

—Ah, discúlpeme. Como todos los italianos afirman descender de Dante o de Julio César...

—Al menos sabemos de quién descendemos.

Los dos se quedaron mirándose fijamente. Paola les interrumpió.

—Si han acabado ya los comentarios xenófobos, podemos seguir.

Fowler carraspeó antes de continuar.

—Como les decía, «Vexilla regis prodeunt inferni» es una cita de La Divina Comedia. De cuando Dante y Virgilio van a entrar en el infierno. Se trata de una paráfrasis de una oración litúrgica cristiana, sólo que dedicada al demonio en vez de a

125

Dios. Muchos quisieron ver herejía en esta frase, pero en realidad lo único que hacía Dante era pretender asustar a sus lectores.

—¿Eso quiere? ¿Asustarnos?

—Nos avisa de que el infierno está cerca. No creo que la interpretación de Karoski vaya más allá. No es un hombre tan culto, aunque le guste aparentarlo. ¿No había más mensajes?

—No en el cuerpo —respondió Paola—. Supo que veníamos y se asustó. Y lo supo por mi culpa, porque yo llamé insistentemente al móvil de Pontiero.

—¿Hemos podido localizar el móvil? —preguntó Dante.

—Han llamado a la compañía telefónica. El sistema de localización por celdas indica que el teléfono está apagado o fuera de cobertura. El último poste al que enganchó la cobertura está encima del hotel Atlante, a menos de trescientos metros de aquí —respondió Dicanti.

—Es justo donde yo me hospedo —indicó Fowler.

—Vaya, yo le imaginaba en una pensión para sacerdotes. Ya sabe, algo más humilde.

Fowler no se dio por aludido.

—Amigo Dante, a mi edad se aprende a disfrutar de las cosas de la vida. Sobre todo cuando las paga el Tío Sam. Ya he estado en suficientes lugares de mala muerte.

—Me consta, padre. Me consta.

—¿Se puede saber qué está insinuando?

—No insinúo nada. Simplemente estoy convencido de que usted ha dormido en peores sitios por causa de su… ministerio.

Dante estaba mucho más hostil que de costumbre, y parecía que el motivo de su hostilidad era el padre Fowler. La criminóloga no comprendía el motivo, pero se dio cuenta de que era algo que tendrían resolver solos ellos dos, cara a cara.

—Basta ya. Salgamos para que nos dé a todos el aire.

Ambos siguieron a Dicanti de vuelta a la iglesia. La *ispettora* indicó a los enfermeros que ya podían retirar el cuerpo de Pontiero. Uno de los técnicos de la UACV se acercó hasta ella y le comentó algunos de los hallazgos que habían realizado. Paola asintió con la cabeza. Y se volvió hacia Fowler.

—¿Podemos centrarnos un poco, padre?

—Por supuesto, *dottora*.

—¿Dante?

—Faltaría más.

—De acuerdo, entonces esto es lo que hemos averiguado: En la rectoría había un equipo de maquillaje profesional y unas cenizas sobre una mesa, que creemos correspondían a un pasaporte. Lo quemó con una buena cantidad de alcohol, así que no ha quedado gran cosa. Los de la UACV se han llevado las cenizas, a ver si sacan algo en claro. Las únicas huellas que han encontrado en la rectoría no son de Karoski, así que habrá que buscar a su dueño. Dante, usted tiene trabajo para esta tarde. Averigüe quién era el padre Francesco y cuánto tiempo lleva aquí. Busque entre los feligreses habituales de la iglesia.

—De acuerdo, *ispettora*. Haré una inmersión en la tercera edad.

—Déjese de bromas. Karoski nos la ha jugado, pero estará nervioso. Ha corrido a esconderse, y durante un cierto tiempo no sabremos nada de él. Si en las próximas horas conseguimos averiguar dónde ha estado, tal vez consigamos averiguar dónde estará.

Paola cruzaba los dedos en secreto en el bolsillo de la chaqueta, intentando creerse ella misma lo que estaba diciendo. Los demás pusieron cara de palo y también fingieron que aquella posibilidad era algo más que un sueño remoto.

127

Dante volvió al cabo de dos horas. Les acompañaba una señora de mediana edad, quien le repitió a Dicanti su historia. Cuando murió el párroco anterior, el hermano Darío, apareció el hermano Francesco. Fue hace unos tres años. Desde aquel día la señora había estado ayudando a limpiar la iglesia y la rectoría. Según la señora, el hermano Toma era un ejemplo de humildad y fe cristiana. Había llevado la parroquia con firmeza, y nadie tenía nada que objetar acerca de él.

En conjunto fue una declaración bastante frustrante, pero por lo menos tenían un dato claro. El hermano Basano había fallecido en noviembre de 2001, lo cual situaba al menos la entrada en el país de Karoski.

—Dante, hágame un favor. Averigüe qué saben los carmelitas de Francesco Toma —pidió Dicanti.

—Haré unas llamadas. Pero sospecho que obtendremos bien poco.

Dante salió por la puerta principal, en dirección a su despacho en la *Vigilanza Vaticana*. Fowler se despidió de la inspectora.

—Iré al hotel a cambiarme y la veré después.

—Estaré en el depósito de cadáveres.

—No tiene por qué hacerlo, *ispettora*.

—Sí que tengo.

Hubo un incómodo silencio entre ambos, subrayado por una melodía religiosa que algún peregrino comenzó a cantar y que corearon varios cientos. El sol se ocultaba tras las colinas y Roma se iba sumiendo en la oscuridad, aunque en sus calles el movimiento era incesante.

—Seguramente uno de estos cánticos fue lo último que escuchó el subinspector.

Paola siguió callada. Fowler había visto demasiadas veces el proceso que la criminóloga estaba atravesando en ese momento, el proceso posterior a la muerte de un compañero. Al principio, euforia y deseo de venganza. Poco a poco se deslizaría en el agotamiento y la tristeza, a medida que asumía lo ocurrido y el choque pasaba factura a su cuerpo. Y finalmente quedaría un sordo sentimiento, mezcla de ira, culpa y rencor, que sólo finalizaría cuando Karoski estuviera entre rejas o muerto. Y tal vez ni siquiera entonces.

El sacerdote fue a poner una mano en el hombro de Dicanti, pero se contuvo en el último instante. A pesar de que la inspectora no lo vio, ya que estaba de espaldas, algo debió de intuir. Se dio la vuelta y miró a Fowler con preocupación.

—Tenga mucho cuidado, padre. Ahora él sabe que usted está aquí, y eso podría cambiarlo todo. Además, aún no estamos muy seguros de qué aspecto tiene. Ha probado ser muy hábil a la hora de camuflarse.

—¿Tanto habrá cambiado en cinco años?

—Padre, yo he visto la foto que usted me mostró de Karoski y he visto al hermano Francesco. No tenían absolutamente nada que ver.

—La iglesia estaba muy oscura y usted no prestó mucha atención a un viejo carmelita.

—Padre, créame. Soy una buena fisonomista. Puede que

llevara postizos y una barba que le tapaba la mitad de la cara, pero parecía un auténtico anciano. Sabe esconderse muy bien, y ahora podría ser otra persona.

—Bueno, yo le he mirado a los ojos, *dottora*. Si se cruza en mi camino, sabré quién es. Y no le valdrán sus subterfugios.

—No sólo cuenta con subterfugios, padre. Ahora también tiene una 9 mm y treinta balas. Faltaban el arma de Pontiero y su cargador de recambio.

Jueves, 7 de abril de 2005. 01:32

$\mathcal{H}$abía asistido con gesto pétreo a la autopsia. Desaparecida la adrenalina de los primeros momentos, comenzó a sentirse cada vez más deprimida. Ver cómo el bisturí del forense diseccionaba a su compañero fue una empresa casi superior a sus fuerzas, pero lo consiguió. El forense enunció que Pontiero había sido golpeado cuarenta y tres veces con un objeto romo, probablemente el candelabro ensangrentado que habían encontrado después en la escena del crimen. Sobre qué había causado los cortes de su cuerpo, incluyendo el tajo de la garganta, se reservó hasta que los del laboratorio aportaran moldes de las incisiones.

Paola escuchó el dictamen a través de una neblina sensorial, que no atenuó en modo alguno su sufrimiento. Se quedó allí mirando durante horas, autoimponiéndose un castigo inhumano. Dante se dejó caer por la sala de autopsias, hizo unas cuantas preguntas y se marchó enseguida. Boi también hizo acto de presencia, pero fue meramente testimonial. Se marchó pronto, aturdido e incrédulo, mencionando que hacía apenas unas horas había hablado con él.

Cuando el forense terminó, dejó el cadáver sobre la mesa de metal. Iba a cubrir su rostro cuando Paola dijo:

—No.

Y el forense comprendió, y salió también sin decir palabra.

El cuerpo estaba lavado, pero aun así desprendía un ligero olor a sangre. A la luz directa, blanca y fría, el pequeño subinspector parecía minúsculo. Los golpes cubrían su cuerpo como medallas de dolor, y las heridas, enormes como bocas obscenas, aún desprendían el olor cobrizo de la sangre.

Paola buscó el sobre con el contenido de los bolsillos de Pontiero. Un rosario, unas llaves, la cartera. Un bolígrafo, un mechero, un paquete de tabaco recién empezado. Al ver este último objeto, al darse cuenta de que nadie iba a fumar aquellos cigarrillos, se sintió muy triste y sola. Y comenzó a entender de verdad que su compañero, su amigo, estaba muerto. En un gesto de negación, cogió uno de los pitillos. El mechero raspó el pesado silencio de la sala de autopsias con una llama viva.

Paola había dejado el hábito después de la muerte de su padre. Reprimió el gesto de toser y dio una calada aún más honda. Echó el humo directamente hacia la señal de prohibido fumar, como le gustaba hacer a Pontiero.

Y comenzó a despedirse de él.

Mierda, Pontiero. Joder. Mierda, mierda y mierda. ¿Cómo pudiste ser tan torpe? Todo esto es por tu culpa. Mírate. Ni siquiera hemos dejado a tu mujer que viera tu cadáver. Te dio bien, joder si te dio bien. Ella no lo hubiera resistido, no hubiera resistido verte así. Menuda vergüenza. ¿A ti te parece normal que sea yo la última persona en este mundo que te vea desnudo? Te prometo que no es la clase de intimidad que quería tener contigo. No, de todos los polis del mundo tú eras el peor candidato para un ataúd cerrado, y te lo has ganado. Todo para ti. Pontiero, torpe, patán, ¿no podrías haberte dado cuenta? ¿Cómo demonios te metiste en ese túnel? No puedo creerlo. Tú siempre has corrido detrás del cáncer de pulmón, como mi maldito padre. Dios, no puedes ni hacerte la idea de lo que me imaginaba cada vez que te fumabas una mierda de éstas. Volvía a ver a mi padre en la cama del hospital, escupiendo los pulmones en las sábanas. Y yo estudiando allí por las tardes. Por la mañana, a la facultad. Por las tardes, a meterme los temas en la cabeza a base de toses. Siempre creí que iría a los pies de tu cama también, a cogerte de la mano mientras te ibas al otro barrio entre avemarías y padrenuestros y mirándole el culo a las enfermeras. Eso, eso tenía que haber sido, y no esto. Patán, ¿no podías haberme llamado? Mierda, si parece que me sonríes, como disculpándote. ¿O estás pensando que es culpa mía? Tu mujer y tus críos no lo piensan ahora, pero ya lo pensarán cuando alguien les cuente toda la historia. Pero no, Pontiero, no es culpa mía. Es culpa tuya y sólo tuya, imbécil, más que imbécil. ¿Por qué coño te metiste en ese túnel? Ay, maldita sea tu puñetera confianza en todo aquel que lleve una sotana. El cabrón de Karoski, cómo nos la jugó. Bueno, me la jugó a mí y la has pagado tú. Esa barba, esa nariz. Llevaba puestas las gafas sólo para jodernos, para ridiculizarnos. El muy cerdo. Me miró directamente a la cara, pero no pude ver sus ojos detrás de esos dos culos de vaso que llevaba en la cara. Esa barba, esa nariz. ¿Quieres creer que no sé si le reconocería si le volviera a ver? Ya sé lo que estás pensando. Que mire las fotos de la escena del crimen de Robayra por si aparece en alguna, aunque sea al fondo. Y eso voy a hacer, por Dios. Eso voy a hacer. Pero deja de hacerte el listillo. Y no sonrías, cabrón, no sonrías. Sólo es el rigor mortis, por el amor de Dios. Aun muerto quieres hacerme cargar con tus culpas. No confíes en nadie, me decías. Ten cuidado, me decías. ¿Se puede saber para qué tantos puñeteros consejos si luego no los seguías tú? Dios, Pontiero. Menudo marrón que me dejas. Por tu puñetera torpeza me quedo sola delante de ese monstruo. Joder, si estamos siguiendo a un cura, las sotanas se vuelven automáticamente sospechosas, Pontiero. No me vengas con ésas. No te excuses con el argumento de que el padre Francesco parecía un viejo desvalido y cojo. Joder, que te ha dado para el pelo. Mierda, mierda. Cómo te odio, Pontiero. ¿Sabes lo que dijo tu mujer cuando se enteró de que habías muerto? Dijo: «No puede morir. Le gusta el jazz». No dijo «Tiene dos críos» o «Es mi marido y le amo». No, dijo que te gustaba el jazz. Como si Duke Ellington o Diana Krall fueran un puto chaleco antibalas. Mierda, ella te siente, te sentía vivo aún, siente tu voz rasposa y la música que escuchas. Huele aún los cigarros que fumas. Que fumabas. Cómo te odio. Beato de mierda… ¿de qué te vale ahora todo lo que rezaste? Aquellos en los que confiabas te han dado la espalda. Ya, ya me acuerdo de aquel día que comimos *pastrami* en plena Piazza Colonna. Me dijiste que los curas no son más que hombres con una responsabilidad, no ángeles. Que la Iglesia no se da cuenta de eso. Y te juro que se lo diré a la cara al próximo que se asome al balcón de San Pedro, te lo juro. Lo escribiré en una pancarta tan grande que la verá aunque esté ciego. Pontiero, maldito idiota. Ésta no era nuestra lucha. Oh, mierda, tengo miedo, mucho miedo. No quiero acabar como tú. Esa mesa tiene pinta de estar muy fría. ¿Y si Karoski me sigue hasta mi casa? Pontiero, idiota, ésta no es nuestra lucha. Es una lucha de los curas y su Iglesia. Y no me digas que también es la mía. Yo no creo ya en Dios. Mejor dicho, sí creo. Pero creo que no es buena gente. Mi amor

132

por él me dejó a los pies de un muerto que tenía que haber vivido treinta años más. Se fue más rápido que un desodorante barato, Pontiero. Y ahora sólo queda el olor de los muertos, de todos los muertos que hemos visto en estos años. Cuerpos que olían a podrido antes de tiempo porque Dios no supo hacer bien a algunas de sus criaturas. Y tu cadáver es el que peor huele de todos. No me mires así. No me digas que Dios cree en mí. Un Dios bueno no deja que ocurran estas cosas, no deja que uno de los suyos se convierta en un lobo entre las ovejas. Tú oíste como yo lo que contó el padre Fowler. A ese mamón le dejaron arregladito de abajo con toda la mierda que le metieron y ahora busca emociones más fuertes aún que violar a niños. ¿Y qué me dices de ti? ¿Qué clase de Dios permite que a un beato meapilas como tú lo metan en una puta nevera, mientras su compañera podría meter la mano entera en sus heridas? Mierda, no era mi lucha antes, más allá de apuntarme un tanto con Boi, coger a uno de estos degenerados por fin. Pero está visto que soy una inútil. No, cállate. No digas nada. ¡Deja de protegerme! ¡No soy una niña! Sí, he sido una inútil. ¿Qué tiene de malo reconocerlo? No he pensado con claridad. Todo esto me ha superado claramente, pero ya está. Se acabó. Joder, no era mi lucha, pero ahora sí que lo es. Ahora es personal, Pontiero. Ahora me importa un carajo la presión del Vaticano, de Cirin, de Boi y de la puta que los parió a todos. Ahora voy a ir a por todas, y no me importa si en el camino ruedan cabezas. Voy a cogerle, Pontiero. Por ti y por mí. Por tu mujer que espera ahí fuera y por tus dos mocosos. Pero sobre todo por ti, porque estás helado y tu cara ya no es tu cara. Dios, qué jodido te ha dejado. Qué jodido te ha dejado y qué sola me siento. Te odio, Pontiero. Te echaré mucho de menos.

133

Paola salió al pasillo. Fowler la esperaba mirando fijamente a la pared, sentado en un banco de madera. Se puso en pie al verla.

—*Dottora*, yo...

—Está bien, padre.

—No está bien. Sé por lo que está pasando. Usted no está bien.

—Por supuesto que no estoy bien. Mierda, Fowler, no voy a volver a caer en sus brazos otra vez derrumbada de dolor. Eso sólo pasa en las películas.

Se marchaba ya cuando apareció Boi junto a ambos.

—Dicanti, tenemos que hablar. Estoy muy preocupado por usted.

—¿Usted también? Qué novedad. Lo siento, pero no tengo tiempo para charlas.

El doctor Boi se interpuso en su camino. La cabeza de ella le llegaba al científico a la altura del pecho.

—No lo entiende, Dicanti. Voy a retirarla del caso. Ahora las apuestas son demasiado grandes.

Paola alzó la vista. Se le quedó mirando fijamente y habló despacio, muy despacio, con la voz helada, átona.

—Escúchame bien, Carlo, porque sólo lo diré una vez. Voy a coger al que le hizo esto a Pontiero. Ni tú ni nadie tiene nada que decir al respecto. ¿Me he expresado con claridad?

—No parece tener muy claro quién es el jefe aquí, Dicanti.

—Tal vez. Pero sí tengo claro qué es lo que tengo que hacer. Hazte a un lado, por favor.

Boi abrió la boca para responder, pero en lugar de ello se apartó. Paola encaminó sus enfurecidos pasos hacia la salida.

Fowler sonreía.

—¿Qué es tan gracioso, padre?

—Usted, por supuesto. No me engaña. No pensó en retirarla del caso en ningún momento, ¿verdad?

El director de la UACV fingió asombro.

—Paola es una mujer muy fuerte e independiente, pero necesita centrarse. Toda esta rabia que está sintiendo ahora puede ser enfocada, canalizada.

—Director... oigo palabras pero no escucho verdades.

—De acuerdo. Lo reconozco. Siento miedo por ella. Necesitaba saber que tiene dentro la fuerza necesaria para seguir. Cualquier otra respuesta que no fuera la que me ha dado habría hecho que la quitase de en medio. No nos enfrentamos a alguien normal.

—Ahora sí está siendo sincero.

Fowler intuyó que tras el cínico político y administrador había un ser humano. Le vio tal cual era en aquel momento de la madrugada, con la ropa acartonada y el alma rasgada tras la muerte de uno de sus subordinados. Puede que Boi dedicase mucho tiempo a autopromocionarse, pero le había cubierto las espaldas a Paola casi siempre. Aún sentía una fuerte atracción por ella, eso era evidente.

—Padre Fowler, he de pedirle un favor.

—En realidad, no.

—¿Cómo dice? —se asombró Boi.

—No ha de pedírmelo. Tendré cuidado de la *dottora*, a su pesar. Para bien o para mal, sólo quedamos tres en esto. Fabio Dante, Dicanti y yo mismo. Tendremos que hacer frente común.

—No puede confiar en Fowler, Dicanti. Es un asesino.

Paola levantó su ojerosa vista del expediente de Karoski. Había dormido apenas unas horas y había vuelto a su mesa al rayar el alba. Algo inhabitual: Paola era de las que gustaban de largos desayunos y llegar al trabajo con calma, para luego marcharse bien entrada la noche. Pontiero le insistía que de esa forma se perdía el amanecer romano. La inspectora no lo apreció aquella mañana porque estaba honrando a su amigo de una manera bien distinta, pero desde su despacho el amanecer era particularmente bello. La luz se arrastraba perezosa por las colinas de Roma, mientras los rayos de sol se demoraban en cada edificio, en cada cornisa, saludando el arte y la belleza de la Ciudad Eterna. Las formas y colores del día aparecían tan delicadamente como si llamaran a la puerta para pedir permiso. Pero quien entró sin llamar, y con una sorprendente acusación, fue Fabio Dante. El superintendente se presentó media hora antes de lo acordado. Llevaba un sobre en la mano y serpientes en la boca.

—Dante, ¿ha bebido usted?

—Nada de eso. Le digo que es un asesino. ¿Recuerda que le dije que no se fiara de él? Su nombre hizo saltar una alarma en mi cerebro. Un recuerdo en el fondo de la cabeza, ya sabe. Así que investigué un poco sobre su supuesto militar.

Paola sorbió un café cada vez más frío. Estaba intrigada.

—¿Y no es militar?

—Ah, por supuesto que lo es. Capellán militar. Pero no está a las órdenes de la Fuerza Aérea. Es de la CIA.

—¿La CIA? Está usted de broma.

—No, Dicanti. Fowler no es un hombre que pueda tomarse a broma. Escuche: Nació en 1951, en una familia adinerada. El padre tenía una industria farmacéutica o algo así. Estudió psicología en Princeton. Terminó la carrera con veinte años y *magna cum laude*.

—*Magna cum laude*. La máxima calificación. Me mintió entonces. Dijo que no había sido un alumno especialmente brillante.

—Le ha mentido en eso y en más cosas. No fue a recoger su título universitario. Al parecer discutió con su padre y se alistó en 1971. Voluntario en plena guerra de Vietnam. Estuvo cinco meses de instrucción en Virginia y diez meses en Vietnam, con el rango de teniente.

—¿No era un poco joven para teniente?

—¿Está de broma? ¿Un licenciado universitario voluntario? Seguro que se plantearían hacerle general. No se sabe qué pasó por su cabeza en aquellos años, pero no volvió a Estados Unidos tras la guerra. Estudió en un seminario en Alemania occidental y se ordenó sacerdote en 1977. Después hay rastros de su pista en muchos lugares: Camboya, Afganistán, Rumanía. Sabemos que estuvo en China de visita y tuvo que salir a toda prisa.

—Todo eso no justifica que sea agente de la CIA.

—Dicanti, está todo aquí. —Mientras hablaba, le iba mostrando a Paola fotos, la mayoría en blanco y negro. En ellas se veía a un Fowler curiosamente joven, que iba perdiendo pelo progresivamente según las imágenes iban acercándose al presente. Vio a Fowler encima de una pila de sacos terreros en una jungla, rodeado de soldados. Llevaba galones de teniente. Le vio en una enfermería, junto a un soldado sonriente. Le vio el día de su ordenación, recibiendo el sacramento allí mismo, en Roma, del mismísimo Pablo VI. Le vio en una gran explanada con aviones al fondo, vestido ya con *clergyman*, rodeado de más jóvenes soldados…

—¿De cuándo es ésta?

Dante consultó sus notas.

—Es de 1977. Tras su ordenación Fowler volvió a Alemania, a la base aérea de Spangdahlem. Como capellán militar.

137

—Luego su historia concuerda.

—Casi…, pero no del todo. Un expediente que no debería estar aquí, pero está, dice que «John Abernathy Fowler, hijo de Marcus y Daphne Fowler, teniente de la USAF, recibe un aumento de empleo y sueldo tras completar con éxito el entrenamiento de campo y especialidades de contraespionaje». En Alemania occidental. En plena guerra fría.

Paola hizo un gesto ambiguo. No lo acababa de ver claro.

—Espere, Dicanti, que ahí no acaba la cosa. Como le dije antes, viajó a muchas partes. En 1983 desaparece unos meses. La última persona que sabe algo de él es un sacerdote en Virginia.

Ahí Paola comenzó a darse por vencida. Un militar que desaparece unos meses en Virginia sólo podía ir a un sitio: a la sede de la CIA en Langley.

—Continúe, Dante.

—En 1984 Fowler reaparece brevemente por Boston. Sus padres fallecen en un accidente de coche en julio. Él acude al despacho del notario y le pide que reparta todo su dinero y sus posesiones entre los pobres. Firma los papeles necesarios y se larga. Según el notario, la suma de todas las propiedades de sus padres y de la empresa era de ochenta millones y medio de dólares.

Dicanti soltó un silbido inarticulado y desafinado de puro asombro.

—Eso es mucho dinero, y más en 1984.

—Pues se desprendió de todo. Una pena no haberle conocido antes, ¿eh, Dicanti?

—¿Qué insinúa, Dante?

—Nada, nada. Bueno, para rematar la locura, Fowler se larga a México y desde allí a Honduras. Es nombrado capellán de la base militar de El Aguacate, ya con el rango de mayor. Y aquí es donde se convierte en un asesino.

El siguiente bloque de fotografías deja helada a Paola. Hileras de cadáveres en polvorientas fosas comunes. Trabajadores con palas y mascarillas que apenas podían ocultar el horror de sus rostros. Cuerpos desenterrados, pudriéndose al sol. Hombres, mujeres y niños.

—Dios mío, ¿qué es esto?

—¿Qué tal sus conocimientos de historia? Los míos son lamentables. Tuve que mirar en internet de qué iba toda la puñetera cosa. Al parecer, en Nicaragua hubo una revolución sandinista. La contrarrevolución, llamada la Contra nicaragüense, quería volver a colocar un gobierno de derechas en el poder. El gobierno de Ronald Reagan apoyó bajo cuerda a los guerrilleros rebeldes, guerrilleros que en muchas ocasiones hubieran merecido mejor el nombre de terroristas. ¿Y a que no adivina quién era embajador de Honduras en aquella época?

Paola empezaba a atar cabos a gran velocidad.

—John Negroponte.

—¡Premio para la belleza de pelo negro! Fundador de la base aérea de El Aguacate, en la mismísima frontera con Nicaragua, base para el entrenamiento de miles de guerrilleros de la Contra. Según *The Washington Post*, El Aguacate era «un centro clandestino de detención y tortura, más parecido a un campo de concentración que a una base militar de un país democrático». Esas fotos tan hermosas y gráficas que le he enseñado se realizaron hace diez años. Había ciento ochenta y cinco hombres, mujeres y niños en esas fosas. Y se cree que aún hay un número indeterminado de cuerpos, que podría llegar hasta los trescientos, enterrado en las montañas.

—Dios mío, todo esto es horrible. —El horror de ver aquellas fotos, sin embargo, no impidió a Paola hacer un esfuerzo por concederle el beneficio de la duda a Fowler—. Pero tampoco prueba nada.

—Estaba allí. ¡Era el capellán de un campo de torturas, por Dios! ¿A quién cree que acudirían los condenados antes de morir? ¿Cómo podía él no estar al tanto?

Dicanti le miró en silencio.

—De acuerdo *ispettora*, ¿quiere algo más? Hay material de sobra. Un expediente del Sant'Uffizio. En 1993 fue llamado a Roma para declarar sobre el asesinato de treinta y dos monjas siete años antes. Las religiosas huyeron de Nicaragua y acabaron en El Aguacate. Las violaron, les dieron un paseo en helicóptero y finalmente, *plaf*, tortilla de monja. De paso también declaró sobre doce misioneros católicos desaparecidos. La base de la acusación era que él estaba al corriente de todo lo sucedido y que no denunció estos casos flagrantes de violación de los derechos humanos. A todos los efectos sería tan culpable como si hubiera pilotado él mismo el helicóptero.

—¿Y qué dictaminó el Santo Oficio?

—Eh, bueno, no había pruebas suficientes para condenarle. Se libró por los pelos. Eso sí, cayó en desgracia en ambas partes. Creo que salió de la CIA por decisión propia. Estuvo un tiempo dando tumbos, y acabó en el Instituto Saint Matthew.

Paola estuvo un buen rato mirando las fotografías.

—Dante, voy a hacerle una pregunta muy, muy seria. ¿Usted, como ciudadano del Vaticano, diría que el Santo Oficio es una institución descuidada?

—No, inspectora.

—¿Se podría decir que no se casa con nadie?

Dante asintió, a regañadientes. Ya veía adónde quería ir a parar Paola.

—Por tanto, superintendente, la institución más rigurosa de su Estado Vaticano ha sido incapaz de encontrar indicios de culpabilidad en Fowler, ¿y usted entra en mi despacho vociferando que es un asesino y sugiriéndome que no confíe en él?

El aludido se puso en pie, hecho una furia, inclinándose sobre el escritorio de Dicanti.

140

—Escúcheme, bonita… No crea que no sé con qué ojos mira a ese pseudocura. Por una desgraciada jugarreta del destino tenemos que cazar a un puto monstruo bajo sus órdenes, y no quiero que piense con las faldas. Ya ha perdido a un compañero, y no quiero que me cubra las espaldas ese americano cuando estemos frente a Karoski. Vaya usted a saber cómo reaccionará. Parece que es una persona muy leal a su país… Igual se pone de parte de su compatriota.

Paola se levantó y con total tranquilidad le cruzó la cara dos veces. *Plas plas*. Las dos bofetadas fueron de campeonato, de las que atronan bien los oídos. Dante se quedó tan sorprendido y humillado que no supo ni reaccionar. Se quedó clavado, con la boca abierta y las mejillas rojas.

—Ahora escúcheme usted a mí, superintendente Dante. Si estamos clavados en esta puta investigación sólo tres personas es porque su Iglesia no quiere que salga a la luz que un monstruo que violaba niños y que fue castrado en uno de sus tugurios anda matando cardenales a sólo unos días de que elijan mandamás. Ésa y no otra es la razón de que Pontiero haya muerto. Le recuerdo que fueron ustedes quienes vinieron a pedirnos ayuda. Al parecer su organización funciona estupendamente a la hora de recabar información sobre las actividades de un cura en una selva del tercer mundo, pero no se le da tan bien el controlar a un delincuente sexual que reincidió decenas de veces en diez años, a la vista de sus superiores y en un país democrático. Así que arrastre fuera de aquí su patética jeta antes de que empiece a pensar que su problema es que está celoso de Fowler. Y no vuelva hasta que esté dispuesto a trabajar en equipo. ¿Me ha comprendido?

Dante recuperó la compostura suficiente para respirar hondo y darse la vuelta. En ese momento entraba Fowler en el despacho, y el superintendente descargó su frustración contra él arrojándole a la cara las fotos que aún llevaba en la mano. Dante estaba tan furioso que se escabulló sin acordarse siquiera de dar un portazo.

La inspectora se sintió tremendamente aliviada por dos cosas: primero, por haber tenido la oportunidad de hacer lo que ya había imaginado unas cuantas veces que haría; y segundo, por haberlo podido hacer en privado. Si idéntica situación se hubiera producido con alguien más presente o en plena calle, Dante no hubiera olvidado jamás las bofetadas en público. Ningún hombre olvida algo así. Aún había maneras de reconducir la situación y de poner un poco de paz. Miró de reojo a Fowler. Éste seguía sin moverse, junto a la puerta, con la vista fija en las fotografías que ahora cubrían el suelo del despacho.

Paola se sentó, dio un sorbo al café y, sin alzar la cabeza del expediente de Karoski, dijo:

—Creo que tiene usted mucho que contarme, padre.

141

INSTITUTO SAINT MATTHEW
Silver Spring, Maryland

Abril de 1997

DR. FOWLER:	Buenas tardes, padre Karoski.
#3.643:	Pase, pase.
DR. FOWLER:	He venido a verle porque usted se ha negado a hablar con el padre Conroy.
#3.643:	Su actitud era insultante y le he pedido que saliera, en efecto.
DR. FOWLER:	¿Exactamente qué le pareció insultante de su actitud?
#3.643:	El padre Conroy cuestiona verdades inmutables de nuestra fe.
DR. FOWLER:	Póngame un ejemplo.
#3.643:	¡Afirma que el diablo es un concepto sobrevalorado! Encontraré muy interesante ver cómo ese concepto le clava un tridente en las nalgas.
DR. FOWLER:	¿Piensa usted estar ahí para verlo?
#3.643:	Era una forma de hablar.
DR. FOWLER:	Usted cree en el infierno, ¿verdad?
#3.643:	Con todas mis fuerzas.
DR. FOWLER:	¿Cree merecérselo?
#3.643:	Soy un soldado de Cristo.
DR. FOWLER:	Eso no quiere decir nada.
#3.643:	¿Desde cuándo?
DR. FOWLER:	Un soldado de Cristo no tiene garantizado el cielo o el infierno, padre Karoski.

#3.643:	Si es un buen soldado, sí.
Dr. Fowler:	Padre, he de dejarle un libro que creo que le resultará de muchísima ayuda. Lo escribió san Agustín. Es un libro que trata sobre la humildad y la lucha interior.
#3.643:	Estaré encantado de leerlo.
Dr. Fowler:	¿Usted cree que irá al cielo cuando muera?
#3.643:	Estoy seguro.
Dr. Fowler:	Pues ya sabe más que yo.
#3.643:	…
Dr. Fowler:	Quiero plantearle una hipótesis. Supongamos que se encuentra a las puertas del cielo. Dios sopesa sus actos buenos y sus actos malos, y el fiel de la balanza está equilibrado. Por tanto, le propone que llame a quien usted desee para que le ayude a despejar las dudas. ¿A quién llamaría?
#3.643:	No estoy seguro.
Dr. Fowler:	Permítame que le sugiera unos nombres: Leopold, Jamie, Lewis, Arthur…
#3.643:	Esos nombres no me dicen nada.
Dr. Fowler:	… Harry, Michael, Johnnie, Grant…
#3.643:	Cállese.
Dr. Fowler:	… Paul, Sammy, Patrick…
#3.643:	¡Le digo que se calle!
Dr. Fowler:	… Jonathan, Aaron, Samuel…
#3.643:	¡¡¡Basta!!!

(Se escucha de fondo un confuso y breve ruido de lucha.)

Dr. Fowler:	Lo que estoy apretando entre los dedos índice y pulgar es su tráquea, padre Karoski. Huelga decir que será aún más doloroso si no se tranquiliza. Haga un gesto con la mano izquierda si me ha comprendido. Bien. Ahora repítalo si se encuentra más tranquilo. Podemos esperar el tiempo que sea necesario. ¿Ya? Bien. Tenga, un poco de agua.
#3.643:	Gracias.
Dr. Fowler:	Siéntese, por favor.
#3.643:	Ya estoy mejor. No sé lo que me ha pasado.
Dr. Fowler:	Ambos sabemos lo que le ha pasado. Igual que ambos sabemos que los niños de la lista que he citado

143

	no hablarán precisamente en su favor cuando se encuentre ante el Todopoderoso, padre.
#3.643:	...
DR. FOWLER:	¿No va a decir nada?
#3.643:	Usted no sabe nada del infierno.
DR. FOWLER:	¿Eso piensa? Se equivoca usted: lo he visto con mis propios ojos. Ahora voy a apagar la grabadora y le contaré algo que seguramente le interesará.

Jueves, 7 de abril de 2005. 08:32

*F*owler apartó la mirada de las fotos desperdigadas por el suelo. No hizo ningún ademán de recogerlas, simplemente pasó por encima de ellas con elegancia. Paola se preguntó si aquello significaba una respuesta implícita a las acusaciones de Dante. A lo largo de los próximos días, Paola sufriría muchas veces la sensación de estar ante un hombre tan insondable como educado, tan equívoco como inteligente. Fowler en sí mismo era una contradicción y un jeroglífico indescifrable. Pero en aquella ocasión a ese sentimiento lo acompañaba una sorda cólera, que le asomaba a los labios en forma de temblor.

145

El sacerdote se sentó frente a Paola, dejando a un lado de la silla su gastado maletín negro. Llevaba en la mano izquierda una bolsa de papel con tres cafés. Le ofreció uno a Dicanti.

—¿Capuchino?

—Odio el capuchino. Me recuerda al vómito de un perro que tuve —dijo Paola—. Pero lo acepto de todos modos.

Fowler permaneció en silencio durante un par de minutos. Finalmente Paola dejó de simular que leía el expediente de Karoski y decidió enfrentarse al sacerdote. Tenía que saberlo.

—¿Y bien? ¿Es que no va a…?

Y se paró en seco. Desde que Fowler entró en su despacho no le había mirado a la cara. Pero al hacerlo, descubrió que estaba a miles de kilómetros de allí. Las manos llevaban el café a la boca inseguras, vacilantes. Minúsculas gotas de sudor perlaban la calva del sacerdote, a pesar de que aún hacía fresco. Y sus ojos verdes proclamaban que su dueño había contemplado horrores indelebles y que los volvía a contemplar.

Paola no dijo nada, cayendo en la cuenta de que la aparente elegancia con la que Fowler había pasado por encima de las fotos era sólo fachada. Esperó. Al sacerdote le llevó unos cuantos minutos recuperarse, y cuando lo hizo, la voz le salió distante y apagada.

—Es duro. Crees que lo has superado, pero luego vuelve a aparecer, como un corcho que intentas hundir inútilmente en una bañera. Se escurre, flota hasta la superficie. Y allí te lo encuentras de nuevo…

—Hablar le ayudará, padre.

—Puede creerme, *dottora*… no lo hace. No lo ha hecho en ninguna ocasión. No todos los problemas se resuelven hablando.

—Curiosa expresión para un sacerdote. Increíble para un psicólogo. Aunque apropiada para un agente de la CIA entrenado para matar.

Fowler reprimió una mueca triste.

—No me entrenaron para matar, no más que a cualquier otro soldado. Fui adiestrado en tácticas de contraespionaje. Dios me dio el don de una puntería infalible, cierto, pero yo no solicité ese don. Y, anticipándome a su próxima pregunta, no he matado a nadie desde 1972. Maté a once soldados del Vietcong, al menos que yo sepa. Pero todas esas muertes fueron en combate.

—Usted fue quien se alistó voluntario.

—*Dottora*, antes de juzgarme, permita que le cuente mi historia. Nunca le he dicho a nadie lo que le voy a decir a usted, así que por favor, sólo le pido que acepte mis palabras. No que me crea o que confíe en mí, ya que eso es pedir demasiado. Simplemente, acepte mis palabras.

Paola asintió despacio.

—Supongo que toda esta información le habrá llegado por cortesía del superintendente. Si es el expediente del Sant'Uffizio, se habrá hecho una idea muy aproximada de mi historial. Me alisté voluntario en 1971, debido a ciertas… discrepancias con mi padre. No quiero hacerle un relato de terror acerca de lo que significó para mí la guerra, porque las palabras no alcanzarían a describirlo. ¿Ha visto usted *Apocalypse Now, dottora*?

—Sí, hace tiempo. Me sorprendió su crudeza.

—Una pálida farsa. Eso es lo que es. Una sombra en la pared, comparada con lo que aquello significó. Vi dolor y crueldad suficientes para llenar varias vidas. También allí apareció ante mí la vocación. No fue en una trinchera en plena noche, con el fuego del enemigo silbando en los oídos. No fue mirando a la cara a niños de diez años con collares hechos de orejas humanas. Fue en una tranquila tarde en retaguardia, junto al capellán de mi regimiento. Allí supe que tenía que dedicar mi vida a Dios y a sus criaturas. Y eso hice.

—¿Y la CIA?

—No se adelante... No quise volver a Estados Unidos. Allí seguían mis padres. Así que me fui lo más lejos que pude, hasta el borde del telón de acero. Allí aprendí muchas cosas, pero alguna de ellas no tendría cabida en su cabeza. Usted sólo tiene treinta y cuatro años. Para comprender lo que significaba el comunismo para un católico alemán en los años setenta, tendría que haberlo vivido. Respirábamos a diario la amenaza de la guerra nuclear. El odio entre mis compatriotas era una religión. Parecía que cada día estábamos más cerca de que alguien, ellos o nosotros, saltara el muro. Y entonces todo habría terminado, se lo aseguro. Antes o después, alguien habría pulsado el botón.

Fowler hizo una breve pausa para tomar un sorbo de café. Paola encendió uno de los cigarrillos de Pontiero. Fowler tendió la mano hacia el paquete, pero Paola negó con la cabeza.

—Son míos, padre. He de fumármelos yo sola.

—Ah, no se preocupe. No pretendía coger uno. Sólo me preguntaba por qué de repente usted había vuelto.

—Padre, si no le importa, prefiero que continúe. No quiero hablar de esto.

El sacerdote intuyó una gran pena en sus palabras y siguió con su historia.

—Por supuesto... Yo quería seguir ligado a la vida militar. Amo el compañerismo, la disciplina y el sentido de la vida castrense. Si lo piensa, no es muy distinto del concepto de sacerdocio: se trata de entregar la vida por los demás. Los ejércitos en sí mismos no son malos, las que son malas son las guerras. Pedí ser destinado como capellán a una base norteamericana, y, al ser yo sacerdote diocesano, mi obispo cedió.

—¿Qué quiere decir diocesano, padre?

—Más o menos o menos que soy un agente libre. No estoy sujeto a una congregación. Si quiero, puedo solicitarle a mi obispo que me asigne a una parroquia. Pero si lo creo conveniente, puedo iniciar mi labor pastoral donde lo crea oportuno, siempre con el beneplácito del obispo, entendido como aquiescencia formal.

—Comprendo.

—Allí, en la base, conviví con varios miembros de la Agencia que estaban impartiendo un programa especial de formación en actividades de contraespionaje para militares en activo que no pertenecieran a la CIA. Me invitaron a unirme a ellos, cuatro horas al día, cinco días por semana durante dos años. No era incompatible con mis labores pastorales, sólo me restaba horas de sueño. Así que acepté. Y resultó que fui un buen alumno. Una noche, al acabar las clases, uno de los instructores se acercó a mí y me propuso unirme a la Compañía. Así se llama a la Agencia en los círculos internos. Yo le dije que era sacerdote y que sería imposible. Tenía una labor tremenda por delante con los centenares de jóvenes católicos de la base. Sus superiores dedicaban muchas horas al día a enseñarles a odiar a los comunistas. Yo dedicaba una hora a la semana a recordarles que todos somos hijos de Dios.

—Una batalla perdida.

—Casi siempre. Pero el sacerdocio, *dottora*, es una carrera de fondo.

—Creo que he leído esas palabras en una de sus entrevistas con Karoski.

—Es posible. Nos limitamos a ir anotando pequeños puntos. Pequeñas victorias. De vez en cuando se consigue alguna de las grandes, pero en contadas ocasiones. Vamos sembrando pequeñas semillas, con la esperanza de que parte de la simiente fructifique. Muchas veces no es uno mismo quien recoge los frutos, y eso desmoraliza.

—Eso sí que tiene que ser jodido, padre.

—Una vez un rey paseaba por el bosque y vio a un pobre viejecito que se afanaba en un surco. Se acercó a él y vio que estaba plantando nogales. Le preguntó por qué lo hacía y el viejecito le respondió: «Me encantan las nueces». El rey le dijo: «Anciano, no castigues tu encorvada espalda sobre ese hoyo. ¿Acaso no ves que cuando el nogal crezca, tú no vivirás para recoger sus frutos?». Y el anciano le respondió: «Si mis ancestros hubieran pensado como vos, majestad, yo nunca hubiera probado las nueces».

Paola sonrió, sorprendida ante la verdad absoluta de aquellas palabras.

—¿Sabe qué nos enseña esa anécdota, *dottora*? —continuó Fowler—. Que siempre se puede seguir adelante con voluntad, amor a Dios y un empujoncito de Johnnie Walker.

Paola parpadeó ligeramente. No se imaginaba al recto y educado sacerdote con una botella de whisky, pero era evidente que había estado muy solo toda su vida.

—Cuando el instructor me dijo que a los jóvenes de la base podría ayudarles otro sacerdote, pero a los miles de jóvenes tras el telón de acero no podría ayudarles nadie, comprendí que tenía una importante parte de razón. Miles de cristianos languidecían bajo el comunismo, rezando en el retrete y escuchando misa en lúgubres sótanos. Ellos podrían servir a la vez a los intereses de mi país y a los de mi Iglesia, en aquellos puntos en los que coincidían. Sinceramente, entonces pensé que las coincidencias eran muchas más.

—¿Y ahora qué piensa? Porque ha vuelto al servicio activo.

—Enseguida responderé a su pregunta. Se me ofreció ser un agente libre, aceptando sólo aquellas misiones que yo creyese justas. Viajé por muchos lugares. A algunos fui como sacerdote. A otros como ciudadano normal. Vi mi vida en peligro alguna vez, aunque valió la pena casi siempre. Ayudé a gente que me necesitaba, de una forma u otra. A veces esa ayuda tomaba la forma de un aviso a tiempo, un sobre, una carta. Otras veces era necesario organizar una red de información. O sacar a una persona de un embrollo. Aprendí idiomas, e incluso me sentí suficientemente bien como para viajar de vuelta a Estados Unidos. Hasta que ocurrió lo de Honduras...

—Padre, espere. Se ha saltado una parte importante. El funeral de sus padres.

Fowler hizo un gesto de disgusto.

—No llegué a ir. Simplemente arreglé unos flecos legales que había pendientes.

—Padre Fowler, me sorprende usted. Ochenta millones de dólares no son un fleco legal.

—Vaya, así que también sabe eso. Pues sí. Renuncié al dinero. Pero no lo regalé, como muchos piensan. Lo destiné para crear una fundación sin ánimo de lucro que colabora activamente en varios campos de interés social, dentro y fuera de Estados Unidos. Lleva el nombre de Howard Eisner, el capellán que me inspiró en Vietnam.

—¿Usted creó la Eisner Foundation? —se asombró Paola—. Vaya, sí que es viejo entonces.

—Yo no la creé. Sólo le di un empujón y aporté los medios económicos. En realidad, la crearon los abogados de mis padres. Contra su voluntad, debo añadir.

—Bien, padre, cuénteme lo de Honduras. Y tómese el tiempo que necesite.

El sacerdote miró con curiosidad a Dicanti. Su actitud había cambiado de repente, de manera sutil pero importante. Ahora estaba dispuesta a creerle. Se preguntó qué podría haberle provocado ese cambio.

—No quiero aburrirle con detalles, *dottora*. La historia de El Aguacate daría para llenar un libro entero, pero iré a lo esencial. El objetivo de la CIA era favorecer una revolución. El mío, ayudar a los católicos que sufrían la opresión del régimen sandinista. Se formó y entrenó a un ejército de voluntarios, que deberían emprender una guerra de guerrillas para desestabilizar el gobierno. Los soldados se reclutaron entre lo más pobre de Nicaragua. Las armas las vendió un antiguo aliado del gobierno, del que pocos sospechaban cómo iba a resultar: Osama bin Laden. Y el mando de la Contra recayó en un profesor de bachillerato llamado Bernie Salazar, un fanático, como sabríamos después. En los meses de entrenamiento acompañé a Salazar al otro lado de la frontera, en incursiones cada vez más arriesgadas. Ayudé en la extracción de religiosos comprometidos, pero mis discrepancias con Salazar eran cada vez mayores. Comenzaba a ver comunistas por todas partes. Debajo de cada piedra había un comunista, según él.

—Según leí en un antiguo manual de psiquiatría, la paranoia aguda se desarrolla muy deprisa entre los líderes fanáticos.

—Este caso corrobora su libro a la perfección, *dottora* Dicanti. Yo sufrí un accidente, del que no supe hasta mucho después que había sido intencionado. Me rompí una pierna y no pude ir a más excursiones. Y los guerrilleros comenzaban a regresar cada vez más tarde. No dormían en los barracones del campo, sino en claros de la jungla, en tiendas de campaña. Por las noches hacían supuestas prácticas de tiro, que luego se revelaron ejecuciones sumarísimas. Yo estaba postrado en cama, pero la noche en la que Salazar capturó a las monjas y las acusó de comunismo, alguien me avisó. Era un buen chico, como muchos de los que iban con Salazar, aunque le tenía un poco menos de miedo que los otros. Sólo un poco menos, porque me lo contó bajo secreto de confesión. Sabía que así yo no lo revelaría a nadie, pero pondría de mi parte todo lo necesario para ayudar a las monjas. Hicimos lo que pudimos...

La cara de Fowler estaba mortalmente pálida. Se interrumpió el tiempo necesario para tragar saliva. No miraba a Paola, sino a un punto más allá de la ventana.

—... pero no fue suficiente. Hoy tanto Salazar como el chico están muertos, y todo el mundo sabe que los guerrilleros secuestraron el helicóptero y lanzaron a las monjas sobre uno de los pueblos de los sandinistas. Necesitó tres viajes para ello.

—¿Por qué lo hizo?

—El mensaje dejaba poco margen de error. Mataremos a cualquier sospechoso de aliarse con los sandinistas. Sea quien sea.

Paola estuvo unos instantes en silencio, reflexionando sobre lo que había escuchado.

—Y usted se culpa, ¿verdad, padre?

—Sería difícil no hacerlo. No conseguí salvar a aquellas mujeres. Ni cuidé bien de aquellos chicos, que acabaron matando a su propia gente. Me arrastró hasta allí el afán de hacer el bien, pero no fue eso lo que conseguí. Sólo fui una pieza más en el engranaje de la fábrica de monstruos. Mi país está tan habituado a ello que ya no se asombra cuando uno de los que hemos entrenado, ayudado y protegido se vuelve contra nosotros.

A pesar de que la luz del sol comenzaba a darle de lleno en el rostro, Fowler no parpadeó. Se limitó a entrecerrar los ojos hasta convertirlos en dos finas líneas verdes y siguió mirando por encima de los tejados.

—La primera vez que vi las fotografías de las fosas comunes —continuó el sacerdote—, vino a mi memoria el tableteo

151

de los subfusiles en la noche tropical. Las «prácticas de tiro». Me había acostumbrado a ese ruido. Hasta tal punto que una noche, medio dormido, creí oír unos gritos de dolor entre los disparos y no les presté mayor atención. El sueño me venció. A la mañana siguiente me dije que había sido producto de mi imaginación. Si en aquel momento hubiera hablado con el comandante del campo y hubiéramos investigado más de cerca a Salazar, se habrían salvado muchas vidas. Por eso soy responsable de todas esas muertes, por eso dejé la CIA y por eso fui llamado a declarar por el Santo Oficio.

—Padre…, yo ya no creo en Dios. Ahora sé que cuando morimos, se acabó. Creo que todos volvemos a la tierra, tras un breve trayecto por la tripa de un gusano. Pero si de verdad necesita una absolución, le ofrezco la mía. Usted salvó a los sacerdotes que pudo antes de que le tendieran una trampa.

Fowler se permitió media sonrisa.

—Gracias, *dottora*. No sabe lo importante que son para mí sus palabras, aunque lamente el profundo desgarro que hay tras una afirmación tan dura en una antigua católica.

—Pero aún no me ha dicho cuál ha sido la causa de su vuelta.

—Es muy simple. Me lo pidió un amigo. Y nunca les fallo a mis amigos.

—Así que eso es usted ahora…, un espía de Dios.

Fowler sonrió.

—Podría llamarlo así, supongo.

Dicanti se levantó y se dirigió a la cercana estantería.

—Padre, esto va contra mis principios, pero, como diría mi madre, sólo se vive una vez.

Cogió un grueso libro de análisis forense y se lo alargó a Fowler. Éste lo abrió. Las páginas estaban vaciadas, formando tres huecos en el papel, convenientemente ocupados por una botella de Dewar's mediana y dos pequeños vasos.

—Apenas son las nueve de la mañana, *dottora*.

—¿Va a hacer los honores, o a esperar el anochecer, padre? Me sentiré orgullosa de beber con el hombre que creó la Eisner Foundation. Entre otras cosas, padre, porque esa fundación pagó mi beca de estudios en Quantico.

Entonces fue el turno de Fowler para asombrarse, aunque no dijo nada. Sirvió dos medidas iguales de whisky y alzó su copa.

—¿Por quién brindamos?

—Por los que se fueron.

—Por los que se fueron, entonces.

Y ambos vaciaron su copa de un trago. El líquido rodó garganta abajo y para Paola, que no bebía nunca, fue como tragar clavos empapados de amoniaco. Sabía que tendría acidez todo el día, pero se sintió orgullosa de haber alzado su vaso con aquel hombre. Ciertas cosas, simplemente, había que hacerlas.

—Ahora lo que debe preocuparnos es recuperar para el equipo al superintendente. Como usted intuyó, le debe a Dante este inesperado regalo —dijo Paola, señalando las fotografías—. Me pregunto por qué lo ha hecho. ¿Tiene alguna clase de resentimiento contra usted?

Fowler rompió a reír. Su risa sorprendió a Paola, que nunca había escuchado un sonido teóricamente alegre que en la práctica sonase tan desgarrado y triste.

—No me diga que no lo ha notado.

—Perdone, padre, pero no le entiendo.

—*Dottora*, para ser usted una persona tan versada en aplicar ingeniería inversa a las acciones de las personas, está usted demostrando una radical falta de juicio en esta ocasión. Es evidente que Dante tiene un interés romántico en usted. Y, por alguna absurda razón, cree que yo le hago la competencia.

Paola se quedó absolutamente de piedra, con la boca entreabierta. Notaba que un sospechoso calor le subía a las mejillas, y no era debido al whisky. Era la segunda vez que aquel hombre conseguía que se ruborizara. No estaba plenamente segura de cómo le hacía sentir aquello, pero deseaba sentirlo más a menudo, igual que un niño de estómago débil insiste en montar de nuevo en la montaña rusa.

En aquel momento sonó el teléfono, providencial para salvar una embarazosa situación. Dicanti contestó inmediatamente. Los ojos se le iluminaron de emoción.

—Bajo enseguida.

Fowler la miró intrigado.

—Deprisa, padre. Entre las fotos que hicieron los técnicos de la UACV en la escena del crimen de Robayra, hay una en la que se ve al hermano Francesco. Puede que tengamos algo.

153

SEDE CENTRAL DE LA UACV
Via Lamarmora, 3

Jueves, 7 de abril de 2005. 09:15

*L*a imagen aparecía borrosa en la pantalla. El fotógrafo había captado una vista general desde el interior de la capilla, y al fondo se veía a Karoski, en la piel del hermano Francesco. El técnico había ampliado aquella zona de la imagen un 1.600 x 100, y el resultado no era excesivamente bueno.

—No es que se vea gran cosa —dijo Fowler.

—Tranquilo, padre —dijo Boi, que entraba en la sala con un montón de papeles en las manos—. Angelo es nuestro escultor forense. Es un experto en optimización de imágenes y seguro que consigue darnos una perspectiva diferente, ¿verdad, Angelo?

Angelo Biffi, uno de los técnicos de la UACV, raramente se levantaba de su ordenador. Lucía unas gafas de gruesos cristales, el pelo grasiento, y aparentaba unos treinta años. Habitaba un despacho grande pero mal iluminado, con restos de olor a pizza, colonia barata y plástico quemado. Una decena de monitores de última generación hacían las veces de ventanas. Mirando alrededor, Fowler dedujo que probablemente preferiría dormir allí con sus ordenadores que regresar a casa. Angelo tenía todo el aspecto de haber sido desde siempre una rata de biblioteca, pero sus facciones eran agradables y en todo momento sonreía tímidamente.

—Verá, padre, nosotros, es decir, el departamento, o sea yo…

—No te atragantes, Angelo. Toma un café —dijo alargándole el que Fowler había traído para Dante.

—Gracias, *dottora*. ¡Eh, está helado!

—No te quejes, que pronto va a hacer calor. De hecho,

cuando seas mayor, dirás: «Está siendo un abril caluroso, pero no tanto como cuando murió el papa Wojtyla». Ya lo verás, ya.

Fowler miró sorprendido a Dicanti, que apoyaba tranquilizadora una mano en el hombro de Angelo. La inspectora estaba intentando bromear, a pesar de la tormenta que él sabía que arrasaba su interior. Apenas había dormido, tenía más ojeras que un mapache y su corazón estaba confuso, dolorido, lleno de rabia. No hacía falta ser psicólogo o sacerdote para verlo. Y pese a todo, estaba intentando ayudar al muchacho a sentirse más seguro con aquel sacerdote desconocido que le intimidaba un poco. En ese momento la amó por eso, aunque apartó rápido el pensamiento de su mente. No olvidaba la vergüenza que le había hecho pasar hacía un momento en su propio despacho.

—Explícale tu método al padre Fowler —pidió Paola—. Seguro que le resultará interesante.

El chico se animó al oír eso.

—Observe la pantalla. Tenemos, tengo, bueno, he diseñado un *software* especial de interpolación de imágenes. Como sabe, cada imagen está compuesta de puntos de colores, llamados píxeles. Si una imagen normal tiene, por ejemplo, 2.500 x 1.750 píxeles, pero nosotros sólo queremos una esquinita de la foto, al final tenemos unas manchitas de color sin mayor valor. Al ampliarlo, da como resultado esta imagen borrosa que está usted mirando. Verá, normalmente cuando un programa convencional intenta ampliar una imagen, lo hace por el método bicúbico, es decir, teniendo el cuenta el color de los ocho píxeles adyacentes al que intenta multiplicar. Por lo que al final tenemos la misma manchita, pero en grande. Sin embargo, con mi programa...

Paola miraba de reojo a Fowler, que se inclinaba sobre la pantalla con interés. El sacerdote procuraba prestar atención a la explicación de Angelo, a pesar del dolor que había sufrido apenas minutos antes. El contemplar las fotografías había sido una prueba muy dura que le había dejado muy tocado. No hacía falta ser psiquiatra o criminóloga para darse cuenta de ello. Y pese a todo, estaba esforzándose por caerle bien a un chico tímido al que no volvería a ver en su vida. En aquel momento le amó por eso, aunque apartó rápido el pensamiento de su mente. No olvidaba la vergüenza que acababa de pasar en su despacho.

155

—… y al considerar las variables de los puntos de luz, se le aporta al programa información tridimensional que puede considerar. Está basado en un logaritmo complejo que tarda varias horas en renderizar.

—Demonios, Angelo, ¿y para eso nos has hecho bajar?

—Esto, es que verá…

—No pasa nada, Angelo. *Dottora*, lo que sospecho que este inteligente muchacho quiere decirnos es que el programa lleva varias horas trabajando y está a punto de darnos el resultado.

—Exacto, padre. De hecho, está saliendo por aquella impresora.

El zumbido de la impresora láser junto a Dicanti dio como resultado un folio en el que se veían unos rasgos ancianos y unos ojos en sombra, pero mucho más enfocados que en la imagen original.

—Buen trabajo, Angelo. No es que sea válido para una identificación, pero es un punto de partida. Eche un vistazo, padre.

El sacerdote estudió atentamente los rasgos de la foto. Boi, Dicanti y Angelo le miraban expectantes.

—Juraría que es él. Pero es complicado sin verle los ojos. La forma de las cuencas oculares y algo indefinible me dicen que es él. Pero si me lo hubiera cruzado por la calle, no le hubiera dedicado una segunda mirada.

—Entonces ¿éste es un nuevo callejón sin salida?

—No necesariamente —apuntó Angelo—. Tengo un programa que es capaz de conseguir una imagen tridimensional a partir de ciertos datos. Creo que podríamos deducir bastante a partir de lo que tenemos. He estado trabajando con la foto del ingeniero.

—¿Ingeniero? —se sorprendió Paola.

—Sí, del ingeniero Karoski, que está haciéndose pasar por un carmelita. Qué cabeza tiene usted, Dicanti…

El doctor Boi abría mucho los ojos haciendo gestos ostensibles de alarma por encima del hombro de Angelo. Finalmente, Paola comprendió que a Angelo no se le había informado de los detalles del caso. Paola sabía que el director había prohibido marcharse a casa a los cuatro técnicos de la UACV que habían trabajado recogiendo pruebas en los escenarios de Robayra y Pontiero. Les había autorizado a hacer una llamada a sus familias para explicarles la situación y les tenía en «cuarentena» en una de las salas de descanso. Boi podía ser muy duro cuando quería, pero también era un hombre justo: les pagaba las horas extras al triple.

—Ah, sí, en que estaría yo pensando. Prosigue, Angelo.

Seguramente Boi estaría fragmentando la información a todos los niveles, para que nadie tuviese todas las piezas del puzle. Nadie debía saber que investigaban la muerte de dos cardenales. Algo que evidentemente complicaba el trabajo de Paola y que suscitaba en ella serias dudas de que tal vez ella misma tampoco tuviese todas las piezas.

—Como les decía, he estado trabajando en la foto del ingeniero. Creo que en unos treinta minutos podremos tener una imagen tridimensional de su foto de 1995 que podremos comparar con la imagen tridimensional que estamos obteniendo de 2005. Si vuelven por aquí en un rato, podré darles algo más sólido.

—Perfecto. Si les parece, padre, *ispettora*…, me gustaría que recapituláramos en la sala de reuniones. Ahora venimos, Angelo.

—De acuerdo, director Boi.

Los tres se dirigieron a la sala de reuniones, situada dos pisos más arriba. Nada más entrar, a Paola le asaltó la terrible sensación de que la última vez que había estado allí había sido en compañía de Pontiero.

—¿Se puede saber qué le han hecho ustedes dos al superintendente Dante?

Paola y Fowler se miraron brevemente y sacudieron la cabeza al unísono.

—Absolutamente nada.

—Mejor. Espero no haberle visto pasar hecho una furia porque hayan tenido ustedes un problema. Será mejor que esté preocupado por los resultados del *calzio* del domingo, porque no quiero a Cirin rondándome a mí o al ministro de Interior.

—No creo que deba usted preocuparse. Dante está perfectamente integrado en el equipo —mintió Paola.

—¿Y por qué no me lo creo? Anoche salvó usted el tipo por muy poco, Dicanti. ¿Quiere decirme dónde está Dante?

Paola se quedó callada. No podía hablarle a Boi de los problemas internos que estaban teniendo en el grupo. Abrió la boca para hablar, pero una voz conocida lo hizo por ella.

—Había salido a comprar tabaco, director.

La chaqueta de cuero y la sonrisa socarrona de Dante estaban en la puerta de la sala de reuniones. Boi le estudió despacio, incrédulo.

—Es un vicio de lo más horrendo, Dante.

—De algo tenemos que morir, director.

Paola se quedó mirando a Dante, mientras éste se sentaba junto a Fowler como si no hubiera pasado nada. Pero bastó un cruce de miradas de ambos para que Paola se diera cuenta de que la cosa no iba tan bien como querían dar a entender. Mientras se comportasen civilizadamente durante unos días, todo podría arreglarse. Lo que no entendía era lo rápido que se le había pasado el enfado a su colega del Vaticano. Algo había sucedido.

—Bien —dijo Boi—. Este maldito caso se complica por momentos. Ayer perdimos en acto de servicio y en pleno día a uno de los mejores policías que he conocido en muchos años, y nadie sabe que está en una nevera. Ni siquiera podemos hacerle un funeral público, no hasta que podamos dar una explicación razonable de su muerte. Por eso quiero que pensemos juntos. Dígame lo que sabe, Paola.

—¿Desde cuándo?

—Desde el principio. Un resumen somero del caso.

Paola se levantó y se dirigió a la pizarra para escribir. Pensaba mucho mejor de pie y con algo en las manos.

—Veamos: Viktor Karoski, sacerdote con historial de abusos sexuales, escapó de una institución privada de baja seguridad donde había sido sometido a cantidades excesivas de un fármaco que le castró químicamente y aumentó sus niveles de agresividad. Desde junio de 2000 hasta finales de 2001 no hay constancia de sus actividades. En 2001 sustituye ilícitamente y con nombre falso a un carmelita descalzo al frente de la iglesia de Santa Maria in Traspontina, a pocos metros de la plaza de San Pedro.

Paola trazó unas rayas en la pizarra y comenzó a confeccionar un calendario:

—Viernes, 1 de abril, veinticuatro horas antes de la muerte de Juan Pablo II: Karoski secuestra al cardenal italiano Enrico Portini en la residencia Madri Pie. ¿Hemos confirmado presencia de la sangre de los dos cardenales en la cripta? —Boi hizo un gesto afirmativo—. Karoski lleva a Portini a Santa Maria, le tortura y le devuelve, finalmente al último sitio en el que se le vio con vida: la capilla de la residencia. Sábado, 2 de abril: El cadáver de Portini se descubre la misma noche de la muerte del Papa, aunque la *Vigilanza Vaticana* decide «limpiar» las evidencias, creyéndolo el acto aislado de un loco. Por pura suerte, el asunto no trasciende, en buena medida gracias a los responsables de la residencia. Domingo, 3 de abril: El cardenal argentino Emilio Robayra llega a Roma con billete sólo de ida. Creemos que alguien le aborda en el aeropuerto o en el trayecto hacia la residencia de sacerdotes Santi Ambrogio, donde le esperaban la noche del domingo. Sabemos que nunca llegó. ¿Hemos sacado algo en claro de las cámaras del aeropuerto?

—Nadie lo ha comprobado. No tenemos suficiente personal —se excusó Boi.

—Sí lo tenemos.

—No puedo involucrar a más detectives en esto. Lo más importante es tenerlo tapado, cumpliendo con los deseos de la Santa Sede. Tocaremos de oído, Paola. Pediré las cintas personalmente.

159

Dicanti hizo un gesto de disgusto, pero era la respuesta que esperaba.

—Seguimos en el domingo, 3 de abril: Karoski secuestra a Robayra y le conduce a la cripta. Allí le tortura durante más de un día e incluye mensajes en su cuerpo y en la escena del crimen. El mensaje en el cuerpo dice: «Mt 16, Undeviginti». Gracias al padre Fowler sabemos que el mensaje remite a una frase del Evangelio: «Te daré las llaves del reino de los cielos», que hace referencia al momento de la elección del primer Sumo Pontífice de la Iglesia católica. Eso, el mensaje escrito en sangre en el suelo y las graves mutilaciones del cadáver nos hacen pensar que el asesino tiene la mirada puesta en el cónclave. Martes, 5 de abril: El sospechoso conduce el cuerpo a una de las capillas de la iglesia y después llama tranquilamente a la policía, en su papel del hermano Francesco Toma. Para mayor burla, en todo momento lleva puestas las gafas de la segunda víctima, el cardenal Robayra. Los agentes llaman a la UACV, y el director Boi llama a Camilo Cirin.

Paola hizo una breve pausa y luego miró directamente a Boi.

—En el momento de llamarle usted, Cirin ya sabe el nombre del criminal, aunque en ningún caso espera que sea un asesino en serie. He meditado mucho sobre ello y creo que Cirin sabe el nombre del asesino de Portini desde la noche del domingo. Probablemente tuvo acceso a la base de datos del VICAP, y la entrada «manos cortadas» arrojará pocos casos. Su red de influencias activa el nombre del mayor Fowler, quien llega aquí la noche del 5 de abril. Probablemente el plan original no fuera contar con nosotros, director Boi. Fue Karoski quien nos metió en el juego, deliberadamente. El porqué es uno de los grandes interrogantes de este caso.

Paola trazó una última raya.

—Miércoles, 6 de abril: mientras Dante, Fowler y yo intentamos averiguar algo acerca de las víctimas en el despacho de éstas, Viktor Karoski asesina a golpes al subinspector Maurizio Pontiero en la cripta de Santa Maria in Traspontina.

—¿Tenemos el arma homicida? —preguntó Dante.

—No hay huellas dactilares, pero sí la tenemos —respondió Boi—. Karoski le hizo varios cortes con lo que podría ser un cuchillo de cocina muy afilado y le golpeó varias veces con un candelabro que sí se ha encontrado en la escena. Pero no tengo demasiadas esperanzas en esta línea de investigación.

—¿Por qué, director?

—Esto se aleja mucho de nuestros métodos normales, Dante. Nosotros nos dedicamos a averiguar *quién* es el asesino. Normalmente, con la certeza del nombre finaliza nuestra labor. Pero ahora debemos aplicar nuestros conocimientos a discernir *dónde* está el asesino. La certeza del nombre ha sido nuestro punto de partida. Por eso la labor de la *ispettora* es más importante que nunca.

—Quiero aprovechar para dar la enhorabuena a la *dottora*. Me ha parecido una cronología brillante —dijo Fowler.

—Extremadamente —se burló Dante.

Paola pudo palpar el resentimiento en sus palabras, pero decidió que sería mejor ignorar el tema, por ahora.

—Un buen resumen, Dicanti —la felicitó Boi—. ¿Cuál es el siguiente paso? ¿Se ha metido ya en la cabeza de Karoski? ¿Ha estudiado similitudes?

La criminóloga pensó unos instantes antes de contestar.

—Todas las personas cuerdas se parecen, pero cada uno de estos hijoputas chalados lo está a su propia y distinta manera.

—¿Y eso qué demuestra, *dottora*, aparte de que ha leído usted a Tolstoi?* —preguntó Boi.

—Pues que cometeríamos un error si creyéramos que un asesino en serie es igual a otro. Puedes intentar buscar pautas, encontrar equivalencias, sacar conclusiones de similitudes, pero a la hora de la verdad cada uno de estos mierdas es una mente solitaria que vive a millones de años luz del resto de la humanidad. No hay nada ahí. No son seres humanos. No sienten empatía. Sus emociones están dormidas. Lo que le hace matar, lo que le lleva a creer que su egoísmo es más importante que las personas, las razones con las que excusa su sinrazón, todo eso no es válido para mí. No intento entenderle más allá de lo estrictamente necesario para detenerle.

—Para eso tenemos que saber cuál será su siguiente paso.

—Evidentemente, volver a matar. Probablemente buscará una nueva identidad o tendrá ya una predefinida. Pero no puede estar tan trabajada como la del hermano Francesco, ya que a ésa le ha dedicado varios años. Quizás el padre Fowler pueda echarnos una mano en este punto.

Preocupado, el sacerdote meneó la cabeza.

—Todo lo que sé está en el dossier que le dejé, *dottora*. Pero hay algo que quiero enseñarles.

En una mesita auxiliar había una jarra de agua y unos vasos. Fowler llenó uno hasta la mitad y después echó un lapicero dentro.

—Me cuesta tremendamente pensar como él. Observe este vaso. Es claro como el agua, pero cuando introduzco un lápiz aparentemente recto, aparece a mis ojos como partido. Del mismo modo, su monolítica actitud cambia en puntos fundamentales, como una línea recta que se quiebra y acaba en algún lugar incógnito.

—Ese punto de quiebra es la clave.

* El director Boi se da cuenta de que Dicanti parafrasea el comienzo de *Ana Karenina*, de Tolstoi: «Todas las familias dichosas se parecen, y las desgraciadas lo son a su manera».

—Tal vez. No envidio su labor, *dottora*. Karoski es un hombre que se asquea ante la iniquidad un minuto, para al minuto siguiente cometer iniquidades mayores. Lo que sí tengo claro es que debemos buscarle cerca de los cardenales. Intentará matar de nuevo, y lo hará pronto. El cónclave cada vez está más cerca.

Volvieron al laboratorio de Angelo algo confusos. El joven técnico se presentó a Dante, quien apenas le prestó atención. Paola no pudo evitar fijarse en el desplante. Aquel hombre tan atractivo era una mala persona en el fondo. Sus bromas ácidas no ocultaban nada, de hecho eran de lo mejor que había en el superintendente.

Angelo les esperaba con los resultados prometidos. Pulsó varias teclas y les mostró en dos pantallas sendas imágenes tridimensionales, compuestas por delgados hilos verdes sobre fondo negro.

—¿Puedes incorporarles una textura?

—Sí. Aquí tienen una piel; rudimentaria, pero piel al fin y al cabo.

La pantalla de la izquierda mostró un modelo tridimensional de la cabeza de Karoski tal y como era en 1995. En la pantalla de la derecha se veía la mitad superior de la cabeza, tal y como se le había visto en Santa Maria in Traspontina.

—No he modelado la mitad inferior porque con la barba es imposible. Los ojos tampoco se veían nada claros. En la foto que me han dejado caminaba con los hombros encorvados.

—¿Puede copiar la mandíbula del primer modelo y pegarla sobre el modelo actual?

Angelo respondió con un veloz movimiento de teclas y de clics de ratón sobre los teclados. En menos de dos minutos la petición de Fowler se cumplió.

—Dígame, Angelo, ¿en qué medida juzgaría usted fiable este segundo modelo? —inquirió el sacerdote.

El joven técnico se azaró enseguida.

—Bueno, verá… Sin juzgar las condiciones adecuadas de iluminación in situ…

—Eso está descartado, Angelo. Ya lo hemos hablado —terció Boi.

Paola habló, despacio y tranquilizadora.

—Venga Angelo, nadie juzga si has hecho un buen modelo. Sólo queremos saber en qué medida podemos fiarnos de él.

—Pues… entre el setenta y cinco y el ochenta y cinco por ciento. No más.

Fowler miró atentamente la pantalla. Los dos rostros eran muy distintos. Demasiado diferentes. La nariz más ancha, los pómulos más fuertes. Pero ¿eran rasgos naturales del sujeto, o simple maquillaje?

—Angelo, por favor, desplaza ambas imágenes a un plano horizontal y haz una medición de los pómulos. Así. Eso es. Es lo que me temía.

Los otros cuatro le miraron expectantes.

—¿Qué, padre? Díganoslo, por el amor de Dios.

—Éste no es el rostro de Viktor Karoski. Esas diferencias de tamaño son irreproducibles mediante un maquillaje de aficionado. Tal vez un profesional de Hollywood podría haberlo conseguido mediante moldes de látex, pero sería demasiado notorio para cualquiera que le mirase de cerca. No hubiera mantenido un engaño prolongado.

—¿Entonces?

—Sólo hay una explicación. Karoski ha pasado por un quirófano y se ha sometido a una reconstrucción facial completa. Ahora sí que buscamos un fantasma.

163

INSTITUTO SAINT MATTHEW
Silver Spring, Maryland

Mayo de 1998

DR. FOWLER:	Hola, padre Karoski. ¿Me permite?
#3.643:	Adelante, padre Fowler.
DR. FOWLER:	¿Le gustó el libro que le presté?
#3.643:	Ah, por supuesto. *Las confesiones*, de san Agustín. Ya lo terminé. Me ha resultado de lo más interesante. Es increíble hasta dónde puede llegar el optimismo humano.
DR. FOWLER:	No le comprendo, padre Karoski.
#3.643:	Pues es usted y sólo usted en este lugar quien puede comprenderme, padre Fowler. El único que no me llama por mi nombre, buscando una vulgar familiaridad innecesaria que denigra la dignidad de ambos interlocutores.
DR. FOWLER:	Está hablando del padre Conroy.
#3.643:	Ah, ese hombre. Se empeña en sostener una y otra vez que yo soy un paciente normal que necesita una cura. Soy un sacerdote al igual que él, y esa dignidad es la que olvida constantemente, insistiendo en que le llame doctor.
DR. FOWLER:	Creía que ese punto ya había quedado aclarado la semana pasada, padre Karoski. Es bueno que la relación con Conroy sea exclusivamente la de médico y paciente. Usted necesita ayuda para superar algunas deficiencias de su psique maltratada.

#3.643:	¿Maltratada? ¿Maltratada por quién? ¿Acaso usted quiere también someter a prueba el amor por mi santa madre? Le ruego que no siga el mismo sendero que el padre Conroy. Incluso ha afirmado que me haría escuchar unas cintas que me sacarían de dudas.
DR. FOWLER:	Unas cintas.
#3.643:	Eso dijo.
DR. FOWLER:	Creo que no debería oír usted esas cintas, padre Karoski. No sería sano para usted. Hablaré con el padre Conroy al respecto.
#3.643:	Como usted considere. Pero no tengo ningún temor.
DR. FOWLER:	Escuche, padre, me gustaría aprovechar al máximo esta sesión, y hay algo que me ha interesado mucho de lo que usted dijo antes. Sobre el optimismo de san Agustín en *Las confesiones*. ¿A qué se refería?
#3.643:	«Y aunque yo aparezca risible a tus ojos, tú te volverás a mí lleno de misericordia.»
DR. FOWLER:	No comprendo qué le parece tan optimista en esa frase. ¿Acaso no confía usted en la bondad y la misericordia infinitas de Dios?
#3.643:	El Dios misericordioso es un invento del siglo veinte, padre Fowler.
DR. FOWLER:	San Agustín vivió en el siglo cuarto.
#3.643:	San Agustín estaba horrorizado por su propio pasado pecaminoso y se lanzó a escribir una sarta de mentiras optimistas.
DR. FOWLER:	Padre, pero ésa es la base de nuestra fe. Que Dios nos perdona.
#3.643:	No siempre. Aquellos que se dirigen a la confesión como quien va a lavar el coche…, ¡puaj!, me producen náuseas.
DR. FOWLER:	¿Eso siente usted cuando administra la confesión? ¿Asco?
#3.643:	Repugnancia. Muchas veces he vomitado dentro del confesionario, del asco que me provocaba la persona al otro lado de la rejilla. Las mentiras. La fornicación. El adulterio. La pornografía. La violencia. El robo. Todos ellos, entrando en ese estrecho habitáculo llenos de porquería. ¡Soltándolo todo, volcándolo todo encima de mí…!

165

DR. FOWLER:	Pero, padre, no nos lo cuentan a nosotros. Se lo cuentan a Dios. Nosotros sólo somos el transmisor. Cuando nos ponemos la estola, nos convertimos en Cristo.
#3.643:	Lo sueltan todo. Llegan sucios y creen salir limpios. «Bendígame padre porque he pecado. He robado diez mil dólares a mi socio.» «Bendígame padre porque he pecado. He violado a mi hermana pequeña.» «Bendígame padre porque he pecado. He hecho fotos a mi hijo y las he colgado en internet.» «Bendígame padre porque he pecado. Echo lejía en la comida de mi marido para que deje de hacer uso del matrimonio, porque me cansa su olor a cebolla y sudor.» Y así un día y otro día.
DR. FOWLER:	Pero, padre Karoski, la confesión es algo maravilloso si hay arrepentimiento y auténtico propósito de enmienda.
#3.643:	Algo que nunca se produce. Siempre, siempre arrojan sobre mí sus pecados. Me dejan solo frente al rostro impasible de Dios. Soy lo único que se interpone entre sus iniquidades y la venganza del Altísimo.
DR. FOWLER:	¿Realmente ve a Dios como un ser de venganza?
#3.643:	*Su corazón es duro como el pedernal,* *duro como la piedra inferior de la muela.* *Su majestad temen las olas,* *las ondas del mar se retiran.* *La espada que le toca no se clava,* *ni la lanza ni la flecha ni el venablo.* *Mira a todos con orgullo* *¡pues es el rey de los feroces!*
DR. FOWLER:	He de reconocer, padre, que me sorprende su conocimiento de la Biblia en general y del Antiguo Testamento en particular. Pero el libro de Job queda obsoleto ante la verdad del Evangelio de Jesucristo.
#3.643:	Jesucristo sólo es el Hijo, pero el Juicio lo realiza el Padre. Y el Padre tiene un rostro de piedra.
DR. FOWLER:	Lamento que esté usted subido en la atalaya de sus propias convicciones. Desde ahí la caída es mortal de necesidad, padre Karoski. Y si escucha las cintas de Conroy, tenga usted por seguro que se producirá.

166

HOTEL RAPHAEL
Largo Febo, 2

Jueves, 7 de abril de 2005. 14:25

—*R*esidencia Santo Ambrogio.

—Buenas tardes. Quería hablar con el cardenal Robayra —dijo la joven periodista en un malísimo italiano.

La voz al otro lado del teléfono se azaró.

—¿Puedo preguntar de parte de quién?

No fue mucho, el tono apenas varió una octava. Pero fue suficiente para alertar a la periodista.

Andrea Otero llevaba trabajando cuatro años para el diario *El Globo*. Cuatro años en los que había pateado salas de prensa de tercera, entrevistado a personajes de tercera y escrito historias de tercera. Tenía veinticinco años cuando entró en el periódico, y había conseguido el trabajo por enchufe. Empezó en Cultura, donde su redactor jefe jamás se la tomó en serio. Siguió en Sociedad, donde su redactor jefe nunca confió en ella. Y ahora estaba en Internacional, donde su redactor jefe no creía que estuviera a la altura. Pero ella lo estaba. No todo eran las notas. Ni el currículum. También estaban el sentido común, la intuición, el olfato periodístico. Y si Andrea Otero tuviese realmente de esas cualidades el diez por ciento de lo que ella creía tener, sería una periodista merecedora del Pulitzer. No le faltaba confianza en sí misma, en su metro setenta, en sus rasgos angelicales, en su pelo castaño y en sus ojos azules. Detrás de ellos se escondía una mujer inteligente y resuelta. Por eso cuando la compañera que debía cubrir la muerte del Papa tuvo un accidente de coche de camino al aeropuerto y se rompió las dos piernas, a Andrea no le faltaron redaños para aceptar la propuesta de su jefe de sustituirla. Llegó al avión por los pelos y con su portátil por todo equipaje.

Por suerte había unas tiendecitas de lo más mono cerca de la Piazza Navona, que se encontraba a treinta metros del hotel. Y Andrea Otero se hizo (a cuenta del periódico, claro) con un práctico vestuario, ropa interior y un teléfono móvil, que era el que estaba usando para llamar a la residencia Santo Ambrogio para conseguir una entrevista con el papable cardenal Robayra. Pero…

—Soy Andrea Otero, del diario *El Globo*. El cardenal me prometió una entrevista para hoy jueves. Por desgracia, no contesta a su móvil. ¿Sería tan amable de pasarme con su habitación, por favor?

—Señorita Otero, por desgracia no podemos pasarle con su habitación porque el cardenal no llegó.

—¿Y cuándo llegará?

—Bueno, es que no va a venir.

—Vamos a ver, ¿no llegó, o no va a venir?

—No llegó porque no va a venir.

—¿Va a hospedarse en otro sitio?

—No lo creo. Quiero decir, supongo que sí.

—¿Con quién hablo?

—He de colgar.

El tono intermitente anunciaba dos cosas: el corte de la comunicación y un interlocutor muy nervioso. Y que mentía. De eso Andrea estaba segura. Ella era demasiado buena mentirosa como para no reconocer a uno de su clase.

No había tiempo que perder. No le llevó más de diez minutos conseguir el teléfono del despacho del cardenal en Buenos Aires. Allí eran casi las diez menos cuarto de la mañana, una hora prudente para llamar. Se regodeó en la factura de móvil que le iba a caer al periódico. Ya que le pagaban una miseria, por lo menos que se jodieran con los gastos.

El teléfono dio tonos durante un minuto y luego se cortó la comunicación.

Era raro que no hubiera nadie. Lo intentó otra vez.

Nada.

Probó con el número de centralita. Una voz de mujer contestó enseguida.

—Arzobispado, buenos días.

—Con el cardenal Robayra, por favor —dijo en castellano.

—Ay señorita, marchó.

—¿Marchó dónde?

—Al cónclave, señorita. A Roma.

—¿Sabe dónde se hospeda?

—No, señorita. Le paso con el padre Serafín, su secretario.

—Gracias.

Música de los Beatles mientras te ponen en espera. Qué apropiado. Andrea decidió mentir un poco para variar. El cardenal tenía familia en España. A ver si colaba.

—¿Aló?

—Hola, quería hablar con el cardenal. Soy su sobrina, Asunción. La española.

—Asunción, tanto gusto. Soy el padre Serafín, el secretario del cardenal. Su Eminencia no me ha hablado nunca de usted. ¿Es hija de Angustias, o de Remedios?

Sonaba a trampa. Andrea cruzó los dedos. Cincuenta por ciento de posibilidades de pifiarla. Andrea también era experta en pifias. Su lista de meteduras de pata era más larga que sus propias (y esbeltas) piernas.

—De Remedios.

—Claro, qué tonto. Ahora recuerdo que Angustias no tiene hijos. Por desgracia, el cardenal no está.

—¿Cuándo podría hablar con él?

Hubo una pausa. La voz del cura se tornó recelosa. Andrea casi pudo verlo al otro lado de la línea, apretando el auricular y retorciendo el cable del teléfono con el índice.

—¿De qué tema se trata?

—Verá, yo vivo en Roma desde hace años y me prometió que la próxima vez que viniera me visitaría.

La voz se volvió aún más cautelosa. Hablaba despacio, como si tuviera miedo a equivocarse.

—Salió en dirección a Córdoba para arreglar unos asuntos en esa diócesis. No podrá asistir al cónclave.

—Pero si en la centralita me dijeron que el cardenal se había marchado a Roma.

El padre Serafín dio una respuesta atropellada y evidentemente falsa.

169

—Ah, bueno, la muchacha de la centralita es nueva y aún no conoce muy bien el funcionamiento del Arzobispado. Le ruego que me disculpe.

—Está usted disculpado. ¿Le dirá a mi tío que le llamé?

—Por supuesto. ¿Podría decirme su número de teléfono, Asunción? Es para apuntarlo en la agenda del cardenal. Podría ser que tuviéramos que contactar con usted...

—Ah, él ya lo tiene. Perdone, me llama mi esposo, adiós.

Dejó al secretario con la palabra en la boca. Ahora estaba segura de que algo no andaba bien. Pero tenía que confirmarlo. Por suerte, había conexión a internet en el hotel. Tardó seis minutos en localizar los números de teléfono de las tres principales compañías aéreas de Argentina. Hubo suerte a la primera.

—Aerolíneas Argentinas.

Tocaba impostar su acento madrileño hasta convertirlo en un pasable deje argentino. No se le dio mal. Se le daba mucho peor hablar en italiano.

—Buenos días. Le llamo del arzobispado. ¿Con quién tengo el gusto de hablar?

—Soy Verona.

—Verona, mi nombre es Asunción. Llamaba para confirmar el regreso del cardenal Robayra a Buenos Aires.

—¿En qué fecha?

—Volverá el 19 del mes entrante.

—¿Y el nombre completo?

—Emilio Robayra.

—Favor de esperar mientras lo checamos.

Andrea mordisqueó nerviosa el bolígrafo que sostenía en las manos, comprobó el estado de su pelo en el espejo de la habitación, se tumbó en la cama, agitó nerviosa los dedos de los pies.

—¿Aló? Mire, me comunican mis compañeras que ustedes compraron el billete abierto sólo de ida. El cardenal ya viajó, con lo cual ustedes tienen derecho a comprar una vuelta con un diez por ciento de descuento según la promoción que hay ahora en abril. ¿Tiene el número de viajero frecuente a mano?

—Un momento, que lo checo.

Y colgó conteniendo la risa. Pero la hilaridad dejó paso enseguida a una eufórica sensación de triunfo. El cardenal Robayra había subido a un avión con destino a Roma. Pero no aparecía por ninguna parte. Podría haber decidido hospedarse en otro sitio. Pero en ese caso, ¿por qué mentían en la residencia y en el despacho del cardenal?

—O yo estoy loca, o aquí hay una buena historia. Una historia cojonuda —le dijo a su reflejo en el espejo.

Faltaban pocos días para elegir quién se sentaría en la silla de Pedro. Y el gran candidato de la Iglesia de los pobres, el adalid del Tercer Mundo, el hombre que coqueteaba descaradamente con la teología de la liberación,* había desaparecido.

171

* Una corriente de pensamiento que defiende que Jesucristo era un símbolo de la humanidad en la lucha de clases y la liberación de los «opresores». Pese a ser atractiva como idea, ya que defiende a los más débiles, ha sido denunciada desde los años ochenta por la Iglesia como una interpretación marxista de las Sagradas Escrituras.

Jueves, 7 de abril de 2005. 16:14

*P*aola quedó sorprendida antes de entrar al edifico por la gran cantidad de coches que aguardaban su turno en la gasolinera de enfrente. Dante le explicó que los precios allí eran un treinta por ciento más baratos que en Italia, ya que el Vaticano no cobraba impuestos. Había que tener una tarjeta especial para repostar en alguno de los siete surtidores de la ciudad, y aun así las largas colas eran interminables. Tuvieron que esperar fuera unos minutos, mientras los guardias suizos que custodiaban la puerta de la Domus Sancta Marthae informaban a alguien del interior de la presencia de los tres. Paola tuvo tiempo para pensar en los sucesos de la mañana. Apenas dos horas antes, todavía en la sede de la UACV, Paola había llevado aparte a Dante en cuanto se pudo deshacer de Boi.

—Superintendente, quiero hablar con usted.

Dante rehuyó la mirada de Paola, pero siguió a la criminóloga hasta su despacho.

—Sé lo que va a decirme, Dicanti. Ya está, estamos juntos en esto, ¿vale?

—De eso ya me he dado cuenta. También he notado que, al igual que Boi, me llama *ispettora*, y no *dottora*. Porque *ispettora* es un rango inferior a superintendente. No me preocupa en absoluto su sentimiento de inferioridad siempre que no se cruce con mis competencias. Como su numerito de antes con las fotografías.

Dante se puso colorado.

—Sólo quería informarle. No es nada personal.

—¿Quería ponerme sobre aviso acerca de Fowler? Ya lo ha hecho. ¿Le ha quedado clara mi postura, o debo ser aún más concreta?

—Ya he tenido bastante de su claridad, *ispettora* —dijo con retintín culpable, mientras se pasaba la mano por las mejillas—. Se me han removido los putos empastes. Lo que no sé es cómo no se ha roto usted la mano.

—Yo tampoco, porque tiene usted una cara muy dura, Dante.

—Soy un tipo duro en más de un sentido.

—No tengo interés en conocer ninguno más. Espero que eso también quede claro.

—¿Eso es un no de mujer, *ispettora*?

Paola se estaba volviendo a poner muy nerviosa.

—¿Cómo es un no de mujer?

—De los que se deletrean S-Í.

—Es un no que se deletrea N-O, machista de los cojones.

—Tranquila, que no hay ninguna necesidad de excitarse, ricura.

173

La criminóloga se maldijo mentalmente. Estaba cayendo en la trampa de Dante, dejando que jugara con sus emociones. Pero ya estaba bien. Adoptaría un tono más formal para que el otro notara su frío desprecio. Decidió imitar a Boi, al que este tipo de confrontaciones se le daban muy bien.

—Bien, ahora que hemos clarificado este punto, he de decirle que he hablado con nuestro enlace norteamericano, el padre Fowler. Le he expresado mis recelos acerca de su historial. Fowler me ha expuesto unos argumentos sumamente convincentes y que a mi juicio son suficientes para confiar en él. Quiero agradecerle sus molestias para recabar información acerca del padre Fowler. Ha sido un detalle por su parte.

Dante se quedó sorprendido por el gélido tono de Paola. No dijo nada. Sabía que había perdido la partida.

—Como responsable de la investigación, he de preguntarle formalmente si está dispuesto a darnos su pleno apoyo para capturar a Viktor Karoski.

—Por supuesto, *ispettora*. —Dante masticó las palabras como clavos al rojo.

—Finalmente, sólo me resta preguntarle el motivo de su rápido regreso.

—Llamé para quejarme a mis superiores, pero no se me ha dado opción. Se me ha ordenado pasar por encima de rencillas personales.

Paola se alertó ante aquella última frase. Fowler había negado que Dante tuviera nada contra él, pero las palabras del superintendente decían lo contrario. La criminóloga ya había notado en alguna ocasión que ambos parecían conocerse de antes, a pesar de que habían actuado hasta el momento de forma contraria. Decidió preguntárselo directamente a Dante.

—¿Conocía usted al padre Anthony Fowler?

—No, *ispettora* —dijo Dante con voz firme y segura.

—Su expediente apareció muy rápido.

—En el *Corpo di Vigilanza* somos muy organizados.

Paola decidió dejarlo ahí. Cuando ya se disponía a salir, Dante le dijo tres frases que la halagaron profundamente:

—Sólo una cosa, *ispettora*. Si vuelve a sentir la necesidad de llamarme al orden, prefiero el método de las bofetadas. No me llevo nada bien con los formalismos.

174

Paola solicitó a Dante conocer personalmente el lugar donde iban a residir los cardenales. Y allí estaban. En la Domus Sancta Marthae, la Casa de Santa Marta. Situada al oeste de la basílica de San Pedro, aunque dentro de los muros vaticanos.

Era un edificio de apariencia austera por fuera. Líneas rectas y elegantes, sin molduras, ni adornos, ni estatuas. En comparación con las maravillas que la rodeaban, la Domus destacaba tan poco como una pelota de golf en un cubo de nieve. Hubiera sido difícil que un ocasional turista (no los había en aquella zona del Vaticano, que estaba restringida) hubiera dedicado dos miradas a aquella construcción.

Pero cuando llegó la autorización y los guardias suizos les franquearon la entrada, Paola descubrió que por dentro el aspecto era bien distinto a su aspecto interior. Parecía un modernísimo hotel, con suelos de mármol y carpintería de jatoba. En el ambiente flotaba un ligerísimo olor a lavanda.

Mientras esperaban en el vestíbulo, la criminóloga paseó la vista. De las paredes colgaban cuadros en los que Paola creyó reconocer el estilo de los grandes maestros italianos y holandeses del siglo XVI. Y ninguno aparentaba ser una reproducción.

—¡Caray! —se asombró Paola, que estaba intentando limitar su abundante emisión de tacos. Lo conseguía sólo cuando estaba tranquila.

—Conozco el efecto que causa —dijo Fowler, pensativo.

La criminóloga recordó que cuando Fowler había estado invitado en la Domus, sus circunstancias personales no habían sido agradables.

—Es todo un choque con respecto al resto de los edificios del Vaticano, al menos los que yo conozco. Lo nuevo y lo viejo.

—¿Sabe cuál es la historia de esta residencia, *dottora*? Como sabe, en 1978 hubo dos cónclaves seguidos, separados por apenas dos meses.

—Yo era muy pequeña, pero guardo en mi memoria imágenes sueltas de aquellos días —dijo Paola sumergiéndose en el pasado por un momento.

175

Unos *gelatti* en la plaza de San Pedro. Mamá y papá de limón, y Paola de chocolate y fresa. Los peregrinos cantan, hay alegría en el ambiente. La mano de papá, fuerte y rugosa. Me encanta cogerle de los dedos y caminar mientras la tarde cae. Miramos hacia la chimenea, y vemos la fumata blanca. Papá me alza sobre su cabeza y ríe, y su risa es lo mejor del mundo. A mí se me cae el helado y lloro, pero papá ríe más aún y me promete que me comprará otro. «Lo comeremos a la salud del obispo de Roma», dice.

—Se eligió en breve espacio de tiempo a dos papas, ya que el sucesor de Pablo VI, Juan Pablo I, murió repentinamente a los treinta y tres días de su elección. Hubo un segundo cónclave, en el que salió elegido Juan Pablo II. En aquella época los cardenales se alojaban en minúsculas celdas alrededor de la Capilla Sixtina. Sin comodidades y sin aire acondicionado, y con el verano romano como convidado de piedra, algunos de los cardenales más ancianos pasaron un verdadero calvario.

Uno de ellos tuvo que ser atendido de urgencia. Después de calzarse las sandalias del pescador, Wojtyla se juró a sí mismo que dejaría preparado el terreno para que, a su muerte, nada de eso volviera a ocurrir. Y el resultado es este edificio. *Dottora*, ¿me está escuchando?

Paola regresó de su ensoñación con gesto culpable.

—Lo lamento, estaba perdida en mis recuerdos. No volverá a ocurrir.

En aquel momento regresó Dante, que se había adelantado para buscar al responsable de la Domus. Paola notó que aquél rehuía al sacerdote, posiblemente para evitar la confrontación. Ambos se hablaban con fingida normalidad, pero ahora ya tenía serias dudas de que Fowler le hubiera dicho la verdad cuando había sugerido que la rivalidad se circunscribía a los celos de Dante. Por ahora, y aunque el equipo se mantuviera unido con alfileres, lo mejor que podía hacer era unirse a la farsa e ignorar el problema; algo que a Paola nunca se le había dado demasiado bien.

El superintendente venía acompañado de una religiosa bajita, sonriente y sudorosa, enfundada en un hábito negro. Se presentó como la hermana Helena Tobina, de Polonia. Era la directora del centro y les hizo un diligente resumen de las obras de reforma que allí habían tenido lugar. Se llevaron a cabo en varios tramos, el último de los cuales había concluido en 2003. Subieron una escalinata amplia, de relucientes escalones. El edificio estaba distribuido en plantas de largos pasillos y gruesas moquetas. A los lados estaban las habitaciones.

—Son ciento seis suites y veintidós habitaciones individuales —informó la hermana al llegar al primer piso—. Todo el mobiliario data de varios siglos atrás y consiste en valiosos muebles donados por familias italianas o alemanas.

La religiosa abrió la puerta de una de las habitaciones. Era un espacio amplio, de unos veinte metros cuadrados, con suelos de parqué y una bella alfombra. La cama era también de madera y tenía un hermoso cabecero repujado. Un armario empotrado, un escritorio y un cuarto de baño completaban la habitación.

—Ésta es la estancia de uno de los seis cardenales que no han llegado aún. Los otros ciento nueve ya están ocupando sus habitaciones —aclaró la hermana.

La inspectora pensó que al menos dos de los ausentes no iban a aparecer jamás.

—¿Están seguros aquí los cardenales, hermana Helena? —inquirió Paola con precaución. No sabía hasta qué punto la monja estaba al corriente del peligro que acechaba a los purpurados.

—Muy seguros, hija mía, muy seguros. El edificio sólo tiene un acceso, custodiado permanentemente por dos guardias suizos. Hemos mandado retirar los teléfonos de las habitaciones, y también los televisores.

Paola se extrañó de la medida.

—Los cardenales están incomunicados durante el cónclave. Sin teléfono, sin móvil, sin radio, sin televisión, sin periódicos, sin internet. Ningún contacto con el exterior bajo pena de excomunión —le aclaró Fowler—. Órdenes de Juan Pablo II, antes de morir.

—Pero no será nada fácil conseguir aislarles completamente, ¿verdad, Dante?

El superintendente sacó pecho. Le encantaba presumir de las hazañas de su organización como si las llevara a cabo personalmente.

—Verá, *ispettora*, contamos con la última tecnología en inhibidores de señal.

—No estoy familiarizada con la jerga de los espías. Explíquese.

—Disponemos de unos equipos electrónicos que han creado dos campos electromagnéticos. Uno aquí y otro en la Capilla Sixtina. En la práctica son como dos paraguas invisibles. Debajo de ellos no funciona ningún dispositivo que requiera contacto con el exterior. Tampoco puede atravesarlos un micrófono direccional ni ningún aparato espía. Compruebe su teléfono móvil.

Paola lo hizo y vio que efectivamente no tenía cobertura. Salieron al pasillo. Nada, no había señal.

—¿Y qué hay de la comida?

—Se prepara aquí mismo, en las cocinas —dijo la hermana Helena, con orgullo—. El personal está formado por diez religiosas, que son las que atienden en el turno de día los diversos servicios de la Domus Sancta Marthae. Por la noche sólo se queda el personal de recepción, por si hubiera alguna emergen-

177

cia. Nadie está autorizado a estar en el interior de la Domus, sólo los cardenales.

Paola abrió la boca para hacer una pregunta, pero se le quedó a media garganta. La interrumpió un alarido horrible que llegó del piso de arriba.

Jueves, 7 de abril de 2005. 16:31

Ganarse su confianza para entrar en la habitación había sido fácil. Ahora el cardenal tenía tiempo para lamentar ese error, y su lamento se escribía con letras de dolor. Karoski le realizó un nuevo corte con la navaja en el pecho desnudo.

—Tranquilo, Eminencia. Ya falta menos.

La víctima se debatía con movimientos cada vez más débiles. La sangre que empapaba la colcha y que goteaba pastosa sobre la alfombra persa se llevaba sus fuerzas. Pero en ningún momento perdió la consciencia. Sintió todos los golpes y todos los cortes.

Karoski terminó su obra en el pecho. Con orgullo de artesano contempló lo que había escrito. Sujetó la cámara con pulso firme y capturó el momento. Era imprescindible tener un recuerdo. Por desgracia, allí no podía usar la videocámara digital, pero aquella cámara desechable, de funcionamiento puramente mecánico, cumplía estupendamente. Mientras pasaba el rollo con el pulgar para realizar otra foto, se burló del cardenal Cardoso.

—Salude, Eminencia. Ah, claro, no puede usted. Le quitaré la mordaza, ya que necesito de su «don de lenguas».

Karoski se rió él solo de su macabro chiste. Dejó la cámara y le mostró al cardenal el cuchillo mientras sacaba su propia lengua en gesto burlón. Y cometió su primer error. Comenzó a desatar la mordaza. El purpurado estaba aterrorizado, pero no tan exánime como las otras víctimas. Reunió las pocas fuerzas que le quedaban y exhaló un alarido terrible que resonó por los pasillos de la Domus Sancta Marthae.

Jueves, 7 de abril de 2005. 16:31

Cuando escuchó el grito, Paola reaccionó inmediatamente. Le indicó con un gesto a la monja que se quedara donde estaba y subió los peldaños de tres en tres mientras sacaba la pistola. Fowler y Dante la seguían un escalón por detrás, y las piernas de los tres casi chocaban en su esfuerzo por subir los peldaños a toda velocidad. Al llegar al piso de arriba se detuvieron, desconcertados. Estaban en el centro de un pasillo largo lleno de puertas.

—¿En cuál ha sido? —dijo Fowler.

—Mierda, eso me gustaría saber a mí. No se separen, caballeros —dijo Paola—. Podría ser él, y es un cabrón muy peligroso.

Paola escogió la izquierda, el lado contrario al del ascensor. Creyó oír un ruido en la habitación 56. Pegó el oído a la madera, pero Dante le indicó con la mano que se apartara. El robusto superintendente hizo un gesto a Fowler y ambos embistieron la puerta, que se abrió sin dificultad. Los dos policías entraron de golpe, Dante apuntando al frente y Paola hacia los lados. Fowler se quedó en la puerta, con las manos a la altura del pecho.

Sobre la cama había un cardenal. Estaba muy pálido y muerto de miedo, pero intacto. Les miró asustado, levantando las manos.

—No me hagan daño, por favor.

Dante miró a todas partes y bajó la pistola.

—¿Dónde ha sido?

—Creo que en la habitación de al lado —dijo apuntando con un dedo, pero sin bajar las manos.

180

Salieron al pasillo de nuevo. Paola se colocó a un lado de la puerta 57, y Dante y Fowler repitieron el numerito del ariete humano. La primera vez los hombros de ambos se llevaron un buen golpe, pero la cerradura no cedió. A la segunda embestida saltó con un tremendo crujido.

Sobre la cama había un cardenal. Estaba muy pálido y muy muerto, pero la habitación estaba vacía. Dante la cruzó en dos pasos y miró en el cuarto de baño. Meneó la cabeza. En ese momento sonó otro grito.

—¡Socorro! ¡Ayuda!

Los tres salieron atropelladamente del cuarto. Al fondo del pasillo, del lado del ascensor, un cardenal estaba tirado en el suelo, con la ropa hecha un ovillo. Fueron hasta él a toda velocidad. Paola llegó primero y se arrodilló a su lado, pero el cardenal ya se levantaba.

—¡Cardenal Shaw! —dijo Fowler, reconociendo a su compatriota.

—Estoy bien, estoy bien. Sólo me ha empujado. Se ha ido por ahí —dijo señalando una puerta metálica, diferente a las de las habitaciones.

—Quédese con él, padre.

—Tranquilos, estoy bien. Cojan a ese fraile impostor —dijo el cardenal Shaw.

—¡Vuelva a su habitación y cierre la puerta! —le gritó Fowler.

Los tres cruzaron la puerta del fondo del pasillo y salieron a una escalera de servicio. Olía a humedad y a podrido por debajo de la pintura de las paredes. El hueco de la escalera estaba mal iluminado.

«Perfecto para una emboscada —pensó Paola—. Karoski aún tiene el arma de Pontiero. Podría estar esperándonos en cualquiera de los recodos y volarnos la cabeza al menos a dos de nosotros antes de que nos diéramos cuenta.»

Y a pesar de eso, bajaron atropelladamente los escalones, no sin tropezar más de una vez. Siguieron las escaleras hasta el sótano, un nivel por debajo de la calle, pero la puerta allí estaba cerrada con un grueso candado.

—Por aquí no ha salido.

Volvieron sobre sus pasos. En el piso anterior oyeron ruidos. Atravesaron la puerta y salieron directamente a las cocinas. Dante se adelantó a la criminóloga y entró el primero, con el dedo en el gatillo y el cañón apuntando hacia delante. Tres monjas dejaron de trastear entre las sartenes y les contemplaron con los ojos como platos.

—¿Ha pasado alguien por aquí? —les gritó Paola.

No respondieron. Siguieron mirando hacia delante con ojos bovinos. Una de ellas incluso siguió partiendo judías sobre un puchero, ignorándola.

—¡Que si ha pasado alguien por aquí! ¡Un fraile! —repitió la criminóloga.

Las monjas se encogieron de hombros. Fowler le puso una mano en el brazo.

—Déjelas. No hablan italiano.

Dante siguió la cocina hasta el final y se encontró con una puerta metálica de unos dos metros de ancho. Tenía un aspecto muy sólido. Intentó abrirla sin éxito. Le señaló la puerta a una de las monjas, mostrando a la vez su identificación del Vaticano. La religiosa se acercó hasta el superintendente e introdujo una llave en un cajetín disimulado en la pared. La puerta se abrió con un zumbido. Daba a la calle lateral de la plaza de Santa Marta. Frente a ellos estaba el palacio de San Carlos.

—¡Mierda! ¿No dijo la monja que la Domus sólo tenía un acceso?

—Pues ya ve, *ispettora*. Son dos —dijo Dante.

—Volvamos sobre nuestros pasos.

Corrieron escaleras arriba, desde el vestíbulo hasta el último piso. Allí encontraron unos escalones que llevaban a la azotea. Pero al alcanzar la puerta descubrieron que estaba cerrada a cal y canto.

—Por aquí tampoco ha podido salir nadie.

Rendidos, se sentaron allí mismo, en la mugrienta y estrecha escalera que daba a la azotea. Respiraban como fuelles.

—¿Se habrá escondido en una de las habitaciones? —dijo Fowler.

—No lo creo. Seguramente se habrá escabullido —dijo Dante.

—Pero ¿por dónde?

—Seguramente por la cocina, en un descuido de las monjas. No hay otra explicación. Las demás puertas tienen candados o están protegidas, como la entrada principal. Por las ventanas es imposible, sería demasiado riesgo. Los agentes de la *Vigilanza* patrullan la zona cada pocos minutos, ¡y estamos a plena luz del día, Dios santo!

Paola estaba furiosa. Si no estuviera tan cansada después de la carrera escaleras arriba y abajo, la hubiera emprendido a patadas con las paredes.

—Dante, pida ayuda. Que acordonen la plaza.

El superintendente negó con la cabeza desesperado. Tenía la frente empapada de sudor, que le caía en gotas turbias sobre su sempiterna cazadora de cuero. El pelo, siempre bien peinado, estaba sucio y encrespado.

—¿Cómo quiere que llame, preciosa? En este puto edificio no funciona nada. No hay cámaras en los pasillos, no funcionan los teléfonos ni los móviles ni los *walkie-talkies*. Nada más complicado que una puta bombilla, nada que requiera de ondas o de unos y ceros para funcionar. Como no mande una paloma mensajera…

—Para cuando baje ya estará lejos. En el Vaticano un fraile no llama la atención, Dicanti —dijo Fowler.

—¿Me puede explicar alguien cómo coño ha escapado de esa habitación? Es un tercer piso, las ventanas estaban cerradas y hemos tenido que reventar la puta puerta. Todos los accesos al edificio estaban custodiados o cerrados —dijo, golpeando repetidas veces con la palma abierta en la puerta de la azotea, que desprendió un ruido sordo y una nubecilla de polvo.

—Estábamos tan cerca —dijo Dante.

—Joder. Joder, joder y joder. ¡Le teníamos!

Fue Fowler quien constató la terrible verdad, y sus palabras resonaron en los oídos de Paola como una pala que rascara una lápida.

—Ahora lo que tenemos es otro muerto, *dottora*.

183

Jueves, 7 de abril de 2005. 16:31

—*H*ay que hacer las cosas con discreción —dijo Dante.

Paola estaba lívida de furia. Si hubiera tenido a Cirin delante en aquel momento, no hubiera podido contenerse. Pensó que era la tercera vez que deseaba saltarle los dientes a puñetazos al muy cabrón, para comprobar si aún seguía manteniendo esa actitud calmosa y su voz monocorde.

184

Después de topar con el obstáculo de la azotea, habían descendido las escaleras, cabizbajos. Dante tuvo que ir hasta el otro lado de la plaza para conseguir que le funcionara el móvil, y habló con Cirin para solicitar refuerzos y pedir que analizasen la escena del crimen. La respuesta del inspector general de la *Vigilanza* era que sólo podría acceder un técnico de la UACV, y que debería hacerlo con ropa de civil. Los instrumentos que necesitase debería llevarlos en una maleta de viaje ordinaria.

—No podemos permitir que todo esto trascienda aún más. Entiéndalo, Dicanti.

—No entiendo una mierda. ¡Tenemos que capturar a un asesino! Hay que vaciar el edificio, averiguar cómo ha entrado, recopilar pruebas...

Dante la miraba como si estuviera loca. Fowler meneaba la cabeza, sin querer inmiscuirse. Paola sabía que estaba dejando que aquel caso se le colase por los resquicios del alma, envenenando su tranquilidad. Procuraba siempre ser excesivamente racional porque conocía la sensibilidad de su carácter. Cuando algo entraba dentro de ella, su dedicación se convertía en obsesión. En aquel momento notaba que la furia le corroía el espíritu como una gota de ácido que cae a intervalos sobre un pedazo de carne cruda.

Estaban en el pasillo de la tercera planta, donde todo había ocurrido. La habitación 55 estaba ya vacía. Su ocupante, el hombre que les había indicado que buscaran en la habitación 56, era el cardenal belga Petfried Haneels, de setenta y tres años. Estaba muy alterado por lo ocurrido. El médico de la residencia estaba reconociéndole en la planta superior, donde se le alojaría por un tiempo.

—Por suerte, la mayoría de los cardenales estaban en la capilla, asistiendo a la meditación de la tarde. Sólo cinco han oído los gritos, y ya se les ha dicho que entró un perturbado que se dedicó a aullar por los pasillos —dijo Dante.

—¿Y ya está? ¿Ése es el control de daños? —se enfureció Paola—. ¿Conseguir que ni los propios cardenales se enteren de que han matado a uno de los suyos?

—Es fácil. Diremos que se encontraba indispuesto y que lo han trasladado al Gemelli con una gastroenteritis.

—Y con eso ya está todo resuelto —replicó irónica.

—Bueno, hay algo más. No puede usted hablar con ninguno de los cardenales sin mi autorización, y el escenario del crimen ha de verse limitado a la habitación.

—No puede estar hablando en serio. Tenemos que buscar huellas en las puertas, en los puntos de acceso, en los pasillos... No puede estar hablando en serio.

—¿Qué es lo que quiere, *bambina*? ¿Una colección de coches patrulla en la puerta? ¿Miles de flashes de los fotógrafos? Seguro que gritarlo a los cuatro vientos es el medio más útil para coger a su degenerado —dijo Dante, con actitud prepotente—. ¿O tan sólo busca agitar ante las cámaras su título de licenciada en Quantico? Si tan buena es usted, será mejor que lo demuestre.

Paola no se dejó provocar. Dante apoyaba totalmente la tesis de darle prioridad a la ocultación. Tenía que elegir: o perdía tiempo estrellándose contra aquella pared granítica y milenaria, o cedía e intentaba darse prisa para aprovechar al máximo los poquísimos medios de los que disponían.

—Llame a Cirin. Dígale que Boi envíe a su mejor técnico. Y que sus hombres estén alerta por si aparece un carmelita por el Vaticano.

185

Fowler tosió para llamar la atención de Paola. La llevó aparte y le habló en voz baja, con la boca muy cerca de su oído. Paola no pudo evitar que el roce de su aliento le pusiera la piel de gallina, y se alegró de llevar un traje de chaqueta para que nadie lo notara. Recordaba aún su contacto fuerte y sólido de días atrás, cuando ella se había lanzado como loca hacia la multitud y él la había sujetado, la había anclado a la cordura. Anhelaba conseguir de nuevo un abrazo de él, pero en aquella situación su anhelo quedaba totalmente fuera de lugar. Bastante complicadas estaban las cosas.

—Seguramente esas órdenes ya estén dictadas y ejecutándose ahora mismo, *dottora*. Y olvídese de un operativo policial estándar, porque en el Vaticano no va a conseguirlo jamás. Tendremos que resignarnos a jugar con las cartas que el destino ha repartido, por pobres que éstas sean. En esta situación viene muy al caso el viejo refrán de mi tierra: «En el país de los ciegos, el tuerto es el rey».*

Paola comprendió de inmediato a lo que se refería.

—Ese refrán también lo decimos en Roma. Tiene usted razón, padre..., por primera vez en este caso tenemos un testigo. Eso ya es algo.

Fowler bajó aún más el tono.

—Hable con Dante. Sea diplomática, por una vez. Que nos deje vía libre hasta Shaw. Quizá consigamos una descripción viable.

—Pero sin un artista forense...

—Eso vendrá luego, *dottora*. Si el cardenal Shaw le vio, conseguiremos un retrato robot. Pero lo más importante es acceder a su testimonio.

—Me suena su apellido. ¿Ese Shaw es el que aparece en los informes de Karoski?

—El mismo. Es un hombre duro e inteligente. Esperemos que pueda ayudarnos con la descripción. No mencione el nombre de nuestro sospechoso: veremos si le ha reconocido.

Paola asintió y regresó junto a Dante.

—¿Qué, ya han terminado de secretos ustedes dos, tortolitos?

---

* El padre Fowler se refiere al dicho «*One-eyed Pete is the marshall of Blindville*», en castellano: «Pete *el Tuerto* es el sheriff de Villaciego». Se emplea el símil español para su mejor comprensión.

La criminóloga decidió hacer caso omiso del comentario.

—El padre Fowler me ha recomendado calma y creo que voy a seguir su consejo.

Dante la miró con recelo, sorprendido de su actitud. Decididamente, aquella mujer era muy extraña a sus ojos.

—Eso es muy sabio por su parte, *ispettora*.

—*Noi abbiamo dato nella croce*,* ¿verdad, Dante?

—Es una forma de verlo. Otra muy distinta es darse cuenta de que es usted una invitada en un país que no es el suyo. Esta mañana era a su manera, *ispettora*. Ahora es a la nuestra. No es nada personal.

Paola respiró hondo.

—Está bien, Dante. Necesito hablar con el cardenal Shaw.

—Está en su habitación, reponiéndose de la impresión sufrida. Denegado.

—Superintendente. Por una sola vez, haga lo correcto. Quizás así le cojamos.

El policía giró su cuello de toro con un crujido. Primero a la izquierda, luego a la derecha. Estaba claro que se lo estaba pensando.

—De acuerdo, *ispettora*. Con una condición.

—¿Cuál es?

—Que utilice las palabras mágicas.

—Váyase a la mierda.

Paola se dio la vuelta, sólo para encontrarse con la mirada reprobadora de Fowler, que atendía a la conversación a cierta distancia. Se volvió de nuevo hacia Dante.

—Por favor.

—¿Por favor qué, *ispettora*?

El muy cerdo estaba disfrutando con su humillación. Pues nada, ahí la tenía.

—Por favor, superintendente Dante, solicito su permiso para hablar con el cardenal Shaw.

Dante sonrió abiertamente. Se lo había pasado en grande. Pero de repente se puso muy serio.

187

---

* Dicanti cita el *Quijote* en su versión italiana. La frase original, muy conocida en España, es: «Con la Iglesia hemos dado». Lo de «topado», dicho sea de paso, es un añadido popular.

—Cinco minutos, cinco preguntas. Nada más. Yo también me la juego en esto, Dicanti.

Dos miembros de la *Vigilanza*, ambos con traje y corbata negros, salieron del ascensor y se situaron a ambos lados de la puerta 56, en cuyo interior yacía el cadáver de la última víctima de Karoski. Custodiarían la entrada hasta la llegada del técnico de la UACV. Dicanti decidió aprovechar el tiempo de la espera entrevistando al testigo.

—¿Cuál es la habitación de Shaw?

Estaba en aquella misma planta. Dante les condujo hasta la 42, la última habitación antes de la puerta que daba a las escaleras de servicio. El superintendente llamó con delicadeza, usando sólo dos dedos.

Les abrió la hermana Helena, que había perdido la sonrisa. Al verles, el alivio se pintó en su rostro.

—Ay, menos mal que están ustedes bien. Sé que han perseguido al lunático por las escaleras. ¿Han podido atraparle?

—Por desgracia no, hermana —le respondió Paola—. Creemos que se escapó por la cocina.

—Ay Dios mío, ¿por la entrada de mercancías? Santa Virgen del Olivo, qué desastre.

—¿Hermana, no nos dijo que sólo había un acceso?

—Sólo hay uno, la puerta principal. Eso no es un acceso, es una cochera. Es gruesa y tiene una llave especial.

Paola comenzaba a darse cuenta de que la hermana Helena y ellos no hablaban el mismo italiano. Se tomaba muy a pecho los sustantivos.

—¿El ase…, digo, el asaltante pudo entrar por ahí, hermana?

La monja negaba con la cabeza.

—La llave sólo la tenemos la hermana ecónoma y yo. Y ella sólo habla polaco, como muchas de las hermanas que trabajan aquí.

La criminóloga dedujo que la hermana ecónoma debía de ser la que había abierto la puerta a Dante. Sólo dos copias de las llaves. El misterio se complicaba.

—¿Podemos pasar a ver al cardenal?

La hermana Helena negó con la cabeza, enérgicamente.

—Imposible, *dottora*. Está… ¿cómo se dice?… *zdenerwowany*. En estado de nervios.

—Sólo será un momento —dijo Dante.

La monja se puso aún más seria.

—*Zaden*. No y no.

Parecía que prefería refugiarse en su idioma natal para dar la negativa. Ya estaba cerrando la puerta cuando Fowler puso un pie en el marco, impidiendo que se cerrara del todo. Y le dijo con voz vacilante y masticando las palabras:

—*Sprawiać przyjemność, potrzebujemy żeby widzieć kardynalny Shaw, siostra Helena.*

La monja abrió los ojos como platos.

—*Wasz język polski nie jest dobry.**

—Lo sé. Debería visitar más a menudo su bello país. Pero no he estado allí desde los tiempos en que nació Solidaridad.**

La religiosa meneó la cabeza, ceñuda, pero era evidente que el sacerdote se había ganado su confianza. A regañadientes abrió la puerta del todo, haciéndose a un lado.

—¿Desde cuándo sabe usted polaco? —le susurró Paola, mientras entraban.

—Sólo tengo ligeras nociones, *dottora*. Viajar ensancha la mente, ya sabe.

Dicanti se permitió mirarle asombrada un segundo antes de dedicar toda su atención al hombre que estaba tendido en la cama. La habitación quedaba en penumbra, ya que la persiana estaba casi echada. El cardenal Shaw tenía un pañuelo o quizás una toalla mojada sobre la frente, con tan poca luz no se distinguía bien. Cuando se acercaron a los pies de la cama, el purpurado se incorporó sobre un codo, resoplando, y la toalla le resbaló por la cara. Era un hombre de rasgos firmes, de constitución más bien gruesa. El pelo, completamente blanco, estaba apelmazado en la frente, donde la toalla lo había mojado.

—Perdonen, yo…

Dante se inclinó para besar el anillo cardenalicio, pero el cardenal le detuvo.

189

---

* El padre Fowler le pide, por favor, permiso para ver al cardenal Shaw, y la monja le responde que su polaco está un poco oxidado.

** Solidaridad es el nombre del sindicato polaco que creó en 1980 el electricista Lech Walesa, premio Nobel de la Paz. La relación entre Walesa y Juan Pablo II fue siempre muy estrecha, y hay indicios de que el dinero para la creación de Solidaridad salió en parte del Vaticano.

—No, por favor. Ahora no.

El inspector dio un paso atrás, algo extrañado. Tuvo que carraspear antes de tomar la palabra.

—Cardenal Shaw, lamentamos la intromisión, pero necesitamos hacerle unas preguntas. ¿Se siente con fuerzas de respondernos?

—Claro, hijos míos, claro. Sólo estaba descansando un momento. Ha sido una terrible impresión el verme asaltado así en este lugar santo. De hecho, tengo una cita para resolver unos asuntos dentro de pocos minutos. Sean breves, por favor.

Dante miró a la hermana Helena y luego a Shaw. Éste comprendió. Sin testigos.

—Hermana Helena, por favor, avise al cardenal Pauljic de que me retrasaré un poco, si es tan amable.

La monja salió de la estancia, refunfuñando maldiciones a buen seguro poco propias de una religiosa.

—¿Cómo ocurrió todo? —preguntó Dante.

—Había subido a mi habitación a recoger mi breviario cuando escuché un grito terrible. Me quedé paralizado unos segundos, supongo que intentando averiguar si había sido producto de mi imaginación. Creí oír ruido de gente subiendo la escalera a toda prisa y después un crujido. Salí al pasillo, extrañado. En la puerta del ascensor había un fraile carmelita, que se ocultaba en el pequeño recodo que forma la pared. Le miré, y él se dio la vuelta y también me miró. Había mucho odio en sus ojos, santa madre de Dios. En ese momento sonó otro crujido y el carmelita me embistió. Yo caí al suelo y grité. El resto ya lo saben ustedes.

—¿Pudo verle bien la cara? —intervino Paola.

—Estaba casi toda tapada por una tupida barba. No recuerdo gran cosa.

—¿Podría describirnos su rostro y su complexión física?

—No lo creo, tan sólo le vi un segundo y mi vista ya no es lo que era. No obstante, recuerdo que tenía el pelo blanco grisáceo. Pero supe enseguida que no era un fraile.

—¿Qué le indujo a pensar eso, Eminencia? —inquirió Fowler.

—Su manera de actuar, por supuesto. Allí pegado a la puerta del ascensor no parecía un siervo de Dios en absoluto.

La hermana Helena regresó en ese momento, carraspeando nerviosa.

—Cardenal Shaw, el cardenal Pauljic dice que, en cuanto sea posible, le espera la Comisión para comenzar a preparar las misas de novendiales. Les he preparado la sala de reuniones del primer piso.

—Gracias, hermana. Adelántese usted con Antun, porque necesitaré algunas cosas. Dígales que en cinco minutos estaré con ustedes.

Dante se dio por enterado de que Shaw daba por terminada la reunión.

—Gracias por todo, Eminencia. Hemos de retirarnos ya.

—No saben cuánto lo lamento. Las misas de novendiales se dirán en todas las iglesias de Roma y en miles por todo el mundo, rogando por el alma de nuestro Santo Padre. Es un trabajo ímprobo, y no lo voy a retrasar por un simple empujón.

Paola iba a decir algo, pero Fowler le apretó discretamente el codo y la criminóloga se tragó la pregunta. Con un gesto se despidió también del purpurado. Cuando estaban a punto de salir de la habitación, el cardenal les hizo una pregunta de lo más comprometedora.

—¿Tiene ese hombre algo que ver con las desapariciones?

Dante se volvió muy despacio y respondió con palabras que destilaban almíbar en todas sus vocales y consonantes.

—De ningún modo, Eminencia, se trata tan sólo de un provocador. Probablemente, uno de esos jóvenes antiglobalización. Suelen disfrazarse para llamar la atención, ya lo sabe.

El cardenal se incorporó un poco más, hasta sentarse en la cama. Se dirigió a la monja.

—Corre el rumor entre algunos de mis hermanos cardenales de que dos de las figuras más preeminentes de la curia no van a asistir al cónclave. Espero que ambos se encuentren bien.

—¿Dónde ha oído eso, Su Eminencia? —Paola se sorprendió. En su vida había escuchado una voz tan suave, dulce y humilde como aquella con la que Dante había formulado su última pregunta.

—Ay, hijos míos, a mi edad uno olvida muchas cosas. Como quién susurró qué entre el café y el postre. Pero puedo asegurarles que no soy el único que lo sabe.

—Eminencia, seguramente se trata tan sólo de un rumor sin fundamento. Si usted nos disculpa, hemos de ocuparnos de buscar al alborotador.

191

—Espero que le encuentren pronto. Se están produciendo demasiados disturbios en el Vaticano, y tal vez sea hora de un cambio de rumbo en nuestra política de seguridad.

La velada amenaza de Shaw, tan recubierta de azúcar glaseado como la pregunta de Dante, no pasó desapercibida a ninguno de los tres. Incluso a Paola el tono le heló la sangre en las venas, y eso que detestaba a todos los miembros de la *Vigilanza* que conocía.

La hermana Helena salió de la habitación con ellos y siguió pasillo adelante. En la escalera le aguardaba un cardenal un tanto grueso, seguramente Pauljic, con el que la hermana Helena descendió las escaleras.

Tan pronto Paola vio que la espalda de la hermana Helena desaparecía escaleras abajo, se volvió hacia Dante con una amarga mueca en el rostro.

—Parece que su control de daños no funciona tan bien como usted creía, superintendente.

—Le juro que no lo comprendo. —Dante llevaba el pesar pintado en el rostro—. Al menos esperemos que no conozcan la verdadera razón. Desde luego no parece posible. Y tal y como están las cosas, incluso Shaw podría ser el próximo que calce las sandalias rojas.

—Como mínimo, los purpurados saben que algo raro está ocurriendo —dijo la criminóloga—. Sinceramente, me encantaría que la maldita cosa les estallara en las narices para que pudiéramos trabajar como el caso requiere.

Dante iba a replicar airado cuando alguien apareció en la escalinata de mármol. Carlo Boi había decidido enviar al que consideraba el mejor y más discreto técnico de la UACV.

—Buenas tardes a todos.

—Buenas tardes, director Boi —respondió Paola.

Había llegado la hora de enfrentarse al nuevo escenario de Karoski.

ACADEMIA DEL FBI
Quantico, Virginia

22 de agosto de 1999

—*P*ase, pase. Supongo que sabe quién soy, ¿verdad?

Para Paola, conocer a Robert Weber era el equivalente a lo que sentiría un egiptólogo si Ramsés II le invitara a tomar café. Entró en la sala de reuniones, donde el famoso criminólogo estaba repartiendo las calificaciones a los cuatro estudiantes que habían seguido el curso. Llevaba diez años retirado, pero sus pasos firmes aún imponían un respeto reverencial en los pasillos del FBI. Aquel hombre había revolucionado la ciencia forense al crear un nuevo método para localizar a los criminales: el perfil psicológico. En el elitista curso que el FBI impartía para formar nuevos talentos a lo largo del globo, él era siempre el encargado de dar las notas. A los chicos les encantaba, porque podían ver cara a cara a alguien a quien admiraban mucho.

—Claro que le conozco, señor. Debo decirle...

—Sí, ya lo sé, es un honor conocerme y bla bla bla. Si me dieran un dólar cada vez que me dicen esa frase, ahora sería un hombre rico.

El criminólogo tenía la nariz hundida en una gruesa carpeta. Paola metió la mano en el bolsillo del pantalón y sacó un papel arrugado, que le tendió a Weber.

—Es un honor conocerle, señor.

Weber miró el papel y se echó a reír. Era un billete de un dólar. Extendió la mano y lo recogió. Lo alisó y se lo guardó en el bolsillo de la chaqueta.

—No arrugue los billetes, Dicanti. Son propiedad del Tesoro de los Estados Unidos de América.

Pero sonrió, complacido ante la oportuna respuesta de la joven:

—Lo tendré en cuenta, señor.

Weber endureció la cara. Era el momento de la verdad, y cada palabra siguiente fue como un mazazo para la joven.

—Usted es débil, Dicanti. Roza los mínimos en las pruebas físicas y en las de puntería. Y no tiene carácter. Se derrumba enseguida. Se bloquea ante la adversidad con excesiva facilidad.

Paola estaba apesadumbrada. Que una leyenda viva te saque los colores en un momento es un trago muy difícil de pasar. Es aún peor cuando su voz carraspeante no deja el más mínimo resquicio de simpatía en su voz.

—Usted no razona. Es buena, pero tiene que sacar lo que lleva dentro. Y para eso tiene que inventar. Invente, Dicanti. No siga los manuales al pie de la letra. Improvise y verá. Y sea más diplomática. Aquí tiene sus notas finales. Ábralas cuando salga del despacho.

Paola recogió el sobre de Weber con manos temblorosas y abrió la puerta, agradecida de poder escapar de allí.

—Una cosa más, Dicanti. ¿Cuál es el verdadero motivo de un asesino en serie?

—Su hambre de matar, que no puede contener.

El viejo criminólogo negó con disgusto.

—Se encuentra cerca de donde debería, pero aún no está ahí. Vuelve a pensar como los libros, señorita. ¿Usted puede comprender el ansia de matar?

—No, señor.

—A veces hay que olvidar los tratados de psiquiatría. El verdadero motivo es el cuerpo. Analice su obra y conocerá al artista. Que sea lo primero que piense su cabeza cuando entre en una escena del crimen.

Dicanti corrió a su habitación y se encerró en el baño. Cuando consiguió la serenidad suficiente, abrió el sobre. Tardó un buen rato en comprender lo que veía.

Había obtenido las máximas calificaciones en todas las materias, y una valiosa lección: nada es lo que parece.

DOMUS SANCTA MARTHAE
Piazza Santa Marta, 1

Jueves, 7 de abril de 2005. 17:10

Apenas había pasado una hora desde que el asesino había escapado de aquella habitación. Paola pudo sentir aún su presencia en la estancia como el que respira un humo acerado e invisible. De viva voz se mostraba siempre racional sobre los asesinos en serie. Era fácil hacerlo cuando emitía (las más de las veces) sus opiniones desde un cómodo despacho enmoquetado.

Era muy distinto entrar de esa manera en la habitación, con cuidado para no pisar la sangre. No sólo para no contaminar la escena del crimen. El motivo principal de no pisar era porque la maldita sangre estropeaba para siempre unos buenos zapatos.

Y también el alma.

Hacía casi tres años que el director Boi no procesaba personalmente una escena del crimen. Paola sospechaba que Boi estaba llegando a aquel nivel de compromiso por ganar puntos ante las autoridades del Vaticano. Desde luego no podría ser para progresar políticamente con sus superiores italianos, porque todo aquel maldito asunto se tenía que guardar en secreto.

Él había entrado primero, con Paola detrás. Los demás esperaron en el pasillo, mirando al frente y sintiéndose incómodos. La criminóloga escuchó a Dante y Fowler intercambiar unas palabras —incluso juraría que algunas dichas en un tono de voz muy poco educado—, pero hizo un esfuerzo por poner toda su atención sobre lo que había dentro de la habitación y no en lo que había dejado fuera.

Paola se quedó junto a la puerta, dejando a Boi seguir su rutina. Primero las fotografías forenses, una desde cada esquina de la habitación, otra en vertical al cadáver, otra desde cada uno de los posibles lados, y una de cada uno de los elementos que el investigador pudiera considerar relevantes. En definitiva, más de sesenta destellos de flash iluminando la escena con tonos irreales, blanquecinos e intermitentes. También sobre el ruido y el exceso de luz se impuso Paola.

Respiró hondo, procurando ignorar el olor a sangre y el regusto metálico que dejaba en la garganta. Cerró los ojos y contó mentalmente de cien a cero, muy despacio, intentando acompasar los latidos de su corazón con el ritmo de la cuenta decreciente. El descarriado galopar del cien era tan sólo un trote suave en el cincuenta y un tambor contundente y preciso en el cero.

Abrió los ojos.

Sobre la cama estaba tendido el cardenal Geraldo Cardoso, de setenta y un años. Cardoso estaba atado al cabecero ornamentado de la cama por dos toallas anudadas fuertemente. Llevaba puesto el capelo cardenalicio, totalmente ladeado, con un aire perversamente cómico.

Paola recitó, despacio, el mantra de Weber: «Si quieres conocer a un artista, contempla su obra». Lo repitió una y otra vez, moviendo los labios en silencio hasta borrarle el significado a las palabras en su boca, pero imprimiéndoselo a su cerebro, como el que moja un sello en tinta y lo deja seco tras estamparlo en el papel.

—Comencemos —dijo Paola en voz alta, y sacó una grabadora del bolsillo.

Boi ni siquiera la miró. Estaba enfrascado en ese momento en la recogida de rastros y en estudiar la forma de las salpicaduras de sangre.

La criminóloga empezó a dictarle a su grabadora tal y como le habían enseñado en Quantico: haciendo una observación y una deducción inmediata. El resultado de aquellas conclusiones se parecería bastante a una reconstrucción de cómo había sucedido todo.

Observación: El cadáver está atado por las manos en su propia habitación, sin ningún signo de violencia en el mobiliario.
Inferencia: Karoski se introdujo en la habitación con algún subterfugio y redujo a la víctima con rapidez y en silencio.

Observación: Hay una toalla con sangre en el suelo. Parece arrugada.
Inferencia: Con toda probabilidad, Karoski colocó a la víctima una mordaza y la sacó para seguir adelante con su macabro modus operandi: cortar la lengua.

Observación: Escuchamos un alarido.
Inferencia: Lo más probable es que al sacar la mordaza, Cardoso encontrara el modo de gritar. Luego la lengua es lo último que corta, antes de pasar a los ojos.

Observación: La víctima conserva ambos ojos y la garganta seccionada. El corte parece apresurado y lleno de sangre. Las manos permanecen en su lugar.
Inferencia: El ritual de Karoski en este caso comenzó por torturar el cuerpo, para después continuar con el despiece ritual. Fuera la lengua, fuera los ojos, fuera las manos.

197

Paola abrió la puerta de la habitación y le pidió a Fowler que pasara un momento. Fowler hizo una mueca al contemplar el macabro espectáculo, pero no apartó la mirada. La criminóloga rebobinó la cinta de la grabadora, y ambos escucharon el último punto.

—¿Cree que hay algo especial en el orden en que realiza el ritual?

—No lo sé, *dottora*. El habla es lo más importante en un sacerdote: por su voz se administran los sacramentos. Los ojos no definen en absoluto el ministerio sacerdotal, ya que no intervienen de manera crítica en ninguna de sus funciones. Pero sin embargo, sí lo hacen las manos, que son sagradas, ya que tocan el cuerpo de Cristo en la Eucaristía. Las manos de un sacerdote son sagradas siempre, independientemente de lo que éste haga.

—¿Qué quiere decir?

—Incluso un monstruo como Karoski sigue teniendo las manos sagradas. Su capacidad para impartir los sacramentos es la misma que la del más santo y puro de los sacerdotes. Es un contrasentido, pero es así.

Paola se estremeció. La idea de que un ser tan abyecto pudiera tener un contacto directo con Dios le parecía repugnante y terrible. Intentó recordarse a sí misma que aquél era uno más de los motivos que le habían hecho renegar de Dios, pensar de Él que era un tirano insufrible en su cielo de algodón. Pero profundizar en el horror, en la depravación de aquellos como Karoski que supuestamente debían realizar Su obra, estaba produciendo en ella un efecto muy diferente. Sintió la traición que Él debía de sentir y por unos instantes se puso en Su lugar. Recordó a Maurizio más que nunca y lamentó que no estuviera allí para intentar poner sentido a toda aquella maldita locura.

—Dios santo.

Fowler se encogió de hombros, sin saber muy bien qué decir. Volvió a salir de la habitación. Paola volvió a conectar la grabadora.

> **Observación**: La víctima está vestida con el traje talar, abierto completamente. Bajo él lleva puesta una camiseta interior de algodón y calzones tipo *boxer*. La camiseta está desgarrada, probablemente con un instrumento afilado. Sobre el pecho hay varios cortes, que forman las palabras EGO TE ABSOLVO.
>
> **Inferencia**: El ritual de Karoski en este caso comenzó por torturar el cuerpo, para después continuar con el despiece ritual. Fuera la lengua, fuera los ojos, fuera las manos. Las palabras EGO TE ABSOLVO fueron encontradas también en los escenarios de Portini —según las fotos presentadas por Dante— y Robayra. La variación en este caso es extraña.
>
> **Observación**: Hay gran cantidad de manchas de salpicaduras y retrosalpicaduras por las paredes. También una huella parcial de pisada en el suelo, junto a la cama. Parece sangre.
>
> **Inferencia**: Todo en esta escena del crimen es muy extraño. No podemos deducir que su estilo haya evolucionado, o que se haya adaptado al medio. Su modus operandi es anárquico, y...

La criminóloga pulsó el botón de *stop* en la grabadora. Allí había algo que no encajaba, algo que estaba terriblemente mal.

—¿Qué tal va, director?

—Mal. Muy mal. He sacado huellas de la puerta, de la mesilla de noche y del cabecero de la cama, pero poco más. Hay varios juegos de huellas, pero creo que uno corresponde a las de Karoski.

En aquel momento estaba sosteniendo una lámina de plástico en la que estaba impresa una huella de índice bastante clara, que acababa de obtener del cabecero de la cama. La estaba comparando al trasluz con la impresión digital aportada por Fowler de la ficha de Karoski (obtenida por el propio Fowler en su celda tras la fuga de éste, ya que no era práctica habitual en el Saint Matthew tomar las huellas dactilares a los pacientes).

—Sólo es una impresión previa, pero creo que hay coincidencia en varios puntos. Esta horquilla ascendente es bastante característica, y esta cola déltica… —decía Boi, más para sí mismo que para Paola.

Paola sabía que cuando Boi reconocía como buena una huella dactilar, es que lo era. Boi tenía fama como experto dactilógrafo. Viéndole allí, lamentó la lenta ruina que había convertido a un excelente forense en un burócrata.

—¿Nada más, doctor?

—Nada más. Ni pelos, ni fibras, nada. Este hombre es realmente un fantasma. Si llega a usar guantes, me hubiera creído que a Cardoso lo mató un espíritu.

—No hay nada de espiritual en esa tráquea reventada, doctor.

El director miró el cadáver con pasmada extrañeza, tal vez reflexionando sobre las palabras de su subordinada o extrayendo sus propias conclusiones. Finalmente le respondió:

—No, no mucho, la verdad.

Paola salió de la habitación, dejando a Boi encargarse de su trabajo. Pero sabía que poco o nada iba a encontrar. Karoski era mortalmente listo y, a pesar de su apresuramiento, no había dejado nada tras de sí. Sobre su cabeza seguía rondando una inquietante sospecha. Miró a su alrededor. Había llegado Camilo Cirin, acompañado de otra persona. Era un hombrecillo delgaducho y quebradizo en apariencia, pero de mirada tan afilada como su nariz. Cirin se le acercó y le presentó como el magistrado Gianluigi Varone, juez único de la Ciudad del Va-

199

ticano. El individuo no le cayó simpático a Paola: parecía una versión cetrina y macilenta de un buitre con chaqueta.

El juez redactaría un atestado para el levantamiento del cadáver, que se llevaría a cabo con el más absoluto secreto. Los dos agentes del *Corpo di Vigilanza* que antes se habían encargado de custodiar la puerta se habían cambiado de ropa. Llevaban sendos monos de trabajo de color negro y guantes de látex. Ellos serían los encargados de limpiar y sellar la habitación tras la salida de Boi y su equipo. Fowler se había sentado en un pequeño banco al extremo del pasillo, y leía en calma su breviario. Cuando Paola se vio libre de Cirin y del magistrado, se acercó al sacerdote y se sentó a su lado. Fowler no pudo evitar una sensación de *déjà vu*.

—Bueno, *dottora*. Ahora conoce usted a unos cuantos cardenales más.

Paola se rió, triste. Cuántas cosas habían cambiado en apenas treinta y seis horas, desde que ambos esperaban junto a la puerta del despacho del camarlengo. Sólo que no estaban ni siquiera un paso más cerca de atrapar a Karoski.

—Creía que las bromas macabras eran territorio del superintendente Dante.

—Ah, y lo son, *dottora*. Sólo estoy de visita.

Paola abrió la boca y la cerró de nuevo. Quería hablarle a Fowler de lo que le rondaba por la cabeza sobre el ritual de Karoski, pero aún no sabía qué era lo que le preocupaba tanto. Decidió esperar hasta meditarlo lo suficiente.

Como Paola tendría ocasión de comprobar amargamente más tarde, aquella decisión era un tremendo error.

DOMUS SANCTA MARTHAE
Piazza Santa Marta, 1

Jueves, 7 de abril de 2005. 16:31

Dante y Paola subieron al coche que había traído Boi. El director les dejaría en el depósito de cadáveres antes de continuar hasta la UACV para intentar determinar cuál había sido el arma homicida en cada uno de los escenarios. Fowler iba a subir también al vehículo cuando una voz le llamó desde la puerta de la Domus Sancta Marthae.

—¡Padre Fowler!

El sacerdote se dio la vuelta. Era el cardenal Shaw. Le hacía gestos con la mano, y Fowler se acercó.

—Eminencia, espero que ya se encuentre mejor.

El cardenal le sonrió con afectación.

—Aceptamos con resignación las pruebas que nos manda el Señor. Querido Fowler, quería tener la oportunidad de darle las gracias personalmente por su oportuno rescate.

—Eminencia, cuando llegamos, usted ya estaba a salvo.

—¿Quién sabe, quién sabe lo que podría haber hecho ese lunático de haber vuelto? Cuenta usted con todo mi agradecimiento. Me encargaré personalmente de que en la curia se sepa lo buen soldado que es usted.

—Realmente es innecesario, Eminencia.

—Hijo mío, nunca se sabe cuándo puede usted necesitar un favor. Cuándo va uno a meter la pata. Es importante conseguir puntos, ya lo sabe.

Fowler le miró, inescrutable.

—Claro que, hijo mío… —continuó Shaw—. El agradecimiento de la curia podría ser aún más completo. Incluso podríamos reclamar su presencia aquí, en el Vaticano. Camilo Cirin parece estar perdiendo reflejos. Tal vez podría ocupar su puesto alguien que se asegurase de que el escándalo se borrara del todo. Que desapareciese.

Fowler comenzaba a entender.

—¿Su Eminencia me solicita que pierda algún *expediente*?

El cardenal hizo un gesto de complicidad bastante infantil y bastante incongruente, sobre todo considerando el tema del que estaban tratando. Creía estar consiguiendo lo que quería.

—Exacto, hijo mío, exacto. Los cadáveres no vengan injurias.

El sacerdote sonrió maliciosamente.

—Vaya, una cita de Blake.* Jamás había oído a un cardenal recitar los «Proverbios del infierno».

Shaw se envaró y almidonó la voz. No le gustaba el tono del sacerdote.

—Los caminos del Señor son misteriosos.

—Los caminos del Señor son contrarios a los del Enemigo, Eminencia. Lo aprendí en la escuela, de niño. Y aún no ha perdido validez.

—Los instrumentos de un cirujano a veces se manchan. Y usted es como un bisturí bien afilado, hijo. Digamos que sé que representa más de un interés en este caso.

—Yo sólo soy un humilde sacerdote —dijo Fowler, fingiendo extrañeza.

—No me cabe duda. Pero en ciertos círculos se habla de sus… habilidades.

—¿Y en esos círculos no se habla también de mi problema con la autoridad, Eminencia?

—Algo de eso hay también. Pero no me cabe duda de que cuando llegue el momento, actuará usted como es debido. No permita que el buen nombre de su Iglesia se vea arrastrado por las portadas de los periódicos, hijo.

El sacerdote respondió con un silencio frío y despectivo. El cardenal le dio unos paternalistas golpecitos en la hombrera de

* William Blake fue un poeta protestante inglés del siglo XVIII. *El matrimonio del cielo y el infierno* es un obra que abarca diferentes géneros y de difícil clasificación, aunque podríamos calificarlo como un poema satírico. Una buena parte de su extensión corresponde a los «Proverbios del infierno», aforismos supuestamente dados por el demonio a Blake.

la impecable chaqueta de su *clergyman* y descendió el tono de su voz hasta convertirlo en un susurro.

—En estos tiempos que corren, ¿quién no tiene algún secretillo que otro? Podría ser que su nombre apareciera en otros papeles. Por ejemplo, en las citaciones del Sant'Uffizio. Una vez más.

Y sin más, se dio la vuelta y volvió a entrar en la Domus Sancta Marthae. Fowler subió al coche, donde le esperaban sus compañeros con el motor en marcha.

—¿Se encuentra bien, padre? No trae buena cara —se interesó Dicanti.

—Perfectamente, *dottora*.

Paola le estudió atentamente. La mentira era patente: Fowler estaba tan pálido como un costal de harina. En aquel momento aparentaba diez años más de los que tenía.

—¿Qué quería el cardenal Shaw?

Fowler le dedicó a Paola un intento de sonrisa despreocupada, que sólo empeoró el conjunto.

—¿Su Eminencia? Ah, nada. Tan sólo que le diera recuerdos a un amigo común.

203

Depósito de cadáveres municipal

Viernes, 8 de abril de 2005. 01:25

—Comienza a ser una costumbre recibirles de madrugada, *dottora* Dicanti.

Paola replicó algo entre cortés y ausente. Fowler, Dante y el forense estaban a un lado de la mesa de autopsias. Ella estaba enfrente. Los cuatro llevaban las batas azules y los guantes de látex propios de aquel lugar. Encontrarse así por tercera vez en tan pocos días le hizo recordar a la joven algo que había leído. Algo sobre la recurrencia del infierno. De cómo éste consiste en la repetición. Tal vez en aquellos momentos no tuvieran ante ellos el infierno, pero desde luego contemplaban las pruebas de su existencia.

El cadáver de Cardoso daba más miedo así, sobre la mesa. Lavado de la sangre que lo cubría horas atrás, era una muñeca blanca con terribles heridas secas. El cardenal había sido un hombre delgado, y tras la pérdida de sangre su rostro era una máscara hundida y acusadora.

—¿Qué sabemos de él, Dante? —dijo Dicanti.

El superintendente leyó de un pequeño cuadernillo que siempre llevaba en un bolsillo de la chaqueta.

—Geraldo Claudio Cardoso, nacido en 1934, cardenal desde 2001. Reputado defensor de los trabajadores, siempre estuvo al lado de los pobres y los sin hogar. Antes de ser cardenal ganó amplia reputación en la diócesis de Santo José. Allí tienen las fábricas más importantes de Suramérica. —Aquí Dante citó las dos marcas de coches más famosas del mundo—. Siempre actuó como vínculo entre el obrero y la empresa. Los trabajadores le amaban, le llamaban «el obispo sindical». Era miembro de varias congregaciones en la curia romana.

Esta vez, incluso el forense guardó silencio. Había despiezado a Robayra con una sonrisa en los labios, burlándose de la falta de aguante de Pontiero. Horas después, sobre su mesa estaba el hombre del que se había burlado. Y al día siguiente, otro de los purpurados. Un hombre que, al menos sobre el papel, había hecho mucho bien. Se preguntaba si habría coherencia entre la biografía oficial y la oficiosa, pero fue Fowler quien finalmente trasladó la pregunta a Dante.

—Superintendente, ¿hay algo más aparte del resumen de prensa?

—Padre Fowler, no cometa el error de pensar que todos los hombres de nuestra Santa Madre Iglesia llevan una doble vida.

—Procuraré recordarlo. —Fowler tenía el rostro rígido—. Y ahora, por favor, respóndame.

Dante fingió pensar mientras crujía su cuello, a izquierda y derecha, en su gesto característico. Paola tuvo la sensación de que o bien conocía la respuesta, o bien venía preparado para la pregunta.

—Hice algunas llamadas. Casi todo el mundo corrobora la versión oficial. Tuvo algunos deslices sin importancia, nada reseñable al parecer. Algún escarceo con la marihuana de joven, antes de ser sacerdote. Afiliaciones políticas un poco dudosas en la universidad, pero nada más. Ya como cardenal tuvo algún encontronazo con algunos colegas de la curia, puesto que era defensor de un grupo no muy bien visto en la curia: los carismáticos.* En líneas generales, era un buen tipo.

—Como los otros dos —dijo Fowler.

—Eso parece.

—¿Qué puede decirnos del arma homicida, doctor? —intervino Paola.

---

* Los carismáticos son un grupo polémico cuyos ritos suelen ser bastante extremos: en ellos cantan y bailan al son de panderetas, dan volteretas (e incluso los más osados llegan a dar saltos mortales), arrojan al suelo los bancos de la iglesia o se suben a ellos, hablan en lenguas secretas... Todo ello, supuestamente imbuidos del Espíritu Santo y de una euforia tremenda. La Iglesia católica no ha visto nunca con buenos ojos a este grupo.

El forense señaló el cuello de la víctima y luego los cortes en el pecho.

—Es un objeto cortante de borde liso, probablemente un cuchillo de cocina no muy grande, pero sí muy afilado. En los anteriores casos me guardé mi opinión, pero después de haber visto los moldes de las incisiones, creo que usó el mismo instrumento en las tres ocasiones.

Paola tomó buena nota de ello.

—*Dottora* —dijo Fowler—. ¿Cree que hay alguna posibilidad de que Karoski intente algo durante el funeral de Wojtyla?

—Demonios, no lo sé. La seguridad alrededor de la Domus Sancta Marthae sin duda se habrá reforzado…

—Por supuesto —se jactó Dante—. Están tan encerrados que ni siquiera sabrán si es de día sin mirar la hora.

—… aunque la seguridad también era elevada antes y sirvió de poco. Karoski ha demostrado unos recursos y una sangre fría increíbles. Sinceramente, no tengo ni idea. No sé si intentará algo, aunque lo dudo. En esta ocasión no ha podido completar su ritual ni dejarnos un mensaje sangriento como en los otros dos casos.

—Lo cual significa que hemos perdido una pista —se quejó Fowler.

—Sí, pero al mismo tiempo esa circunstancia debería ponerle nervioso y hacerle vulnerable. Pero con este cabrón nunca se sabe.

—Tendremos que estar muy atentos para proteger a los cardenales —dijo Dante.

—No sólo para protegerles, sino para buscarle. Aunque no intente nada, estará allí, mirándonos y riéndose. Podría jugarme el cuello.

PLAZA DE SAN PEDRO

Viernes, 8 de abril de 2005. 10:15

*E*l funeral de Juan Pablo II transcurrió con tediosa normalidad. Todo lo normal que pueda ser el funeral del líder religioso de más de mil millones de personas al que asisten algunos de los jefes de Estado y de las testas coronadas más importantes de la Tierra. Pero no sólo ellos estaban allí. Cientos de miles de personas abarrotaban la plaza de San Pedro, y detrás de cada uno de aquellos rostros había una historia que bullía en los ojos de su dueño como un fuego tras las rejas de la chimenea. Algunos de esos rostros tendrían, no obstante, una importancia radical en esta historia.

Uno de ellos era el de Andrea Otero. No vio a Robayra por ninguna parte. La periodista descubrió tres cosas en la azotea a la que se encaramó, junto con otros compañeros de un equipo de televisión alemán. Una, que mirando fijamente con prismáticos te entra un terrible dolor de cabeza a la media hora. Dos, que las nucas de todos los cardenales parecen iguales. Y tres, que sólo había ciento doce purpurados sentados en aquellas sillas. Lo comprobó varias veces. Y la lista de electores que tenía impresa sobre sus rodillas proclamaba que debían de ser ciento quince.

Camilo Cirin no se habría sentido nada cómodo si hubiera conocido los pensamientos que ocupaban a Andrea Otero, pero tenía sus propios (y graves) problemas. Viktor Karoski, el asesino en serie de cardenales, era uno de ellos. Pero mientras que Karoski no causó ningún problema a Cirin durante el funeral, sí lo hizo un avión sin identificar que invadió el espacio

207

aéreo del Vaticano en plena celebración. La angustia que dominó a Cirin durante unos momentos al recordar los atentados del 11 de septiembre no era menor que la de los pilotos de los tres cazas que fueron en su persecución. Por suerte, el alivio llegó minutos después, cuando se descubrió que el piloto del avión sin identificar era un macedonio que había cometido un error. El episodio llevó los nervios de Cirin al límite. Un subordinado cercano comentaría después que escuchó a Cirin levantar la voz por primera vez tras quince años a sus órdenes.

Otro subordinado de Cirin, Fabio Dante, estaba entre el público. Maldecía su suerte porque la gente se apiñaba al paso del féretro con el papa Wojtyla sobre él, y muchos gritaron «*Santo subito!*» en sus orejas. Desesperadamente intentaba ver por encima de los carteles y las cabezas, buscando a un fraile carmelita con barba abundante. No fue el que más se alegró de que terminara el funeral, pero casi.

El padre Fowler fue uno de los muchos sacerdotes que repartieron la comunión entre el público, y en más de una ocasión creyó ver la cara de Karoski en la persona que iba a recibir el cuerpo de Cristo de sus manos. Mientras cientos de personas desfilaban delante de él para recibir a Dios, Fowler rezaba por dos motivos: uno era la causa que le había llevado a Roma, y el otro era pedir iluminación y fortaleza al Todopoderoso ante lo que había hallado en la Ciudad Eterna.

Ignorante de que Fowler pedía ayuda al Creador en buena parte por causa de ella, Paola escrutaba los rostros de la multitud desde la escalinata de San Pedro. Se había colocado en una esquina, pero no rezó. Nunca lo hacía. Tampoco miraba a la gente con mucha atención, pues al cabo de un rato todas las caras le parecían iguales. Lo que hacía era pensar en los motivos de un monstruo.

El doctor Boi se situó delante de varios monitores de televisión con Angelo, el escultor forense de la UACV. Recibían la imagen directa de las cámaras de la RAI que había sobre la plaza, antes de que pasara por realización. Allí montaron su propia caza, de la que obtuvieron un dolor de cabeza parecido al de Andrea Otero. Del «ingeniero», como lo seguía llamando Angelo en su afortunada ignorancia, ni rastro.

En la explanada, agentes del servicio secreto de George Bush llegaron a las manos con agentes de la *Vigilanza* cuando éstos no les permitieron el paso a aquéllos en la plaza. Para los que conozcan, aunque sólo sea de oídas, la labor del servicio secreto, resultará insólito que durante aquel día se quedaran fuera. Nadie, nunca, en ningún lugar, les había negado el paso tan rotundamente. Desde la *Vigilanza* se les negó el permiso. Y, por mucho que insistieron, fuera se quedaron.

Viktor Karoski asistió al funeral de Juan Pablo II con suma devoción, rezando en voz alta. Cantó con una voz hermosa y profunda en los momentos apropiados. Vertió una lágrima muy sincera. Hizo planes para el futuro.
Nadie se fijó en él.

SALA DE PRENSA DEL VATICANO

Viernes, 8 de abril de 2005. 18:25

$\mathcal{A}$ndrea Otero llegó a la rueda de prensa con la lengua fuera. No sólo por el calor, sino porque se había dejado el carné de prensa en el hotel y había tenido que pedirle al asombrado taxista que diera media vuelta para recogerlo. El descuido no fue crítico porque había salido con una hora de antelación. Quería llegar antes de tiempo para poder hablar con el portavoz del Vaticano, Joaquín Balcells, sobre la «evaporación» del cardenal Robayra. Todos los intentos de localizarle que había hecho habían sido infructuosos.

La sala de prensa estaba en un anexo al gran auditorio construido durante el gobierno de Juan Pablo II. Un edificio modernísimo, con más de seis mil asientos de capacidad, que siempre estaba lleno a rebosar los miércoles, el día de la audiencia del Santo Padre. La puerta de entrada daba directamente a la calle, y quedaba justo al lado del palacio del Sant'Uffizio.

La sala en sí era una estancia con asientos para 185 personas. Andrea creyó que llegando quince minutos antes de la hora tendría un buen sitio para sentarse, pero era evidente que más de trescientos periodistas habían tenido la misma idea. Tampoco era tan sorprendente que la sala se quedara pequeña. Había 3.042 medios de comunicación de 90 países acreditados para cubrir el funeral, que se había celebrado aquella mañana, y el cónclave. Más de dos mil millones de seres humanos, la mitad de ellos católicos, se habían despedido en la comodidad de sus salas de estar del difunto Papa aquella misma mañana. «Y yo estoy aquí. Yo, Andrea Otero.» Ja, si pudieran verla ahora sus compañeras de la Facultad de Periodismo.

Bueno, estaba en la rueda de prensa en la que les iban a explicar cómo transcurriría el cónclave, pero sin sitio para sentarse. Se apoyó como pudo cerca de la puerta. Era la única entrada, así que cuando llegara Balcells, podría abordarle.

Repasó con calma sus notas acerca del portavoz. Era un médico reconvertido en periodista. Numerario del Opus Dei, nacido en Cartagena y, según todos los datos, un tipo serio y muy frío. Estaba a punto de cumplir setenta años, y las fuentes extraoficiales (de las que Andrea se solía fiar a pies juntillas) le señalaban como una de las personas más poderosas del Vaticano. Llevaba años recibiendo de los mismos labios del Papa las informaciones y dándoles forma ante el gran público. Si decidía que una cosa era secreta, secreta sería. Con Balcells no cabían filtraciones. Su currículum era impresionante. Andrea leyó los premios y medallas que le habían otorgado: comendador de esto, encomienda de lo otro, gran cruz de aquello… Las distinciones ocupaban dos folios, a premio por línea. No parecía que fuera a ser un hueso fácil de roer.

«Pero yo tengo los dientes duros, maldita sea.» Estaba ocupada intentando escuchar sus pensamientos por encima del creciente murmullo de las voces, cuando la sala explotó en una cacofonía atroz.

Primero fue uno solo, como la gota solitaria que anuncia la llovizna. Luego tres o cuatro. Después llegó la gran zarabanda de pitidos y tonos diferentes.

Parecía que decenas de móviles estaban sonando a la vez. El estrépito duró en total cuarenta segundos. Todos los periodistas echaron mano de sus terminales y menearon la cabeza. Se oyeron algunas quejas en voz alta.

—Chicos, un cuarto de hora de retraso. A este paso no nos va a dar tiempo a editar.

Andrea escuchó una voz en castellano a unos metros. Se abrió paso a codazos y comprobó que era una compañera de piel tostada y delicadas facciones. Por su acento dedujo que era mexicana.

—Hola, ¿qué tal? Soy Andrea Otero, de *El Globo*. Oye, ¿podrías decirme por qué han sonado todos los móviles a la vez?

La mexicana sonrió y le enseñó su teléfono.

—Mira el mensaje de la oficina de prensa del Vaticano. Nos

211

envían un SMS a todos cada vez que hay una noticia importante. Es una práctica de lo más moderna, así nos tienen informados. La única pena es que resulta molesto cuando estamos todos juntos. Este último avisa de que el señor Balcells va a verse demorado.

Andrea se admiró de la inteligencia de la medida. Administrar la información a miles de periodistas no podía ser sencillo.

—No me digas que no te has dado de alta en el servicio de celulares —se extrañó la mexicana.

—Pues… aún no. Nadie me ha advertido de nada.

—Bueno, no te preocupes. ¿Ves a esa chica de ahí?

—¿La rubia?

—No, la de chaqueta gris, que lleva una carpeta en la mano. Acércate a ella y dile que te apunte en el servicio de celulares. En menos de media hora te tendrán en su base de datos.

Andrea así lo hizo. Alcanzó a la chica y le chapurreó todos sus datos. La chica le pidió su tarjeta de acreditación e introdujo el número de su móvil en una agenda electrónica.

—Está conectada con la central —dijo presumiendo de tecnología con cansada sonrisa—. ¿En qué idioma prefiere recibir las comunicaciones del Vaticano?

—En español.

—¿Español tradicional, o variantes de algún país de habla hispana?

—El de toda la vida —dijo en castellano.

—*Scusi?* —se extrañó la otra, en perfecto (y desdeñoso) italiano.

—Perdone. En español tradicional, por favor.

—En unos cincuenta minutos estará dada de alta en el servicio. Sólo necesito que me firme este impreso, si es tan amable, autorizándonos a enviarle la información.

La periodista garabateó su nombre al final de la hoja que la chica había extraído de su carpeta sin apenas mirarla y se despidió de ella, dándole las gracias.

Volvió a su sitio e intentó leer algo más sobre Balcells, pero un rumor anunció la llegada del portavoz. Andrea volvió su atención hacia la puerta principal, pero el español había entrado por una puerta pequeña, disimulada tras la tarima a la que ahora estaba subido. Con gesto calmo fingía ordenar sus notas, dando tiempo a que los operadores de cámara le encuadraran y los periodistas se sentaran.

Andrea maldijo su mala suerte y se abrió paso a codazos hasta la tarima, donde el portavoz aguardaba tras un atril. A duras penas consiguió alcanzarla. Mientras el resto de sus compañeros se sentaban, Andrea se acercó a Balcells.

—Señor Balcells, soy Andrea Otero, del diario *El Globo*. He estado intentando localizarle toda la semana sin éxito...

—Después.

El portavoz ni siquiera la miró.

—Pero, señor Balcells, usted no entiende, necesito contrastar una información...

—Le he dicho que después, señorita. Vamos a empezar.

Andrea estaba atónita. En ningún momento le había dirigido la mirada, y aquello la enfurecía. Estaba demasiado acostumbrada a subyugar a los hombres con el brillo de sus dos faros azules.

—Pero, señor Balcells, le recuerdo que pertenezco a un importante diario español... —La periodista intentaba ganar puntos sacando a colación que representaba a un medio español, pero no le sirvió de nada. El otro la miró por primera vez, y en sus ojos había hielo.

—¿Cómo me había dicho que se llamaba?

—Andrea Otero.

—¿De qué medio?

—De *El Globo*.

—¿Y dónde está Paloma?

Paloma, la corresponsal oficial para los asuntos vaticanos. La que casualmente había ido un par de días a España y había tenido el detallazo de tener un accidente no mortal de coche para cederle su sitio a Andrea. Mala cosa que Balcells preguntara por ella, mala cosa.

—Pues... no ha venido, ha tenido un problema...

Balcells frunció el ceño como sólo un anciano numerario del Opus Dei es físicamente capaz de hacer. Andrea retrocedió un poco, sorprendida.

—Jovencita, observe a esas personas que están detrás de usted, por favor —dijo Balcells, señalando las abarrotadas filas de butacas—. Son sus compañeros de la CNN, la BBC, Reuters y

213

otros cien medios de comunicación más. Algunos de ellos ya eran periodistas acreditados en el Vaticano antes de que usted naciera. Y todos ellos aguardan que comience la rueda de prensa. Haga el favor de ocupar su sitio ahora mismo.

Andrea se dio la vuelta, avergonzada y con las mejillas encarnadas. Los reporteros de la primera fila sonreían irónicamente. Algunos de ellos parecían tan viejos como la puñetera columnata de Bernini. Mientras intentaba regresar al final de la sala, donde había dejado el maletín que contenía su ordenador, escuchó a Balcells bromear en italiano con alguno de los de la primera fila. Unas carcajadas huecas, casi inhumanas, sonaron a sus espaldas. No tuvo la menor duda de que la broma era acerca de ella. Más rostros se volvieron a mirarla y Andrea enrojeció hasta las orejas. Con la cabeza gacha y los brazos extendidos para abrirse paso por el estrecho pasillo hasta la puerta, parecía que estuviera nadando en un mar de cuerpos. Cuando finalmente llegó a su sitio, no se limitó a recoger su portátil y darse la vuelta, sino que se escurrió por la puerta. La chica que le había tomado los datos la retuvo un instante por el brazo y le advirtió:

—Recuerde que si sale, no puede volver a entrar hasta que finalice la rueda de prensa. La puerta se cierra. Ya sabe, las normas.

«Como en el teatro —pensó Andrea—. Exactamente como en el teatro.»

Se deshizo del agarrón de la chica y salió sin decir palabra. La puerta se cerró a sus espaldas con un sonido que no sirvió para desterrar la vergüenza del alma de Andrea, pero que al menos la alivió en parte. Tenía una necesidad desesperada de un cigarrillo y lo buscó como loca en los bolsillos de su elegante cazadora, hasta que sus dedos toparon con la cajita de pastillas de menta que le servían de consuelo en ausencia de su amiga nicotina. Recordó que lo había dejado la semana anterior.

«Un momento cojonudo para dejarlo.»

Sacó la caja de pastillas de menta y se tomó tres. Sabían a vómito fresco, pero por lo menos mantenían ocupada la boca. No servían de mucho contra el mono, no obstante.

Muchas veces en el futuro Andrea Otero recordaría aquel momento. Recordaría estar en aquella puerta, apoyada contra las jambas, intentando tranquilizarse y maldiciéndose a sí misma por ser tan estúpida, por haberse dejado avergonzar como una adolescente.

Pero no lo recordaría por ese detalle. Lo haría porque el terrible descubrimiento que estuvo a un pelo de matarla, y que finalmente la pondría en contacto con el hombre que cambiaría su vida, tuvo lugar gracias a que ella decidió esperar a que las pastillas de menta se le disolvieran en la boca antes que salir corriendo. Simplemente para serenarse un poco. ¿Cuánto tiempo tarda en disolverse una pastilla de menta? No mucho. Para Andrea fue una eternidad, sin embargo, pues todo su cuerpo le pedía regresar a la habitación del hotel y meterse debajo de las sábanas de la cama. Pero se obligó a ello, aunque sólo fuera para no verse a sí misma huyendo vencida con el rabo entre las piernas.

Pero aquellas tres pastillas de menta cambiarían su vida (y muy probablemente la historia del mundo occidental, pero eso nunca podrá saberse, ¿verdad?) por el sencillo método de encontrarse en el lugar adecuado.

Apenas quedaban restos de menta, una fina lámina contra el paladar, cuando un mensajero dobló la esquina de la calle. Llevaba un mono naranja, una gorra a juego, una saca en la mano y mucha prisa. Se dirigió directamente a ella.

—Oiga, perdone, ¿esto es la sala de prensa?

—Sí, aquí es.

—Tengo una entrega urgente para las siguientes personas: Michael Williams, de la CNN, Bertie Hegrend, de la RTL...

Andrea le interrumpió con voz de hastío.

—No se moleste, amigo. La rueda de prensa ya ha empezado. Tendrá que esperar una hora.

El mensajero la miró, con cara de alucinada incomprensión.

—Pero no puede ser. Me dijeron que...

La periodista encontró una especie de maligna satisfacción en trasladar sus problemas a otra persona.

—Ya sabe. Son las normas.

El mensajero se pasó la mano por la cara, con auténtica desesperación.

—No lo entiende, señorita. Ya llevo varios retrasos este mes. Las entregas urgentes hay que efectuarlas dentro de la hora inmediata a la recogida, o no se cobran. Son diez sobres, a treinta euros el sobre. Si pierdo este encargo, mi agencia podría perder la ruta del Vaticano y seguro que me despiden.

Andrea se ablandó en el acto. Era una buena persona. Impulsiva, irreflexiva y caprichosa, de acuerdo. A veces conseguía sus propósitos con mentiras (y toneladas de suerte), de acuerdo. Pero era una buena persona. Se fijó en el nombre del mensajero, escrito en una tarjeta identificativa que llevaba prendida en el mono. Eso era otra característica de Andrea. Siempre llamaba a la gente por su nombre.

—Oiga, Giuseppe, lo siento, pero aunque quisiera, no podría abrirle. La puerta sólo se abre desde dentro. Si se fija, aquí no hay picaporte ni cerradura.

El otro soltó un bramido de desesperación. Colocó los brazos en jarras, uno a cada lado de su tripa prominente, que se notaba incluso debajo del mono. Estaba intentando pensar. Miró a Andrea por debajo de los ojos. Andrea creía que le miraba los pechos —como mujer había tenido esa desagradable experiencia casi a diario desde que alcanzó la pubertad—, pero luego se dio cuenta de que se fijaba en la acreditación que llevaba colgada al cuello.

—Oiga, ya lo tengo. Le voy a dejar a usted los sobres y ya está.

La acreditación llevaba el escudo del Vaticano, y el mensajero debía de pensar que ella trabajaba allí.

—Mire, Giuseppe…

—Nada de Giuseppe, llámeme Beppo —dijo el otro, hurgando en la saca.

—Beppo, yo realmente no puedo…

—Mire, tiene que hacerme este favor. No se preocupe de firmar, que ya firmo yo las entregas. Haré un garabato distinto para cada uno y ya está. Usted sólo prométame que les entregará los sobres en cuanto se abran las puertas.

—Es que…

Pero Beppo ya le había colocado en la mano los diez sobres de marras.

—Cada uno tiene el nombre del periodista al que va destinado. El cliente estaba seguro de que estarían todos aquí, no se preocupe. Bueno, yo me marcho, que me queda aún por hacer una entrega en el *Corpo di Vigilanza* y otra en Via Lamarmora. Adiós, y gracias, preciosa.

Y antes de que Andrea pudiera replicar nada, el curioso individuo dio media vuelta y se marchó.

Andrea se quedó mirando los diez sobres, un poco confundida. Iban dirigidos a los corresponsales de los diez medios de comunicación más importantes del mundo. Andrea conocía la reputación de cuatro de ellos y había reconocido al menos a dos dentro de la sala de prensa.

Los sobres eran del tamaño de medio folio, idénticos en todo salvo por el nombre. Lo que despertó su instinto de periodista y disparó todas sus alarmas fue la frase que se repetía en todos. En la esquina superior izquierda estaba escrito a mano:

EXCLUSIVA — VÉASE INMEDIATAMENTE

Aquello fue un dilema moral para Andrea durante al menos cinco segundos. Lo solucionó con una pastilla de menta. Miró a izquierda y derecha. La calle estaba desierta, no había testigos de un posible crimen postal. Escogió uno de los sobres al azar y lo abrió con cuidado.

«Simple curiosidad.»

217

Dentro del sobre, sólo dos objetos. Uno era un disco DVD de marca Blusens, con la misma frase del sobre escrita con rotulador indeleble sobre la portada. El otro era una nota, escrita en inglés:

El contenido de este disco es de importancia capital. Probablemente sea la noticia más importante del año y quizá del siglo. Habrá quien intente silenciarle. Vea cuanto antes el disco y difunda su contenido lo antes posible. Padre Viktor Karoski.

Andrea se planteó la posibilidad de que se tratara de una broma. Sólo había una forma de averiguarlo. Sacó el portátil del maletín, lo encendió e introdujo el disco en la unidad. Maldijo el sistema operativo en todos los idiomas que conocía —español, inglés y un cutre italiano de manual— y cuando por fin terminó de arrancar, comprobó que el DVD era una película.

Sólo vio los primeros cuarenta segundos antes de sentir la necesidad de vomitar.

SEDE CENTRAL DE LA UACV
Via Lamarmora, 3

Sábado, 9 de abril de 2005. 01:05

*P*aola había buscado a Fowler por todas partes. No fue ninguna sorpresa cuando le encontró allí abajo, con el arma en la mano, la chaqueta del *clergyman* pulcramente doblada sobre una silla, el alzacuello en la repisa de la cabina de disparo, las mangas por encima del cuello. Llevaba puestos los auriculares protectores, así que Paola esperó a que vaciase un cargador antes de acercarse. Le fascinaba el gesto de concentración, la postura de disparo perfectamente conseguida. Sus manos eran muy fuertes, a pesar de que el dueño había cumplido medio siglo. El cañón del arma apuntaba hacia delante sin desviarse un milímetro después de cada disparo, como si estuviera incrustado en roca viva.

La criminóloga le vio vaciar no uno, sino tres cargadores. Tiraba despacio, sin prisas, entrecerrando los ojos, la cabeza levemente ladeada. Finalmente se dio cuenta de que ella estaba en la sala de entrenamiento. Ésta consistía en cinco cabinas separadas por gruesas maderas, de las cuales partían unos cables de acero. De los cables pendían las dianas, que podían llevarse a un máximo de cuarenta metros mediante un sistema de poleas.

—Buenas noches, *dottora*.

—Una hora un poco extraña para las prácticas, ¿verdad?

—No quería ir al hotel. Sabía que esta noche no podría dormir.

Paola asintió. Lo comprendía perfectamente. Estar de pie en el funeral sin hacer nada había sido terrible. Aquélla sería una noche de insomnio garantizado. Se moría de ganas por hacer algo útil.

—¿Dónde está mi querido amigo el superintendente?

—Ah, recibió una llamada urgente. Estábamos comentando el informe de la autopsia de Cardoso cuando se ha ido corriendo, dejándome con la palabra en la boca.

—Muy propio de él.

—Sí. Pero no hablemos de eso... Veamos qué tal se le ha dado el ejercicio, padre.

La criminóloga presionó el botón que acercaba la diana de papel con la silueta de un hombre pintada en negro. El monigote tenía un círculo blanco en el centro del pecho. Tardó en llegar, porque Fowler había situado la diana al máximo de distancia. No le sorprendió nada ver que casi todos los agujeros habían dado dentro del círculo. Lo que le sorprendió fue que uno de ellos había fallado. Le decepcionó que no hubiera encajado todos los tiros en la diana, como los protagonistas de las películas de acción.

«Pero él no es un héroe de acción. Es un ser de carne y hueso. Inteligente, culto y un tirador muy bueno. De algún modo, ese disparo fallido le hace humano.»

Fowler siguió la dirección de su mirada y se rió, divertido, de su propio fallo.

—He perdido algo de práctica, pero aún me gusta mucho disparar. Es un deporte excepcional.

—Siempre y cuando sea un deporte.

—Aún no confía en mí, ¿verdad, *dottora*?

Paola no respondió. Le gustaba ver a Fowler allí, sin el alzacuello, vestido sólo con una camisa arremangada y unos pantalones negros. Pero las fotos de El Aguacate que Dante le había mostrado seguían dando botes en su cabeza de tanto en tanto, como monos borrachos en una bañera.

—No, padre. No del todo. Pero quiero confiar en usted. ¿Le basta con eso?

—Tendrá que bastar.

—¿De dónde sacó el arma? La armería está cerrada a estas horas.

—Ah, me la prestó el director Boi. Es la suya. Me dijo que hace tiempo que no la utiliza.

—Por desgracia, es cierto. Debería haber conocido a ese hombre hace tres años. Era un gran profesional, un gran científico. Lo sigue siendo, pero antes brillaba en sus ojos la curiosidad, y ahora ese brillo se ha apagado. Lo ha sustituido la ansiedad del oficinista.

—¿Es amargura o nostalgia lo que hay en su voz, *dottora*?

—Un poco de las dos cosas.

—¿Tardó mucho en olvidarle?

Paola se fingió asombrada.

—¿Cómo dice?

—Ah, vamos, no se ofenda. He visto cómo él crea espacios de aire sólido entre ustedes dos. Boi mantiene las distancias a la perfección.

—Por desgracia, es algo que se le da muy bien.

La criminóloga dudó un momento más antes de continuar. Volvía a sentir aquella sensación de vacío en el estómago que se producía a veces cuando miraba a Fowler. La sensación de montaña rusa. ¿Debía confiar en él? Pensó, con triste y descolorida ironía, que al fin y al cabo era un sacerdote y estaba muy habituado a ver los lados más rastreros de la gente. Igual que ella, dicho sea de paso.

—Boi y yo tuvimos un romance. Breve. No sé si dejé de gustarle o simplemente le estorbaba en sus ansias de promoción.

—Pero usted prefiere la segunda opción.

—Me gusta engañarme. En eso y en muchas cosas. Siempre me digo a mí misma que vivo con mi madre para protegerla, pero en realidad soy yo la que necesita protección. Supongo que por eso me enamoro de personas fuertes, pero inadecuadas. Personas con las que no puedo estar.

Fowler no respondió. Ella había sido muy clara. Ambos se quedaron mirándose muy cerca. Pasaron los minutos en silencio.

Paola estaba absorta en la mirada verde del padre Fowler, conociendo íntimamente sus pensamientos. De fondo creía escuchar un sonido insistente, pero no le prestó atención. Tuvo que ser el sacerdote quien se lo recordase

—Será mejor que atienda la llamada, *dottora*.

Y entonces Paola cayó en la cuenta de que aquel ruido molesto era su propio móvil, que ya empezaba a sonar furioso.

220

Respondió a la llamada y por un instante se enfureció. Colgó sin despedirse.

—Vamos, padre. Era el laboratorio. Esta tarde alguien envió un paquete por mensajería. En el remite figuraba el nombre de Maurizio Pontiero.

221

Sábado, 9 de abril de 2005. 01:25

—*E*ste paquete llegó hace casi cuatro horas. ¿Se puede saber por qué nadie se ha dado cuenta antes de lo que contenía?

Boi la miró, paciente pero hastiado. Era muy tarde para aguantar tonterías de una subordinada. Sin embargo, se contuvo mientras recogía la pistola que Fowler le acababa de devolver.

222

—El sobre venía a su nombre, Paola, y cuando llegó, usted estaba en el depósito de cadáveres. La chica de recepción lo dejó con mi correo, y yo he tardado en verlo. Cuando me he dado cuenta de quién lo enviaba, he puesto en marcha a la gente, y a estas horas ha tardado tiempo. Lo primero fue llamar a los artificieros. No encontraron nada sospechoso en el sobre. Cuando descubrí de qué se trataba, la llamé a usted y a Dante, pero el superintendente no aparece por ninguna parte. Y Cirin no se pone al teléfono.

—Estarán durmiendo. Es de madrugada, por Dios.

Se encontraban en la sala de dactiloscopia, un recinto estrecho repleto de lámparas y bombillas. El olor del polvo para huellas estaba por todas partes. Había técnicos a los que les encantaba el aroma —incluso uno juraba que se lo esnifaba antes de estar con su novia porque era afrodisíaco, según él—, pero a Paola le desagradaba. El olor le daba ganas de estornudar, y las manchas se pegaban a la ropa oscura y tardaban varios lavados en salir.

—Y bien, ¿sabemos seguro que este mensaje lo mandó Karoski?

Fowler estaba estudiando la letra con la que el remitente había escrito la dirección. Sostenía el sobre con los brazos un poco extendidos. Paola sospechó que tal vez no veía bien de cerca. Seguramente tendría que usar gafas para leer en breve. Se preguntó qué tal le quedarían.

—Ésta es su grafía, desde luego. Y la macabra broma de incluir el nombre del subinspector también parece propia de Karoski.

Paola recogió el sobre de manos de Fowler. Lo colocó sobre la gran mesa que cubría la sala. La superficie de ésta era completamente de cristal y estaba retroiluminada. Sobre la mesa estaba el contenido del sobre, en sendas bolsas de plástico transparente. Boi señaló la primera bolsa.

—Esa nota lleva sus huellas. Va dirigida a usted, Dicanti.

La inspectora sostuvo ante los ojos la bolsa que contenía la nota, escrita en italiano. Leyó su contenido en voz alta, a través del plástico.

> Querida Paola:
> ¡Cómo te echo de menos! Estoy en MC 9, 48. Se está muy calentito y a gusto. Espero que puedas venir a saludarnos lo antes posible. Entretanto, te envío un vídeo de mis vacaciones.
> Besos,
>
> MAURIZIO

Paola no pudo evitar un estremecimiento, mezcla de ira y horror. Intentó contener las lágrimas, forzándose a sí misma a dejarlas dentro. No iba a llorar delante de Boi. Tal vez delante de Fowler, pero no de Boi. De Boi, nunca.

—¿Padre Fowler?

—Marcos, capítulo 9, versículo 48: «Donde el gusano no muere y el fuego no se apaga».

—El infierno.

—Exacto.

—Maldito hijo de puta.

—No hay ninguna alusión a su persecución de hace unas horas. Es muy posible que la nota fuera redactada antes. El disco fue grabado ayer por la mañana, según la fecha que consta en los archivos del interior.

—¿Sabemos el modelo de la cámara o el ordenador con el que fue grabado?

—Con el programa que utilizó, dichos datos no quedan registrados en el disco. Sólo la hora, el programa y la versión del sistema operativo. Ni un número de serie, ni un código, nada que pueda servir para identificar el equipo emisor.

—¿Huellas?

—Dos parciales. Las dos son de Karoski. Pero no me hubiera hecho falta saberlo. Con ver el contenido hubiera sido suficiente.

—Pues ¿a qué espera? Ponga el DVD, Boi.

—Padre Fowler, ¿nos disculpa un momento?

El sacerdote percibió enseguida la situación. Miró a Paola a los ojos. Ella le hizo un leve gesto, diciéndole que todo estaría bien.

—Cómo no. ¿Café para tres, *dottora* Dicanti?

—El mío con dos terrones, por favor.

Boi esperó a que Fowler saliera de la sala antes de coger a Paola de la mano. A Paola le desagradó el tacto, demasiado carnoso y húmedo. Había suspirado por volver a sentir aquellas manos sobre su cuerpo muchas veces, había odiado a su dueño por su desprecio e indiferencia, pero en aquel momento no quedaban ni las brasas de aquel fuego. Se había extinguido en un océano verde, minutos atrás. Solamente restaba su orgullo, del que la inspectora andaba bien sobrada. Y desde luego que no iba a ceder a su chantaje emocional. Sacudió el brazo, y el director retiró la mano.

—Paola, sólo quiero advertirte. Lo que vas a ver te resultará muy duro.

La criminóloga le dedicó una sonrisa dura y sin humor y se cruzó de brazos. Quería guardar las manos lo más lejos posible de su contacto. Por si acaso.

—¿De repente me tuteas otra vez? Estoy muy acostumbrada a ver cadáveres, Carlo.

—No los de tus amigos.

La sonrisa tembló en el rostro de Paola como un trapo al viento, pero su ánimo no vaciló ni un segundo.

—Ponga el vídeo, director Boi.

—¿Así quieres que sea? Podría ser muy distinto.

—No soy una muñeca para que me trates como se te antoje. Me rechazaste porque era peligrosa para tu carrera. Preferiste regresar a la cómoda infelicidad de tu mujer. Ahora yo prefiero mi propia infelicidad.

—¿Por qué ahora, Paola? ¿Por qué ahora, después de todo este tiempo?

—Porque antes no he tenido fuerzas. Pero ahora las tengo.

Él se pasó la mano por los cabellos. Comenzaba a entender.

—Nunca podrás tenerle a él, Paola. Aunque es lo que él querría.

—Tal vez tengas razón. Pero es mi decisión. Tú ya tomaste la tuya hace tiempo. Preferiría ceder a las obscenas miradas de Dante.

Boi hizo una mueca de asco ante la comparación. Paola se regocijó al verlo, porque había oído chillar de rabia al ego del director. Había sido un poco dura con él, pero su jefe se lo merecía por haberla tratado como a una mierda todos estos meses.

—Como usted quiera, *dottora* Dicanti. Yo seré otra vez el jefe irónico, y usted, la guapa novelista.

—Créeme, Carlo. Así es mejor.

Boi sonrió, triste y despechado.

—De acuerdo, entonces. Veamos el disco.

Como si dispusiera de un sexto sentido (y para ese entonces Paola ya estaba segura de que lo tenía), llegó el padre Fowler con una bandeja de algo que podría pasar por café sólo si el consumidor jamás en su vida había probado esa infusión.

—Aquí tienen. Veneno de máquina con cafeína. ¿Debo suponer que ya podemos reanudar la reunión?

—Claro, padre —respondió Boi. Fowler les estudió disimuladamente. Boi parecía más triste, pero también detectó en su voz ¿alivio? Y a Paola la vio más fuerte. Menos insegura.

El director se colocó unos guantes de látex y extrajo el disco de la bolsa. Los del laboratorio le habían llevado una mesita con ruedas desde la sala de descanso. La mesita tenía un televisor de 27 pulgadas y un DVD de los baratos. Boi prefería ver allí la grabación, ya que en la sala de juntas las paredes eran de cristal, y habría sido como mostrárselo a todo el que cruzara por el pasillo. Para entonces los rumores sobre el caso que es-

225

taban llevando Boi y Dicanti circulaban por todo el edificio, pero ninguno se acercaba a la verdad. Ni de lejos.

El disco comenzó a reproducirse. La película se inició directamente, sin pantallas de títulos ni nada parecido. El estilo era chapucero, la cámara se movía histéricamente y la iluminación era lamentable. Boi había ajustado el brillo de la televisión casi al máximo.

—*Buenas noches, almas del mundo.*

Paola dio un respingo al escuchar la voz de Karoski, la voz que la había atormentado con aquella llamada tras la muerte de Pontiero. En la pantalla, no obstante, aún no se veía nada.

—*Ésta es una grabación de cómo voy a eliminar de la faz de la tierra a los hombres más santos de la Iglesia, cumpliendo la labor de las tinieblas. Mi nombre es Viktor Karoski, sacerdote renegado del culto romano. Durante años abusé de los niños, protegido por la estulticia y connivencia de mis antiguos jefes. Por esos méritos he sido escogido por Lucifer en persona para la tarea, en estos momentos en los que nuestro enemigo el Carpintero elige a su franquiciado en esta bola de barro.*

La pantalla pasó del negro absoluto a una penumbra. En la imagen aparecía un hombre ensangrentado, con la cabeza caída, atado a lo que parecían las columnas de la cripta de Santa Maria in Traspontina. Dicanti apenas pudo reconocerlo como el cardenal Portini, la primera víctima. Aquel cuyo cadáver ni siguiera habían visto porque la *Vigilanza* lo había incinerado. Portini gemía ligeramente, y todo lo que se veía de Karoski era la punta de un cuchillo que rozaba la carne del brazo izquierdo del cardenal.

—*Éste es el cardenal Portini, demasiado cansado para chillar. Portini hizo mucho bien al mundo, y mi Amo abomina de su carne fétida. Ahora veréis cómo acabo con su miserable existencia.*

El cuchillo se apoyó en la garganta y la cortó, en un solo tajo. La cámara volvió a quedarse negra, para luego enseñar a una nueva víctima atada al mismo lugar. Era Robayra, y estaba muy asustado.

—*Éste es el cardenal Robayra, lleno de miedo. Tenía una gran luz en su interior. Es hora de devolver su luz a su Creador.*

Esta vez Paola tuvo que apartar la vista. La cámara mostró cómo el cuchillo vaciaba las cuencas de los ojos de Robayra. Una solitaria gota de sangre salpicó el visor. Era el espectáculo más horrendo que la criminóloga había contemplado jamás, y sintió que se le revolvía el estómago. La imagen cambió una vez más y mostró lo que ella estaba temiendo ver.

—*Éste es el subinspector Pontiero, un seguidor del pescador. Le pusieron en mi búsqueda, pero nada puede contra la fuerza del Padre de la Oscuridad. Ahora el subinspector sangrará despacio.*

Pontiero miraba de frente a la cámara, y su cara no era su cara. Tenía los dientes apretados, pero la fuerza de sus ojos no se había extinguido. El cuchillo le cortó la garganta muy despacio, y Paola volvió a apartar la mirada.

—*Éste es el cardenal Cardoso, amigo de los desheredados de la tierra, los piojos y las pulgas. Su amor era para mi Dueño tan repugnante como las entrañas podridas de una oveja. También ha muerto.*

Un momento, allí había una discrepancia. En vez de imágenes, estaban viendo unas fotografías del cardenal Cardoso en su lecho de dolor. Había en total tres fotos, de colores verdosos y desvaídos. La sangre era de un antinatural color oscuro. Las tres fotos duraban en pantalla unos quince segundos, cinco segundos por cada una de ellas.

—*Ahora voy a matar a otro hombre santo, el más santo de todos ellos. Habrá quien intente impedírmelo, pero su final será el mismo que el de estos que habéis visto morir ante vuestros ojos. La Iglesia, cobarde, os lo ha ocultado. Ya no podrá seguir haciéndolo. Buenas noches, almas del mundo.*

227

El DVD se paró con un zumbido, y Boi apagó la televisión. Paola estaba blanca. Fowler apretaba los dientes muy fuerte, furioso. Los tres permanecieron unos minutos en silencio. Era necesario recobrar la cordura tras ver aquella sanguinaria brutalidad. Paola, que había sido la más afectada por la grabación, fue, sin embargo, la primera en hablar.

—Las fotografías. ¿Por qué fotografías? ¿Por qué no vídeo?

—Porque no podía —dijo Fowler—. Porque en la Domus

Sancta Marthae no funcionaban las cámaras, ni en general «nada más complicado que una bombilla». Eso dijo Dante.

—Y Karoski lo sabía.

—¿Qué me dicen del jueguecito de la posesión diabólica?

La criminóloga sintió que de nuevo algo no encajaba. Aquel vídeo la lanzaba en direcciones totalmente diferentes. Necesitaba una buena noche de sueño, descanso y un sitio tranquilo en el que sentarse a pensar. Las palabras de Karoski, las pistas dejadas en los cadáveres, todo el conjunto tenía un hilo conductor. Si lo encontraba, podría tirar del ovillo. Pero hasta entonces carecían de tiempo.

«Y, por supuesto, se va al carajo mi noche de sueño.»

—Los devaneos histriónicos de Karoski con el demonio no son lo que más me preocupa —apuntó Boi, anticipándose a los pensamientos de Paola—. Lo más grave es que nos está retando a detenerle antes de que acabe con otro de los cardenales. Y el tiempo corre.

—Pero ¿qué podemos hacer? —preguntó Fowler—. En el funeral de Juan Pablo II no dio señales de vida. Ahora los cardenales están más protegidos que nunca; la Domus Sancta Marthae está cerrada a cal y canto, al igual que el Vaticano.

Dicanti se mordió el labio. Estaba cansada de jugar según las reglas de aquel psicópata. Pero ahora Karoski había cometido un nuevo error: había dejado un rastro que ellos podrían seguir.

—¿Quién ha traído esto, director?

—Ya he encargado a dos chicos que sigan el rastro. Llegó por mensajería. La agencia fue Tevere Express, una empresa local que reparte en el Vaticano. No hemos conseguido hablar con el jefe de ruta, pero las cámaras del exterior del edificio han captado la matrícula de la moto del mensajero. La placa está registrada a nombre de Giuseppe Bastina, de cuarenta y tres años. Vive por la zona de Castro Pretorio, en la Via Palestra.

—¿No tiene teléfono?

—El teléfono no figura en la relación de Tráfico y no hay teléfonos a su nombre en Información Telefónica.

—Quizá figure a nombre de su mujer —apuntó Fowler.

—Quizá. Pero por ahora es nuestra mejor pista, así que se impone dar un paseo. ¿Viene usted, padre?

—Después de usted, *dottora*.

—¿ Giuseppe Bastina?

—Sí, soy yo —dijo el mensajero. Ofrecía una curiosa estampa, en calzoncillos y con un niño de apenas nueve o diez meses en brazos. A esa hora de la madrugada no era extraño que hubieran despertado al crío con el timbre.

—Soy la *ispettora* Paola Dicanti y éste es el padre Fowler. No se preocupe, que usted no tiene ningún problema ni le ha ocurrido nada a nadie de los suyos. Sólo queremos hacerle unas preguntas muy urgentes.

Estaban en el rellano de una casa modesta pero muy bien cuidada. En la puerta, un felpudo con la imagen de una rana sonriente daba la bienvenida a los visitantes. Paola supuso que aquello tampoco les incumbía a ellos, y acertó. Bastina estaba bastante molesto con su presencia.

—¿No puede esperar a mañana? El crío tiene que zampar, ya sabe, tiene un horario.

Paola y Fowler negaron con la cabeza.

—Sólo será un momento, señor. Verá, usted ha hecho una entrega esta tarde. Un sobre en Via Lamarmora. ¿Lo recuerda?

—Claro que lo recuerdo, oiga. ¿Qué se piensa? Tengo una memoria excelente —dijo el hombre, dándose unos golpecitos en la sien con el índice de la mano derecha. La izquierda seguía ocupada por el niño, aunque por suerte éste no lloraba.

—¿Podría decirnos dónde recogió el sobre? Es muy importante, se trata de una investigación de asesinato.

—Llamaron a la agencia, como siempre. Me pidieron que

acudiera a la oficina de Correos del Vaticano, que sobre la mesa del bedel encontraría unos sobres.

Paola se sorprendió.

—¿Más de un sobre?

—Sí, eran doce sobres. El cliente pidió que entregáramos primero diez sobres en la sala de prensa del Vaticano. Después otro en las oficinas del *Corpo di Vigilanza*, y por último otro a ustedes.

—¿Nadie le hizo entrega de los sobres? ¿Simplemente los recogió? —preguntó Fowler, con gesto de fastidio.

—Sí, a esa hora en la oficina de Correos no hay nadie, pero dejan la puerta exterior abierta hasta las nueve. Por si alguien quiere echar algo a los buzones internacionales.

—¿Y cómo se efectuó el pago?

—Dejaron un sobre más pequeño, encima de los demás. En ese sobre había trescientos setenta euros, trescientos sesenta para pagar el servicio urgente y diez de propina.

Paola alzó los ojos al cielo, desesperada. Karoski lo tenía todo pensado. Otro puñetero callejón sin salida.

—¿No vio usted a nadie?

—A nadie.

—¿Y qué hizo entonces?

—¿Qué cree que hice? Dar toda la vuelta hasta la sala de prensa y después volver a entregar el sobre en la *Vigilanza*.

—¿A quién iban dirigidos los sobres de la sala de prensa?

—Iban a nombre de varios periodistas. Todos extranjeros.

—Y los repartió entre ellos.

—Oiga, ¿a qué vienen tantas preguntas? Yo soy un trabajador serio. Espero que todo esto no sea porque hoy cometí un desliz. De verdad que necesito el trabajo, por favor. Mi hijo tiene que comer, y mi mujer tiene un bollo en el horno. Quiero decir que está embarazada —aclaró ante las miradas de incomprensión de sus visitantes.

—Escuche, esto no tiene nada que ver con usted, pero tampoco es ninguna broma. Díganos lo que ocurrió y punto. O si no, le prometo que hasta el último policía de tráfico se sabrá de memoria su matrícula, señor Bastina.

Bastina se asustó mucho, y el crío se echó a llorar ante el tono de Paola

—Está bien, vale. No se ponga así, o asustará al crío. ¿Es que no tiene corazón?

Paola estaba cansada y muy irritable. Lamentaba hablarle así al hombre en su propia casa, pero no encontraba más que obstáculos en aquella investigación.

—Lo siento, señor Bastina. Por favor, ayúdenos. Es un asunto de vida o muerte, créame.

El mensajero relajó el tono. Con la mano libre se rascó la barba incipiente y meció al niño con cuidado para que dejara de llorar. El bebé poco a poco se relajó, y el padre también.

—Le di los sobres a la encargada de la sala de prensa, ¿de acuerdo? Las puertas de la sala ya se habían cerrado, y para entregarlos en mano hubiera tenido que esperar una hora. Y las entregas especiales hay que efectuarlas en la hora siguiente a la recogida, o no se cobran. Tengo problemas en el trabajo últimamente, ¿saben ustedes? Si alguien se entera de que he hecho esto, podría perder el trabajo.

—Por nosotros nadie lo sabrá, señor Bastina. Créame.

Bastina la miró y asintió.

—La creo, *ispettora*.

—¿Sabe el nombre de la encargada?

—No, no lo sé. Tenía una tarjeta con el escudo del Vaticano y una banda azul en la parte superior. Ahí ponía: «prensa».

Fowler se alejó unos metros por el pasillo junto con Paola y volvió a susurrarle al oído, de aquella manera tan particular que a ella le encantaba. Procuró concentrarse en sus palabras, y no en las sensaciones que le producía su proximidad. No fue fácil.

—*Dottora*, esa tarjeta que describe este hombre no es de personal del Vaticano. Es una acreditación de prensa. Los discos no llegaron nunca a sus destinatarios. ¿Sabe por qué?

Paola intentó pensar como un periodista durante un segundo; imaginarse que recibía un sobre mientras estaba en una sala de prensa, rodeado de todos los medios rivales.

—No llegaron a sus destinatarios, porque si los hubieran recibido, su contenido estaría en todas las televisiones del mundo ahora mismo. Si todos los sobres hubieran llegado a la vez, no se habrían marchado a casa a comprobar la información. Probablemente habrían acorralado al portavoz del Vaticano allí mismo.

—Exacto. Karoski ha intentado emitir su propia nota de

prensa, pero le ha salido el tiro por la culata, gracias a las prisas de este buen hombre y a la más que presumible falta de honradez de la persona que recogió los sobres. O mucho me equivoco, o abrió uno de los sobres y se los llevó todos. ¿Para qué compartir esa buena suerte que le había caído del cielo?

—Ahora mismo, en algún lugar de Roma, esa mujer está redactando la noticia del siglo.

—Y es muy importante que sepamos quién es ella. Lo antes posible.

Paola comprendió lo que significaba la urgencia en las palabras del sacerdote. Ambos volvieron junto a Bastina.

—Por favor, señor Bastina, descríbanos usted a la persona que recogió el sobre.

—Bueno, era muy guapa. Pelo castaño claro que le llegaba a los hombros, unos veinticinco años o así…, ojos azules, chaqueta de color claro y pantalones beis.

—Vaya, sí que tiene usted buena memoria.

—¿Para las niñas bonitas? —Sonrió entre picarón y ofendido, como si cuestionaran su valía—. Soy de Marsella, *ispettora*. En fin, menos mal que mi mujer está en la cama, porque si me oyera hablar así… Le queda menos de un mes para que nazca el niño, y el médico le ha mandado reposo absoluto.

—¿Recuerda algo más que pudiera servir para identificar a la chica?

—Bueno, era española, eso seguro. El marido de mi hermana es español, y suena igualito intentando imitar el acento italiano. Usted ya se hace una idea.

Paola se hacía una idea, de eso y de que era hora de marcharse.

—Lamentamos haberle molestado.

—No se preocupen. Lo único que me gustaría es no tener que responder a las mismas preguntas dos veces.

Paola se dio la vuelta, súbitamente alarmada. Elevó la voz hasta convertirla casi en un grito.

—¿Ya le han preguntado esto antes? ¿Quién? ¿Cómo era?

El niño volvió a llorar. El padre le mecía e intentaba tranquilizarle, sin demasiado éxito.

—¡Váyanse ustedes de una vez, mire cómo han hecho llorar a mi *ragazzo*!

—Respóndanos y nos iremos —dijo Fowler, intentando calmar la situación.

—Era un compañero suyo. Me mostró la placa del *Corpo di Vigilanza*. Al menos eso ponía en la identificación. Era un hombre bajo, ancho de hombros. Con una cazadora de cuero. Se fue hace una hora de aquí. Ahora lárguense y no vuelvan.

Paola y Fowler se miraron, con los rostros crispados. Ambos salieron corriendo hacia el ascensor. Mantuvieron un preocupado diálogo mientras alcanzaban la calle.

—¿Piensa usted lo mismo que yo, *dottora*?

—Exactamente lo mismo. Dante desapareció sobre las ocho de la tarde, dando una excusa.

—Después de recibir una llamada.

—Porque en la *Vigilanza* habrían abierto ya el paquete. Y se habrían asombrado de su contenido. ¿Cómo no hemos relacionado antes los dos hechos? Joder, en el Vaticano se anotan las matrículas de los vehículos que entran. Es una medida básica. Y si Tevere Express trabaja habitualmente con ellos, era evidente que tendrían más que localizado a todos sus empleados, incluyendo a Bastina.

—Siguieron la pista a los paquetes.

—Si los periodistas hubieran abierto los sobres todos a la vez, en la sala de prensa, alguno habría usado su portátil. Y la noticia habría explotado. No habría forma humana de pararla. Diez famosos periodistas…

—Pero de este modo sólo hay un periodista que lo sepa.

—Exacto.

—Uno es un número muy manejable.

A la mente de Paola vinieron muchas historias. De esas que los policías y otros agentes de la ley de Roma susurran sólo al oído de sus compañeros, por lo general frente a la tercera copa. Leyendas negras sobre desapariciones y accidentes.

—¿Cree que es posible que ellos…?

—No lo sé. Es posible. Dependerá de la flexibilidad de la periodista.

—Padre, ¿me va a venir usted también con eufemismos? Lo que está usted diciendo, y bien claro, es que podrían extorsionarla para que entregue el disco.

Fowler no dijo nada. Era uno de sus silencios elocuentes.

233

—Pues por el bien de ella misma, será mejor que la encontremos cuanto antes. Suba al coche, padre. Tenemos que ir a la UACV lo antes posible. Empezar a buscar en los hoteles, en las compañías aéreas…

—No, *dottora*. Tenemos que ir a otro sitio. —Y le dio una dirección.

—Eso está en la otra punta de la ciudad. ¿Qué hay ahí?

—Un amigo. Podrá ayudarnos.

En cierto lugar de Roma

02:48

$\mathcal{P}$aola condujo hasta la dirección que le había dado Fowler sin tenerlas todas consigo. Era un bloque de apartamentos. Tuvieron que esperar en el portal con el dedo pegado al portero automático durante un buen rato. Mientras esperaban, Paola le preguntó a Fowler

—Ese amigo... ¿cómo le conoció?

—Podríamos decir que él fue mi última misión antes de dejar mi antiguo empleo. Él tenía catorce años y era bastante rebelde. Desde entonces he sido... ¿cómo decirlo?... una especie de consejero espiritual para él. Nunca hemos perdido el contacto.

—Y ahora, ¿pertenece a su *empresa*, padre Fowler?

—*Dottora*, si usted no me hace preguntas comprometidas, yo no tendré que darle mentiras plausibles.

Cinco minutos después, el amigo del sacerdote se decidió a abrirles. Resultó ser otro sacerdote. Muy joven. Les hizo pasar a un pequeño estudio, amueblado con muebles baratos, pero muy limpio. Había dos ventanas, ambas con las persianas bajadas por completo. En un extremo de la estancia había una mesa de unos dos metros de ancho, cubierta por cinco monitores de ordenador, de los de pantalla plana. Bajo la mesa bullían un centenar de luces, como un descontrolado bosque de árboles de Navidad. En el otro extremo había una cama deshecha, de la que era evidente que su ocupante había saltado hacía breves instantes.

—Albert, te presento a la *dottora* Paola Dicanti. Colaboro con ella.

—Padre Albert.

—Ah, por favor, sólo Albert. —El joven cura sonrió de forma agradable, aunque su sonrisa era casi un bostezo—. Lamento el desorden. Demonios, Anthony, ¿qué te trae por aquí a estas horas? No tengo ganas de jugar al ajedrez ahora. Y de paso, podrías avisar de que habías venido a Roma. Supe que volvías a la acción la semana pasada. Me hubiera gustado enterarme por ti.

—Albert se ordenó sacerdote el año pasado. Es un joven impulsivo, pero también un genio de los ordenadores. Y ahora nos va a hacer un favor, *dottora*.

—¿En qué lío te has metido ahora, viejo loco?

—Albert, por favor. Respeta a la *dottora* aquí presente —dijo Fowler, fingiéndose ofendido—. Queremos que nos consigas una lista.

—¿Cuál?

—La lista de acreditaciones de prensa del Vaticano.

Albert se quedó muy serio.

—Eso que me pides no es fácil.

—Albert, por el amor de Dios. Tú entras y sales de los ordenadores del Pentágono como otros entran en su cuarto de baño.

—Rumores sin fundamento —dijo Albert, aunque su sonrisa dijera otra cosa—. Pero aunque fuera cierto, una cosa no tiene nada que ver con la otra. El sistema informático del Vaticano es como la tierra de Mordor. Es inexpugnable.

—Vamos, *Frodo26*. Estoy convencido de que ya has estado allí antes.

—Chisssst, no digas nunca en voz alta mi nombre de pirata informático, loco.

—Lo siento, Albert.

El joven se puso muy serio. Se rascó la mejilla, donde aún había restos de la pubertad, en forma de huidizas marcas rojas. Volvió su atención a Fowler.

—¿Realmente es imprescindible? Sabes que no estoy autorizado a hacer esto, Anthony. Contraviene a todas las normas.

Paola no quiso preguntar de quién tendría que venir la autorización para algo así.

—La vida de una persona podría estar en peligro, Albert. Y

nosotros nunca hemos sido hombres de normas. —Fowler miró a Paola, pidiéndole que le echara una mano.

—¿Puede usted ayudarnos, Albert? ¿Realmente consiguió entrar antes?

—Sí, *dottora* Dicanti. He estado allí antes. Una vez, y no llegué muy lejos. Y le puedo jurar que no he estado más acojonado en mi vida. Disculpe mi lenguaje.

—Tranquilo. Ya había escuchado esa palabra antes. ¿Qué sucedió?

—Me detectaron. En el momento preciso en que eso ocurrió, se activó un programa que puso a dos perros guardianes tras mis talones.

—¿Qué significa eso? Recuerde que habla con una ignorante en la materia.

Albert se animó. Le encantaba hablar de su trabajo.

—Que había dos servidores ocultos, esperando sólo a que alguien cruzara sus defensas. En el momento que lo conseguí, activaron todos sus recursos para localizarme. Uno de los servidores intentaba localizar mi dirección desesperadamente. El otro comenzó a ponerme chinchetas.

—¿Qué son chinchetas?

—Imagine usted que sigue un camino que atraviesa un arroyo. El camino está formado por piedras planas que sobresalen por encima de la corriente. Lo que hacía el ordenador era retirar la piedra que yo tenía que saltar y sustituirla por información perniciosa. Un troyano multiforme.

El joven se sentó frente al ordenador y les trajo una silla y una banqueta. Era evidente que no recibía muchas visitas.

—¿Un virus?

—Uno muy poderoso. Si hubiera dado un solo paso más, sus líneas de código hubieran arrasado mi disco duro y me habría puesto totalmente en sus manos. Es la única vez en mi vida que he usado el botón de pánico —dijo el sacerdote, señalando un botón rojo, de apariencia inofensiva, que estaba a un lado del monitor central. Del botón salía un cable que se perdía en la maraña de debajo.

—¿Qué es?

—Es un botón que corta la corriente en todo el piso. La restablece al cabo de diez minutos.

237

Paola le preguntó por qué cortar la corriente en todo el piso y no limitarse a desenchufar el ordenador de la pared. Pero el chico ya no le escuchaba, tenía la vista fija en la pantalla, mientras sus dedos volaban sobre el teclado. Fue Fowler quien le respondió.

—La información se transmite en milisegundos. El tiempo que Albert tardaría en agacharse y tirar del cable podría ser crucial, ¿comprende?

Paola comprendía a medias, pero le interesaba todo bastante poco. En aquel momento lo más importante era localizar a la periodista española rubia, y si de ese modo la encontraban, pues tanto mejor. Era evidente que ambos sacerdotes se habían visto antes en situaciones similares.

—¿Qué va a hacer ahora?

—Levantará una pantalla. No sé muy bien cómo lo hace, pero conecta su ordenador a través de cientos de ordenadores, en una secuencia que finaliza en la red del Vaticano. Cuanto más complejo y largo es el camuflaje, más tardan en localizarle, pero hay un margen de seguridad que no se debe traspasar jamás. Cada ordenador conoce sólo el nombre del ordenador anterior que le ha pedido la conexión, y sólo durante la conexión. Así, si la conexión se interrumpe antes de que le alcancen, no tendrán nada.

El rítmico tableteo del teclado se prolongó durante casi un cuarto de hora. Cada cierto tiempo se iluminaba un punto de color rojo sobre un mapamundi que figuraba en una de las pantallas. Había cientos de ellos, cubriendo prácticamente la mayor parte de Europa, el norte de África, América del Norte, Japón… Paola observó que había mayor densidad de puntos en los países económicamente más ricos, y apenas uno o dos en el cuerno de África y una decena en Suramérica.

—Cada uno de esos puntos que ve usted en este monitor corresponden a un ordenador de los que Albert va a utilizar para alcanzar el sistema del Vaticano, empleando una secuencia. Puede ser el ordenador de un chaval de un instituto, de un banco o de un despacho de abogados. Puede estar en Beijing, en Austria o en Manhattan. Cuanto más lejos geográficamente están unos de otros, más eficaz resulta la secuencia.

—¿Cómo sabe que uno de esos ordenadores no se apagará accidentalmente, interrumpiendo todo el proceso?

—Empleo un historial de conexiones —dijo Albert, con voz distante, sin dejar de teclear—. Normalmente utilizo ordenadores que están encendidos constantemente. Hoy en día, con los programas de intercambio de archivos, mucha gente deja el ordenador encendido las veinticuatro horas, descargando música o pornografía. Ésos son los sistemas ideales para utilizarlos como puentes. Uno de mis favoritos es el ordenador de...

—Y citó un personaje muy conocido de la política europea—. El tío tiene afición por las fotos de jovencitas con caballos. De vez en cuando le sustituyo esas fotos por imágenes de golfistas. El Señor prohíbe esas perversiones.

—¿No tienes miedo de sustituir una perversión por otra, Albert?

El joven se echó a reír ante la ironía del sacerdote, pero no quitó los ojos de comandos e instrucciones que sus dedos materializaban en el monitor. Finalmente levantó una mano.

—Ya casi estamos. Pero os aviso, no podremos copiar nada. Estoy empleando un sistema en el que uno de sus ordenadores está haciendo el trabajo por mí, pero borra la información copiada en este ordenador en el momento en que superan un determinado número de kilobytes. Así que mejor que tengáis buena memoria. Desde el momento en el que nos descubran, tenemos sesenta segundos.

Fowler y Paola asintieron. Fue el primero quien asumió el papel de dirigir a Albert en su búsqueda.

—Ya está. Estamos dentro.

—Dirígete al Departamento de Prensa, Albert.

—Ya está.

—Busca acreditaciones.

A menos de cuatro kilómetros de distancia, en los sótanos de las oficinas del Vaticano arrancó uno de los ordenadores de seguridad, llamado *Archangele* (Arcángel). Una de sus subrutinas había detectado la presencia de un agente externo en el sistema. Inmediatamente se activó el programa de localización. El primer ordenador activó a su vez a otro, llamado

239

Sancte Michael (san Miguel).* Eran dos supercomputadoras Cray, capaces de realizar un billón de operaciones por segundo y que costaban cada una más de doscientos mil euros. Ambas empezaron a emplear hasta el último de sus ciclos de cálculo en rastrear al intruso.

Una ventana de alerta se disparó en la pantalla principal. Albert apretó los labios.

—Mierda, aquí vienen. Tenemos menos de un minuto. No hay nada con acreditaciones.

Paola se puso muy tensa, mientras vio que los puntos rojos en el mapamundi empezaban a decrecer. Al principio había varios cientos, pero desaparecían a una velocidad alarmante.

—Pases de prensa.

—Nada, joder. Cuarenta segundos.

—¿Medios de comunicación? —apuntó Paola.

—Ahora. Aquí hay una carpeta. Treinta segundos.

En la pantalla apareció un listado. Era una base de datos.

—Mierda, tiene más de tres mil entradas.

—Ordena por nacionalidad y busca España.

—Ya está. Veinte segundos.

—Joder, viene sin fotos. ¿Cuántos nombres hay?

—Más de cincuenta. Quince segundos.

Apenas quedaban treinta puntos rojos sobre el mapamundi. Todos se inclinaron hacia delante en la silla.

—Elimina a los hombres y ordena a las mujeres por edades.

—Ya está. Diez segundos.

—Las más jóvenes primero.

Paola apretó las manos con fuerza. Albert distrajo una mano del teclado y colocó el índice sobre el botón de pánico. Grandes gotas de sudor caían por su frente mientras escribía con la otra mano.

—¡Aquí! ¡Aquí está, por fin! ¡Cinco segundos, Anthony!

Fowler y Dicanti leyeron y memorizaron a toda prisa los

240

* Según la doctrina católica, el arcángel san Miguel es el capitán de las huestes celestiales, el ángel que expulsó a Satanás del cielo y el defensor de la Iglesia.

nombres que aparecían en la pantalla. Aún no habían acabado cuando Albert apretó el botón, y la pantalla y toda la casa se volvieron negras como el carbón.

—Albert —dijo Fowler en la más completa oscuridad.

—¿Sí, Anthony?

—¿No tendrás por casualidad unas velas?

—Deberías saber que yo no utilizo sistemas analógicos, Anthony.

HOTEL RAPHAEL
Largo Febo, 2

Jueves, 7 de abril de 2005. 03:17

$\mathcal{A}$ndrea Otero estaba muy, muy asustada.

«¿Asustada? No, señor, estoy acojonada.»

Lo primero que había hecho cuando llegó al vestíbulo del hotel había sido comprar tres paquetes de tabaco. La nicotina del primer paquete había sido una bendición. Ahora que ya había empezado el segundo, los contornos de la realidad empezaban a estabilizarse. Sentía un mareo ligeramente reconfortante, como un leve arrullo.

Estaba sentada en el suelo de la habitación, con la espalda apoyada contra la pared, abrazándose las piernas con una mano y fumando compulsivamente con la otra. En el otro extremo de la habitación estaba el ordenador portátil, completamente apagado.

Considerando las circunstancias, había actuado correctamente. Después de ver los primeros cuarenta segundos de la película de Víctor Karoski —si es que ése era su verdadero nombre—, había sentido la necesidad de vomitar. Andrea nunca había sido de las que se reprimen, así que había buscado la papelera más cercana (a toda velocidad y con una mano en la boca, eso sí) y había arrojado los tallarines de la comida, el cruasán del desayuno y algo que no recordaba haber comido, pero que debía de ser la cena del día anterior. Se preguntó si sería un sacrilegio vomitar en una papelera del Vaticano, y llegó a la conclusión de que no.

Cuando el mundo volvió a dejar de dar vueltas, regresó a la puerta de la sala de prensa pensando que había armado un follón terrible y que alguien debía de haberla oído. Seguramente ya estarían al caer un par de guardias suizos para detenerla por asalto postal, o como demonios se llamara el abrir un sobre que evidentemente no iba destinado a ti, porque ninguno de aquellos sobres lo iba.

«Bueno, verá, señor agente, creí que podría ser una bomba y actué lo más valientemente que pude. Tranquilo, esperaré aquí mientras van a por mi medalla...»

Aquello no sería muy creíble. Decididamente, nada creíble. Pero la española no necesitó una versión que contar a sus captores porque no apareció ninguno. Por lo tanto, Andrea recogió sus cosas tranquilamente, salió con toda parsimonia del Vaticano dedicando una coqueta sonrisa a los guardias suizos del arco de las Campanas, que es por donde entran los periodistas, y cruzó la plaza de San Pedro, libre de gente tras muchos días. Dejó de sentir clavadas las miradas de los guardias suizos cuando se bajó del taxi cerca de su hotel. Y dejó de creer que la seguían una media hora después.

Pero no, ni la habían seguido ni era sospechosa de nada. En la Piazza Navona había tirado a una papelera los nueve sobres que no había abierto aún. No quería que la pillasen con todo aquello encima. Y había subido derechita a su habitación, no sin antes hacer una parada en Estación Nicotina.

Cuando se sintió lo bastante segura, aproximadamente la tercera vez que inspeccionó el jarrón de flores secas de la habitación sin encontrar micrófonos ocultos, volvió a colocar el disco en el portátil y comenzó a ver la película de nuevo.

La primera vez consiguió llegar hasta el minuto uno. La segunda vez, casi la vio entera. A la tercera vez la vio completa, pero tuvo que correr al baño para vomitar el vaso de agua que había tomado al llegar y la bilis que le pudiera quedar dentro. La cuarta vez consiguió serenarse lo suficiente como para convencerse de que aquello era muy real, no una cinta del tipo *El proyecto de la bruja de Blair*. Pero, como ya hemos dicho, Andrea era una periodista muy inteligente, lo que normalmente era a la vez su gran ventaja y su mayor problema. Su gran intuición ya le había dicho que aquello era auténtico desde el primer visionado. Tal vez otro periodista hubiera desdeñado demasiado rápido el DVD, pensando que era falso. Pero Andrea

243

llevaba unos días buscando al cardenal Robayra y con sospechas de que faltaba algún cardenal más. Escuchar el nombre de Robayra en la grabación despejó sus dudas como un pedo de borracho despejaría el té de las cinco en Buckingham Palace. Brutal, sucia y eficazmente.

Vio la grabación una quinta vez, para acostumbrarse a las imágenes. Y una sexta para tomar algunas notas, apenas unos garabatos inconexos en un bloc de notas. Después apagó el ordenador, se sentó lo más lejos posible de él —en un lugar que resultó ser entre la mesa de escritorio y el aire acondicionado— y se abandonó al tabaquismo.

«Definitivamente, mal momento para dejar de fumar.»

Aquellas imágenes eran una pesadilla. En un primer momento el asco que la envolvía, lo sucia que le habían hecho sentir, era tan profundo que no pudo reaccionar durante un par de horas. Cuando el pasmo dejó sitio a su cerebro, comenzó a analizar realmente lo que tenía entre manos. Sacó su cuaderno y escribió tres puntos que servirían de claves de un reportaje:

1.º Un asesino satánico está acabando con cardenales de la Iglesia católica.

2.º La Iglesia católica, probablemente en colaboración con la *Polizia* italiana, nos lo está ocultando.

3.º Casualmente el cónclave, donde esos cardenales iban a tener una importancia capital, era dentro de nueve días.

Tachó el nueve y lo sustituyó por un ocho. Ya era sábado.

Tenía que escribir un gran reportaje. Un reportaje completo, de tres páginas, con sumarios, entresacados, apoyos y titular en portada. No podía enviar previamente ninguna imagen al periódico porque le quitarían el descubrimiento a toda velocidad. Seguramente el director sacaría de la cama del hospital a Paloma para que el artículo tuviera el peso debido. Tal vez a ella le dejaran firmar uno de los apoyos. Pero si enviaba el reportaje completo al periódico, maquetado y listo para enviar a máquinas, entonces ni el mismo director tendría narices de quitar su firma. No, porque en ese caso Andrea se limitaría a enviar un fax al diario *La Nación* y otro al diario *Alfabeto* con el texto completo y las fotos del artículo antes

de que lo publicaran. Y al carajo la gran exclusiva (y su trabajo, dicho sea de paso).

«Como dice mi hermano Miguel Ángel, o follamos todos, o
la puta al río.»

No es que fuera un símil muy apropiado para una señorita
como Andrea Otero, pero quién narices decía que ella era una
señorita. No era propio de señoritas el robar la corresponden-
cia como ella había hecho, pero maldita sea si le importaba algo. Ya se veía escribiendo el best seller *Yo descubrí al asesino de
cardenales*. Cientos de miles de libros con su nombre en portada, entrevistas en todo el mundo, conferencias. Definitivamente, el robo descarado merecía la pena.

«Aunque claro, en ocasiones hay que tener cuidado de a
quién robas.»

Porque aquella nota no la había mandado un gabinete de
prensa. Aquel mensaje lo había enviado un asesino despiadado
que probablemente contaría con que a aquellas horas su mensaje estaría emitiéndose por todo el mundo.

Consideró sus opciones. Era sábado. Seguramente quien
hubiera mandado ese disco no descubriría que no había llegado a su destino hasta por la mañana. Si la agencia de mensajería trabajaba en sábado, que lo dudaba, podrían estar tras su
pista en pocas horas, tal vez hacia las diez o las once. Pero dudaba de que el mensajero hubiera leído su nombre en la tarjeta. Parecía de los que se preocupan más por lo que había alrededor de la acreditación que de lo que había escrito encima. En
el mejor de los casos, si la agencia no abría hasta el lunes, dis-
pondría de dos días. En el peor de los casos, tendría unas pocas
horas.

Claro que Andrea había aprendido que lo más sano era actuar siempre en función del peor de los escenarios posibles. Así
que redactaría el reportaje inmediatamente. En cuanto el artículo estuviera saliendo por las impresoras del redactor jefe y
del director en Madrid, debería teñirse el pelo, calarse las gafas
de sol y salir zumbando del hotel.

Se levantó, armándose de valor. Encendió el portátil e inició
el programa de maquetación del periódico. Escribiría directamente sobre la maqueta. Se le daba mucho mejor cuando veía
cómo se representarían sus palabras sobre el texto.

245

Tardó tres cuartos de hora en preparar la maqueta con las tres páginas. Casi estaba terminando cuando sonó su móvil.

«¿Quién coño llamará a este número a las tres de la mañana?»

Aquel número sólo lo tenían en el periódico. No se lo había dado a nadie más, ni siquiera a su familia. Así que debía de ser alguien de la redacción, por una urgencia. Se levantó y rebuscó en el bolso hasta dar con él. Miró en la pantalla esperando ver la kilométrica exhibición de números que aparecían en el visor cada vez que llamaban desde España, pero en lugar de eso vio que el lugar donde debería figurar la identidad del llamante estaba en blanco. Ni siquiera aparecía «Número desconocido».

Descolgó.

—¿Diga?

Lo único que escuchó fue el tono de comunicando.

«Se habrán equivocado de número.»

Pero algo en su interior le decía que aquella llamada era importante y que sería mejor que se diese prisa. Volvió al teclado, escribiendo más rápido que nunca. Se le coló algún error tipográfico —nunca una falta de ortografía, pues ella no cometía ninguna desde los ocho años—, pero ni siquiera volvió atrás para corregirlo. Ya lo harían en el periódico. De repente tenía una tremenda prisa por terminar.

Le llevó cuatro horas el completar el resto del reportaje; horas de búsqueda de datos biográficos y fotografías de los cardenales muertos, noticias, semblanzas y muerte. El artículo contenía varias capturas de pantalla del propio vídeo de Karoski. Alguna de esas imágenes era tan fuerte que le hizo sonrojarse. Qué demonios. Que las censurasen en la redacción si se atrevían.

Se encontraba escribiendo las últimas líneas cuando llamaron a la puerta.

HOTEL RAPHAEL
Largo Febo, 2

Jueves, 7 de abril de 2005. 07:58

*A*ndrea miró hacia la puerta como si no hubiera visto una en su vida. Extrajo el disco del ordenador, lo metió en su funda de plástico y lo arrojó dentro de la papelera del cuarto de baño. Volvió a la habitación con el corazón en un puño, deseando que fuera quien fuese se hubiese marchado. Los golpes en la puerta se repitieron, educados pero muy firmes. No podía ser el servicio de limpieza. Apenas eran las ocho de la mañana.

247

—¿Quién es?

—¿Señorita Otero? Desayuno de bienvenida del hotel.

Andrea abrió la puerta, extrañada.

—Yo no he pedido ningún…

Se interrumpió de golpe, porque aquél no era ninguno de los elegantes botones y camareros del hotel. Era un individuo bajito pero ancho y fornido, que vestía cazadora de cuero y pantalones negros. Iba sin afeitar y sonreía abiertamente.

—¿Señorita Otero? Soy Fabio Dante, superintendente del *Corpo di Vigilanza* del Vaticano. Me gustaría hacerle unas preguntas.

En la mano izquierda sostenía una credencial con su foto bien visible. Andrea la estudió detenidamente. Parecía auténtica.

—Verá, superintendente, en estos momentos estoy muy cansada y necesito dormir. Venga en otro momento.

Cerró la puerta con desgana, pero el otro interpuso el pie con la habilidad de un vendedor de enciclopedias con familia numerosa. Andrea se vio forzada a seguir en la puerta, mirándole.

—¿No me ha entendido? Necesito dormir.

—Parece que es usted quien no me ha entendido. Necesito hablar con usted urgentemente, porque estoy investigando un robo.

«Mierda, ¿cómo han podido encontrarme tan rápido?»

Andrea no movió un músculo de su cara, pero por dentro su sistema nervioso pasó del estado de «alarma» al estado de «crisis total». Tenía que capear aquel temporal como fuera, así que se clavó las uñas en las palmas, encogió los dedos de los pies y le indicó al superintendente que pasara.

—No dispongo de mucho tiempo. Tengo que enviar un artículo a mi periódico.

—Un poco pronto para enviar el artículo, ¿verdad? Las máquinas no comenzarán a imprimir hasta dentro de muchas horas.

—Bueno, me gusta hacer las cosas con antelación.

—¿Se trata de alguna noticia especial, quizá? —dijo Dante, dando un paso hacia el portátil de Andrea. Ésta se puso delante de él, bloqueándole el paso.

—Ah, no. Nada especial. Las habituales conjeturas sobre quién será el nuevo Sumo Pontífice.

—Por supuesto. Una cuestión esta de suma importancia, ¿verdad?

—De suma importancia, en efecto. Pero no da para mucho en cuanto a noticias. Ya sabe, el habitual reportaje de interés humano aquí y allá. No hay muchas noticias últimamente, ¿sabe?

—Y así nos gusta que sea, señorita Otero.

—Exceptuando, claro, ese robo del que me hablaba. ¿Qué es lo que les han robado?

—Nada del otro mundo. Unos sobres.

—¿Qué contenían? Seguramente algo muy valioso. ¿La nómina de los cardenales?

—¿Qué le hace pensar que el contenido era de valor?

—Tiene que serlo, o no habrían enviado a su mejor sabueso tras la pista. ¿Tal vez alguna colección de sellos de correos del Vaticano? He oído que los filatélicos matan por ellos.

—En realidad, no eran sellos. ¿Le importa que fume?

—Debería pasarse a las pastillas de menta.

El subinspector olfateó el ambiente.

—Bueno, por lo que huelo, usted no sigue sus propios consejos.

—Ha sido una noche dura. Fume, si es que encuentra un cenicero vacío…

Dante encendió un cigarro y exhaló el humo.

—Como le decía, señorita Otero, los sobres no contenían sellos. Se trataba de una información extremadamente confidencial que no debería llegar a manos equivocadas.

—¿Por ejemplo?

—No comprendo. ¿Por ejemplo qué?

—Qué manos serían las equivocadas, superintendente.

—Aquellas cuya dueña no supiera lo que le conviene.

Dante miró alrededor y, efectivamente, no vio ningún cenicero. Zanjó la cuestión arrojando la ceniza al suelo. Andrea aprovechó la ocasión para tragar saliva: si aquello no era una amenaza, ella era monja de clausura.

—¿Y qué clase de información es ésa?

—Del tipo confidencial.

—¿Valiosa?

—Podría serlo. Espero que cuando encuentre a la persona que cogió los sobres, sea de las que saben negociar.

—¿Está usted dispuesto a ofrecer mucho dinero?

—No. Estoy dispuesto a ofrecerle conservar los dientes.

A Andrea no le dio pavor la oferta de Dante, sino el tono. Enunció aquellas palabras con una sonrisa y el mismo tono con el que pediría un descafeinado. Y aquello era realmente peligroso. De repente, se lamentó de haberle dejado entrar. Se jugó una última carta.

—Bueno, superintendente, ha sido un rato de lo más interesante, pero ahora he de pedirle que se vaya. Mi compañero fotógrafo está a punto de volver, y es un poco celoso…

Dante se echó a reír. Andrea no se reía en absoluto. El otro había sacado una pistola y le estaba apuntando entre ambos pechos.

—Basta de tonterías, preciosa. No hay ningún compañero. Deme los discos, o veremos en vivo el color de sus pulmones.

Andrea frunció el ceño en dirección al arma

—No va a dispararme. Estamos en un hotel. Habría policía aquí en menos de medio minuto, y no encontraría jamás lo que busca, sea lo que sea.

El superintendente dudó unos instantes.

—¿Sabe qué? Tiene razón. No le voy a disparar.

249

Y le propinó un puñetazo terrible con la mano izquierda. Andrea vio luces de colores y un muro sólido frente a ella, hasta que se dio cuenta de que el golpe la había tumbado y el muro era el suelo de la habitación.

—No tardaré mucho, señorita. Lo justo para llevarme lo que necesito.

Dante se acercó al ordenador. Tocó las teclas hasta que desapareció el salvapantallas y se vio sustituido por el reportaje en el que Andrea estaba trabajando.

—¡Premio!

La periodista se incorporó a medias, palpándose la ceja izquierda. Aquel cabrón se la había partido. Chorreaba sangre, y no podía ver nada por ese ojo.

—No lo entiendo. ¿Cómo me ha encontrado?

—Señorita, usted misma nos dio autorización para ello dándonos su número de móvil y firmando el impreso de aceptación. —Mientras hablaba, el superintendente sacó del bolsillo de la cazadora dos objetos: un destornillador y un cilindro de metal brillante, no muy grande. Apagó el portátil, le dio la vuelta y empleó el destornillador para dejar al descubierto el disco duro. Pasó el cilindro varias veces por el mismo, y Andrea comprendió lo que era: un imán potente. A tomar por saco el reportaje y toda la información del disco duro—. Si hubiera leído atentamente la letra pequeña del impreso que firmó, hubiera visto que en uno de ellos nos autoriza a localizar su móvil por satélite «en caso de que esté en peligro su seguridad». Una cláusula que se ideó por si se nos colaba un terrorista entre la prensa, pero que ha resultado de lo más útil en su caso. Alégrese de que la haya encontrado yo, y no Karoski.

—Ah, sí. Estoy dando saltos de alegría.

Andrea había conseguido ponerse de rodillas. Con la mano derecha palpó hasta encontrar el cenicero de cristal de Murano que había planeado llevarse como *souvenir* de la habitación. Estaba en el suelo junto a la pared, donde ella había estado fumando como una posesa. Dante se acercó a ella y se sentó en la cama.

—He de reconocer que debemos darle las gracias. Si no fuera por el vil latrocinio que cometió, a estas horas los desmanes de ese psicópata serían portada en todo el mundo. Usted quiso obtener provecho personal de la situación y no lo ha conseguido. Eso es un hecho. Ahora sea lista y dejaremos las cosas como están. No tendrá su exclusiva, pero salvará la cara. ¿Qué me dice?

—Los discos… —Y musitó unas palabras ininteligibles.

Dante se agachó hasta que su nariz tocó la de la periodista.

—¿Cómo dices, encanto?

—Digo que te den por el culo, cabrón —dijo Andrea.

Y le golpeó en el oído con el cenicero. Hubo una explosión de ceniza cuando el durísimo cristal impactó contra el superintendente, que se llevó la mano a la cabeza dando un grito. Andrea se levantó, tambaleándose, e intentó darle una segunda vez, pero el otro fue más rápido. Le sujetó el brazo cuando el cenicero estaba a pocos centímetros de su cara.

—Vaya, vaya. Así que la putita tiene garras.

Dante le apretó la muñeca y le retorció el brazo hasta que soltó el cenicero. Después le dio un puñetazo en la boca del estómago. Andrea cayó de nuevo al suelo, sin aire, sintiendo como si una bola de acero le oprimiera el pecho. El superintendente se palpaba la oreja, de la que caía un hilillo de sangre. Se miró al espejo. Tenía el ojo izquierdo medio cerrado, lleno de ceniza, y colillas en el pelo. Volvió junto a la joven y echó un pie hacia atrás con intención de patearle el tórax. Si le hubiera dado, el golpe le habría roto varias costillas. Pero Andrea fue más lista. Cuando el otro estaba echando el pie hacia atrás, le dio una patada en el tobillo de la pierna con la que se apoyaba. Dante cayó, desmadejado sobre la moqueta, dándole tiempo a la periodista a correr hasta el baño. Cerró la puerta de golpe.

Dante se levantó, cojeando.

—Abre, zorra.

—Que te jodan, hijo de puta —dijo Andrea, más para sí misma que para su agresor. Se dio cuenta de que estaba llorando. Pensó en rezar, pero se acordó de para quién trabajaba Dante y decidió que tal vez no sería buena idea. Intentó apoyarse en la puerta, pero no le sirvió de mucho. La puerta se abrió del todo, empujando a Andrea contra la pared. El superintendente entró hecho una furia, con la cara roja e hinchada de rabia. Ella intentó defenderse, pero él la agarró por el pelo, propinándole un brutal tirón, que le arrancó un buen mechón de pelo. Por des-

251

gracia, la sujetaba con una fuerza increíble, y ella poco pudo hacer más que arañarle las manos y la cara, intentando librarse de la cruel presa. Consiguió hacer dos surcos de sangre en la cara de Dante, quien se enfureció aún más.

—¿Dónde están?

—Que te...

—¡¿DÓNDE...

—... jodan.

—... ESTÁN?!

Le sostuvo fuerte la cabeza contra el espejo del baño antes de estamparle la frente contra él. Una telaraña se extendió por todo el espejo, y en su centro quedó un redondel de sangre que se iba escurriendo poco a poco hacia la pila del lavabo.

Dante la obligó a mirar su propio reflejo en el destrozado espejo.

—¿Quieres que siga?

De repente, Andrea sintió que ya tenía suficiente.

—En la papelera del baño —murmuró.

—Muy bien. Agáchate y cógelo con la mano izquierda. Y basta ya de truquitos, o te cortaré los pezones y te los haré tragar.

Andrea siguió las instrucciones y le entregó el disco a Dante. Éste lo comprobó. Parecía idéntico al que habían recibido en la *Vigilanza*.

—Muy bien. ¿Y los otros nueve?

La periodista tragó saliva.

—Los tiré.

—Y una mierda.

Andrea sintió que volaba de vuelta a la habitación, y en realidad lo hizo durante casi metro y medio, arrojada por Dante. Aterrizó sobre la moqueta con las manos y la cara.

—No los tengo, joder. ¡No los tengo! ¡Mira en las putas papeleras de la Piazza Navona, coño!

El superintendente se acercó, sonriendo. Ella siguió en el suelo respirando muy deprisa, agitada.

—¿No lo comprendes, verdad, zorra? Todo lo que tenías que hacer era darme los putos discos y te hubieras vuelto a tu casa con un moratón en la cara. Pero no, te crees más lista que el hijo de la señora Dante, y eso no puede ser. Así que vamos a pasar a palabras mayores. Tu oportunidad de salir de esto respirando ha pasado.

Colocó una pierna a cada lado del cuerpo de la periodista. Sacó la pistola y le apuntó a la cabeza. Andrea volvió a mirarle a los ojos, aunque estaba muy asustada. Aquel cabrón era capaz de todo.

—No vas a disparar. Harías mucho ruido —dijo con mucha menos convicción que antes.

—¿Sabes qué, putita? Una vez más, tienes razón.

Y sacó de un bolsillo un silenciador, que comenzó a enroscar en el cañón del arma. Andrea volvió a encontrarse frente a la promesa de la muerte, esta vez menos ruidosa.

—Tírala, Fabio.

Dante se dio la vuelta, con el asombro pintado en el rostro. En la puerta de la habitación estaban Dicanti y Fowler. La inspectora sostenía una pistola, y el sacerdote, la llave electrónica con la que habían entrado. La placa de Dicanti y el alzacuello de Fowler fueron cruciales a la hora de conseguirla. Habían tardado en llegar porque antes de ir allí habían comprobado otro nombre de los cuatro que habían conseguido en casa de Albert. Los ordenaron por edades, empezando por la más joven de las periodistas españolas, que resultó ser auxiliar en un equipo de televisión y tener el pelo castaño, como les contó el locuaz recepcionista de su hotel. Igual de locuaz se mostró el del hotel de Andrea.

253

Dante miraba estúpidamente el arma de Dicanti, con el cuerpo vuelto hacia ellos mientras su pistola seguía encañonando a Andrea.

—Vamos, *ispettora*, usted no lo haría.

—Está usted agrediendo a una ciudadana comunitaria en suelo italiano, Dante. Yo soy una agente de la ley. No puede decirme lo que puedo y lo que no puedo hacer. Suelte el arma, o me veré obligada a disparar.

—Dicanti, no lo entiende. Esta mujer es una delincuente. Ha robado información confidencial que pertenece al Vaticano. No se aviene a razones y podría echarlo todo a perder. No es nada personal.

—Ya me ha dicho esa frase antes. Y ya he notado que usted se encarga personalmente de un montón de asuntos nada personales.

Dante se enfureció visiblemente, pero prefirió cambiar de táctica.

—De acuerdo. Permítanme que la acompañe al Vaticano simplemente para averiguar qué ha hecho con los sobres que robó. Responderé personalmente de su seguridad.

A Andrea le dio un vuelco el corazón cuando escuchó aquellas palabras. No quería pasar ni un minuto más con aquel bastardo. Comenzó a girar las piernas muy despacio, para colocar el cuerpo en determinada posición.

—No —dijo Paola.

La voz del superintendente se endureció. Se dirigió a Fowler.

—Anthony. No puedes permitírselo. No podemos permitirle que saque todo a la luz. Por la cruz y la espada.

El sacerdote le miró, muy serio.

—Ésos no son ya mis símbolos, Dante. Y menos si se esgrimen para derramar sangre inocente.

—Pero ella no es inocente. ¡Robó los sobres!

Aún no había acabado de hablar Dante, cuando Andrea alcanzó la posición que estaba buscando desde hacía rato. Calculó un momento y lanzó el pie hacia arriba. No lo hizo con todas sus fuerzas —y no por falta de ganas—, sino dándole prioridad a la puntería. Quería acertar de pleno en las pelotas de aquel cabrón. Y fue justo donde golpeó.

Sucedieron tres cosas a la vez.

Dante soltó el disco que aún sostenía y se agarró los testículos con la mano izquierda, mientras con la derecha amartillaba el arma y comenzaba a apretar el gatillo. El superintendente boqueaba como una trucha fuera del agua, porque estaba respirando dolor.

Dicanti salvó la distancia que le separaba de Dante en tres zancadas y se lanzó de cabeza contra su estómago.

Fowler reaccionó medio segundo después de Dicanti —no sabemos si porque estaba perdiendo reflejos por la edad, o porque estaba evaluando la situación— y corrió hacia la pistola que, a pesar de la patada, seguía apuntando a Andrea. Consiguió agarrar a Dante por la muñeca derecha casi en el mismo momento en que el hombro de Dicanti impactaba en el pecho de Dante. El arma se disparó hacia el techo.

Cayeron los tres en un confuso revoltijo, cubiertos por una

lluvia de escayola. Fowler, sin soltar la muñeca del superintendente, hizo presión con ambos pulgares en el punto en que la
mano se une al brazo. Dante soltó la pistola, pero consiguió encajar un rodillazo en la cara de la inspectora, que rodó a un lado sin sentido.

Fowler y Dante se incorporaron. Fowler sostenía el arma
por el cañón, con la mano izquierda. Con la derecha hizo presión en el mecanismo que soltaba el cargador, que cayó pesada-
mente al suelo. Con la otra mano hizo caer la bala de la recá-
mara. Dos movimientos rápidos más, y tenía el percutor sobre
la palma. Lo arrojó al otro lado de la habitación y tiró la pistola
al suelo, a los pies de Dante.

—Ahora ya no sirve de mucho.

Dante sonrió, metiendo la cabeza entre los hombros.

—Tampoco tú sirves de mucho, viejo.

—Demuéstralo.

El superintendente arremetió contra el sacerdote. Fowler se
hizo a un lado, lanzando el brazo. No acertó en la cara de Dante por poco, golpeando en el hombro. Dante amagó un golpe
con la izquierda, y Fowler esquivó hacia el otro lado, sólo para
encontrarse el puño de Dante justo entre las costillas. Cayó al
suelo, apretando los dientes, sin aire.

—Estás oxidado, anciano.

Dante recogió la pistola y el cargador. No tenía tiempo para buscar y montar el percutor, pero no podía dejar el arma detrás. Con las prisas, no fue consciente de que Dicanti también
tenía un arma que habría podido usar, pero afortunadamente
quedó debajo del cuerpo de la inspectora cuando ésta rodó in-
consciente.

El superintendente miró alrededor, miró en el baño, en el
armario. Andrea Otero no estaba, y el disco que había dejado
caer durante la refriega tampoco. Una gota de sangre en la ventana le hizo asomarse, y por un instante creyó que la periodista tenía el poder de caminar por el aire como Cristo sobre las
aguas. O mejor dicho, de gatear.

Enseguida se dio cuenta de que la habitación en la que se
encontraban quedaba a la altura del tejado del edificio vecino,
que protegía el bello claustro del convento de Santa María de
la Paz, construido por Bramante.

Andrea no tenía ni idea de quién había construido el claustro (ni tampoco que, irónicamente, Bramante había sido el primer arquitecto de San Pedro del Vaticano). Pero gateó igualmente sobre aquellas tejas de color tostado que brillaban al sol de la mañana, intentando no llamar la atención de los turistas más madrugadores que recorrían el claustro. Quería llegar al otro extremo del tejado, donde una ventana abierta prometía la salvación. Ya estaba a medio camino. El claustro tenía dos niveles altos, por lo que el tejado se inclinaba peligrosamente sobre las piedras del patio a casi nueve metros de altura.

Ignorando la tortura que aún le lastraba los genitales, Dante se aupó a la ventana y salió en pos de la periodista. Ésta volvió la cabeza y le vio poner los pies sobre las tejas. Intentó avanzar más deprisa, pero la voz de Dante la detuvo.

—Quieta.

Andrea se dio la vuelta. Dante la estaba apuntando con un arma inutilizada, pero eso ella no lo sabía. Se preguntó si aquel tío estaría tan loco como para disparar su arma a plena luz del día, en presencia de testigos. Porque los turistas les habían visto y contemplaban extasiados la escena que tenía lugar sobre sus cabezas. Poco a poco aumentaba el número de espectadores. Una lástima que Dicanti estuviera sin sentido en el suelo de la habitación, porque se estaba perdiendo un ejemplo de libro de lo que en psiquiatría forense se conoce como *bystander effect*,* una teoría (más que probada) que asegura que a medida que aumenta el número de viandantes que ven a una persona en apuros, descienden las probabilidades de que alguien ayude a la víctima (y aumentan las de que señalen con el dedo y avisen a sus conocidos para que lo vean).

Ajeno a las miradas, Dante caminaba agachado, lentamente hacia la periodista. Según se acercaba vio con satisfacción que llevaba uno de los discos en la mano. Debía de decir la verdad: había sido tan idiota de tirar el resto de los sobres. Por lo tanto, aquel disco cobraba una importancia mucho mayor.

—Dame el disco y me marcharé. Lo juro. No quiero hacerte daño —mintió Dante.

Andrea estaba muerta de miedo, pero hizo gala de un valor

* Efecto viandante.

y unas agallas que hubieran avergonzado a un sargento de la Legión.

—¡Y una mierda! Lárgate, o lo tiro.

Dante se quedó parado, a mitad de camino. Andrea tenía el brazo extendido, la muñeca ligeramente flexionada. Con un simple gesto, el disco volaría como un frisbi. Podría partirse al tocar el suelo. O quizás el disco planearía con la ligera brisa de la mañana y podría cogerlo al vuelo alguno de los mirones, que se evaporaría antes de que él pudiera llegar hasta el claustro del convento. Y entonces, adiós.

Demasiado riesgo.

Aquello era quedar en tablas. ¿Qué hacer en ese caso? Distraer al enemigo hasta inclinar la balanza a tu favor.

—Señorita —dijo alzando mucho la voz—, no salte. No sé qué la ha empujado a esta situación, pero la vida es muy hermosa. Si lo piensa, verá que tiene muchas razones para vivir.

Sí, eso tenía sentido. Acercarse lo suficiente como para ayudar a la loca con la cara cubierta de sangre que había salido al tejado amenazando suicidarse, intentar sujetarla sin que nadie observe cómo le arrebato el disco, y después en el forcejeo no ser capaz de salvarla. Una tragedia. De Dicanti y Fowler ya se encargarían desde arriba. Ellos sabían presionar.

—¡No salte! Piense en su familia.

—Pero ¿qué dices, imbécil? —se asombró Andrea—. ¡No pienso saltar!

Desde abajo, los mirones utilizaban el dedo para señalar, en vez de para pulsar las teclas del teléfono y llamar a la *Polizia*. Alguno ya había comenzado a gritar: «*Non saltare, non saltare*». A ninguno le pareció extraño que el rescatador tuviese una pistola en la mano (o tal vez no distinguían lo que llevaba el intrépido rescatador en la mano derecha). Dante se regocijó para sus adentros. Cada vez estaba más cerca de la joven reportera.

—¡No tema! ¡Soy policía!

Andrea comprendió demasiado tarde lo que pretendía el otro. Ya estaba a menos de dos metros.

—No te acerques, cabrón. ¡Lo tiraré!

Desde abajo, los espectadores creyeron escuchar que la que se iba a arrojar era ella, pues apenas se fijaron en el disco que llevaba en la mano. Hubo más gritos de «*no, no*», y alguno de los

257

turistas incluso declaró a Andrea su amor eterno si bajaba del tejado sana y salva.

Mientras, los dedos extendidos del superintendente casi rozaban los pies descalzos de la periodista, que estaba vuelta hacia él. Ésta retrocedió un poco y resbaló unos centímetros. La multitud (pues ya casi había cincuenta personas en el claustro, e incluso algunos clientes asomados a las ventanas del hotel) contuvo el aliento. Pero enseguida alguien gritó:

—¡Mira, un cura!

Dante se volvió. Fowler estaba de pie sobre el tejado, y tenía una teja en cada mano.

—¡Aquí no, Anthony! —gritó el superintendente.

Fowler no pareció escucharle. Le lanzó una de las tejas, con endiablada puntería. Dante tuvo suerte de protegerse la cara con el brazo. De no haberlo hecho así, tal vez el crujido que se oyó cuando la teja golpeó con fuerza en su antebrazo hubiera sido el de su cráneo rompiéndose, en vez del antebrazo. Se desplomó sobre el tejado y rodó hasta el borde. Pudo agarrarse de puro milagro a un saliente, golpeándose las piernas con una de las preciosas columnas, talladas por un sabio escultor bajo la supervisión de Bramante, quinientos años atrás. Irónicamente, los espectadores que no auxiliaron a la víctima sí lo hicieron con Dante, y entre tres personas consiguieron descolgar a aquel títere roto hasta el suelo. Éste se lo agradeció perdiendo el conocimiento.

En el tejado, Fowler se dirigió a Andrea:

—Señorita Otero, haga el favor de volver a la habitación antes de que se haga daño.

Jueves, 7 de abril de 2005. 09:14

*P*aola volvió al mundo de los vivos encontrándose de maravilla: las atentas manos del padre Fowler le colocaban una toalla mojada sobre la frente. Enseguida dejó de encontrarse tan bien, y comenzó a lamentar que su cuerpo no terminara en los hombros, porque la cabeza le dolía enormemente. Se recuperó justo a tiempo de atender a los dos agentes de la policía que se habían personado por fin en la habitación del hotel, y decirles que se largaran con viento fresco, que ella lo tenía todo controlado. Dicanti les juró y perjuró que allí no había ninguna suicida, y que todo se trataba de un error. Los agentes miraron en derredor un poco mosqueados por el desorden del lugar, pero obedecieron.

259

Entretanto, en el baño, Fowler intentaba recomponer la frente de Andrea, maltrecha tras su encuentro con el espejo. En el momento en que Dicanti se deshizo de los guardias y se asomó al excusado, el sacerdote le decía a la periodista que aquello iba a necesitar puntos.

—Por lo menos cuatro en la frente y dos en la ceja. Pero ahora no puede perder tiempo yendo a un hospital. Le diré lo que haremos: usted va a subir ahora mismo a un taxi rumbo a Bolonia. Tardará unas cuatro horas. Allí la estará esperando un médico amigo mío, que le dará unos puntos. Él la llevará al aeropuerto y usted tomará el avión con destino a Madrid, vía Milán. Allí estará segura. Y procure no volver por Italia en un par de años.

—¿No sería mejor coger el avión en Nápoles? —intervino Dicanti.

Fowler la miró muy serio.

—*Dottora*, si alguna vez necesita huir de… de esas personas, por favor, no huya hacia Nápoles. Tienen demasiados contactos allí.

—Yo diría que tienen contactos en todas partes.

—Lamentablemente, está usted en lo cierto. Y me temo que las consecuencias de habernos cruzado en el camino de la *Vigilanza* no serán agradables ni para usted ni para mí.

—Acudiremos a Boi. Él se pondrá de nuestra parte.

Fowler guardó silencio un momento.

—Tal vez. Sin embargo, la prioridad ahora mismo es sacar de Roma a la señorita Otero.

A Andrea, de cuya cara no huía una mueca de dolor (porque la herida de la frente escocía mucho, aunque sangraba bastante menos gracias a Fowler), no le hacía gracia en absoluto aquella conversación a la que asistía en silencio. Diez minutos atrás, cuando vio desaparecer a Dante por el borde del tejado, había sentido una oleada de alivio. Corrió hacia Fowler y le echó los brazos al cuello, corriendo el riesgo de que ambos rodaran también tejado abajo. Fowler le explicó, someramente, que había un sector muy concreto del organigrama vaticano que no quería que ese asunto saliera a la luz, y que por eso había visto amenazada su vida. El cura no hizo ningún comentario acerca de lo deplorable de su robo de los sobres, lo cual había sido todo un detalle. Pero ahora estaba imponiendo su criterio, lo que no gustaba a la periodista. Agradecía el oportuno salvamento del sacerdote y la criminóloga, pero no estaba dispuesta a ceder al chantaje.

—Yo no pienso ir a ninguna parte, señores. Soy una periodista acreditada, y mi periódico confía en mí para llevarles las noticias del cónclave. Y quiero que sepan que he descubierto una conspiración al más alto nivel para ocultar la muerte de unos cardenales y un miembro de la policía italiana a manos de un psicópata. *El Globo* va a publicar unas impresionantes portadas con esta información, y todas van a llevar mi nombre.

El sacerdote escuchó con paciencia y contestó con firmeza.

—Señorita Otero, admiro su valor. Tiene usted más coraje que muchos soldados que he conocido. Pero en este juego necesitaría usted mucho más que valentía.

La periodista se sujetó la venda que le cubría la frente con una mano y apretó los dientes.

—No se atreverán a hacerme nada cuando publique el reportaje.

—Tal vez sí y tal vez no. Pero yo tampoco quiero que publique el reportaje, señorita. No es conveniente.

Andrea le dedicó una mirada de incomprensión.

—¿Cómo dice?

—Simplificando: deme el disco —dijo Fowler.

Andrea se levantó, tambaleándose. Estaba indignada, y sostenía muy fuerte el disco contra su pecho.

—No sabía que fuera usted uno de esos fanáticos, dispuestos a matar por preservar sus secretos. Me marcho ahora mismo.

Fowler la empujó hasta volverla a sentar en el inodoro.

—Personalmente, creo que la frase más esclarecedora del Evangelio es: «La verdad os hará libres»,* y si por mí fuera, podría ir usted corriendo y contar que un sacerdote con un historial de pederastia se ha vuelto loco y anda por ahí acuchillando cardenales. Tal vez así la Iglesia entendería de una vez por todas que los sacerdotes son, siempre y ante todo, hombres. Pero esto va más allá de usted y de mí. No quiero que esto se sepa porque Karoski *sí* quiere que se sepa. Cuando pase un tiempo y vea que su método no ha dado resultado, hará otro movimiento. Entonces tal vez le cojamos y salvemos vidas.

261

Andrea se derrumbó en ese momento. Fue una mezcla de cansancio, dolor, agotamiento y un sentimiento imposible de expresar con una sola palabra. Ese sentimiento a medio camino entre la fragilidad y la autocompasión que tiene lugar cuando uno se da cuenta de que es muy pequeño en comparación con el universo. Le entregó el disco a Fowler, escondió la cabeza entre sus manos y lloró.

—Perderé mi trabajo.

El sacerdote se apiadó de ella.

—No, no lo hará. Me encargaré de ello personalmente.

Tres horas después, el embajador de Estados Unidos en Italia se ponía en contacto telefónico con el director de *El Globo*. Le pidió disculpas por haber atropellado con su coche oficial a

* Juan 8, 32.

la enviada especial del diario en Roma. Según su versión, el hecho había tenido lugar el día anterior, cuando el vehículo circulaba a toda velocidad camino del aeropuerto. Por suerte, el conductor frenó a tiempo de evitar una catástrofe y, salvo una herida en la cabeza de escasa intensidad, no había habido consecuencias. Al parecer, la periodista había insistido una y otra vez en que debía continuar su trabajo, pero los médicos de la embajada que la habían examinado recomendaron que la periodista tuviera un par de semanas de descanso, por lo que se habían brindado a enviarla a Madrid a cuenta de la embajada. Por supuesto, y ante el gran perjuicio profesional que le habían causado, estaban dispuestos a compensarla. Otra de las personas que iba en el interior del coche se había interesado por ella y quería concederle una entrevista. Se pondrían en contacto nuevamente en dos semanas para concretar los detalles.

Al colgar, el director de *El Globo* estaba perplejo. No comprendía cómo aquella chica rebelde y problemática había logrado para el periódico probablemente la entrevista más difícil de conseguir del planeta. Lo atribuyó a un tremendo golpe de suerte. Sintió una punzada de envidia y deseó hallarse en su piel.

Siempre había querido visitar el Despacho Oval.

Miércoles, 6 de abril de 2005. 13:25

*P*aola entró sin llamar en el despacho de Boi, pero no le gustó nada lo que vio allí. O mejor dicho, a quien vio allí. Cirin estaba sentado frente al director, y escogió aquel momento para levantarse y marcharse, sin dirigir la mirada a la criminóloga. Ésta intentó detenerle en la puerta.

—Oiga, Cirin...

El inspector general no le hizo ningún caso y desapareció.

—Dicanti, siéntese —dijo Boi, desde el otro lado de la mesa del despacho.

—Pero director, quiero denunciar el comportamiento criminal de uno de los subordinados de este hombre...

—Basta ya, *ispettora*. Ya he sido informado convenientemente por el inspector general de los sucesos del hotel Raphael.

Paola estaba asombrada. En cuanto Fowler y ella consiguieron que la periodista española subiera al taxi con destino a Bolonia, se dirigieron inmediatamente a la sede de la UACV para exponer el caso ante Boi. La situación era complicada, sin duda, pero Paola confiaba en que su jefe apoyaría el rescate de la periodista. Decidió entrar sola a hablar con él, aunque desde luego lo último que hubiera esperado es que su jefe no quisiese ni siquiera escuchar su versión.

—Le habrá contado cómo Dante agredió a una periodista indefensa.

—Me ha contado que hubo un desencuentro, que ha sido solucionado a satisfacción de todos. Al parecer, el inspector Dante

263

intentaba tranquilizar a una potencial testigo que estaba un poco nerviosa y ustedes dos le agredieron. Ahora mismo, Dante se encuentra en el hospital.

—¡Pero eso es absurdo! Lo que en realidad pasó…

—También me ha informado de que nos retira su confianza en este caso —dijo Boi, levantando mucho la voz—. Está muy decepcionado con su actitud, en todo momento poco conciliadora y agresiva hacia el superintendente Dante y hacia la soberanía de nuestro país vecino, algo que he podido constatar por mí mismo, dicho sea de paso. Usted volverá a sus tareas habituales, y Fowler volverá a Washington. A partir de ahora, será sólo el *Corpo di Vigilanza* quien protegerá a los cardenales. Por nuestra parte, entregaremos inmediatamente al Vaticano tanto el DVD que nos envió Karoski como el que se recuperó de la periodista española y nos olvidaremos de su existencia.

—¿Y qué hay de Pontiero? Aún recuerdo la cara que pusiste en su autopsia. ¿También era fingida? ¿Quién hará justicia por su muerte?

—Eso ya no es de nuestra incumbencia.

La criminóloga estaba tan decepcionada, tan asqueada, que sentía malestar físico. No era capaz de reconocer a la persona que tenía enfrente, no conseguía recordar ya ni una sola de las briznas de la atracción que había sentido por él. Se preguntó con tristeza si tal vez aquello pudiera ser, en parte, la causa de que le hubiera retirado su apoyo tan deprisa. Tal vez fuera la amarga conclusión del enfrentamiento de la noche pasada.

—¿Es por mí, Carlo?

—¿Perdón?

—¿Es por lo de anoche? No te creía capaz de esto.

—*Ispettora*, por favor, no se crea tan importante. En este asunto mi único interés es colaborar eficientemente con las necesidades del Vaticano, algo que por lo visto no ha sido usted capaz de cumplir.

En sus treinta y cuatro años de vida, Paola jamás había visto una discordancia tan grande entre las palabras de una persona y lo que su rostro reflejaba. No se pudo contener.

—Eres un cerdo inútil, Carlo. En serio. No me extraña que todo el mundo se ría de ti a tus espaldas. ¿Cómo has podido acabar así?

El director Boi enrojeció hasta las orejas, pero consiguió reprimir el estallido de furia que le temblaba en los labios. En lugar de dejarse llevar por la rabia, convirtió el exabrupto en una fría y medida bofetada verbal.

—Al menos he llegado a algún sitio, *ispettora*. Deposite su placa y su arma sobre mi mesa, por favor. Queda suspendida de empleo y sueldo durante un mes, hasta que tenga tiempo de revisar atentamente su caso. Váyase a casa.

Paola abrió la boca para responder, pero no encontró nada que replicar. En las películas el bueno siempre encontraba una frase demoledora que anticipaba su triunfal regreso, siempre que un jefe despótico le despojaba de sus símbolos de autoridad. Pero en la vida real, ella se había quedado sin palabras. Arrojó la placa y la pistola sobre la mesa y salió del despacho, sin mirar atrás.

En el pasillo, Fowler la aguardaba, escoltado por dos agentes de policía. Paola intuyó que el sacerdote ya habría recibido la fatídica llamada.

—Así que esto es el fin —dijo la criminóloga.

El sacerdote sonrió.

—Ha sido un placer conocerla, *dottora*. Por desgracia, estos caballeros van a acompañarme al hotel para recoger mis cosas y luego al aeropuerto.

La criminóloga le agarró del brazo, con los dedos crispados sobre la manga.

—Padre, ¿no puede llamar a alguien? ¿Retrasarlo, de alguna manera?

—Me temo que no —dijo meneando la cabeza—. Espero que algún día pueda invitarme a una buena taza de café.

Sin más, se soltó y se alejó pasillo adelante, seguido por los guardias.

Paola esperó a estar en casa para llorar.

265

INSTITUTO SAINT MATTHEW
Silver Spring, Maryland

Diciembre de 1999

*TRANSCRIPCIÓN DE LA ENTREVISTA NÚMERO 115 ENTRE
EL PACIENTE NÚMERO 3.643 Y EL DOCTOR CANICE CONROY*

[…]

DR. CONROY:	Veo que estás leyendo algo… *Acertijos y curiosidades.* ¿Hay alguna buena?
#3.643:	Son muy fáciles.
DR. CONROY:	Venga, proponme una.
#3.643:	Son muy fáciles, de verdad. No creo que le gustasen.
DR. CONROY:	Me gustan las adivinanzas.
#3.643:	De acuerdo. Si un hombre hace un agujero en una hora y dos hombres hacen dos agujeros en dos horas, ¿cuánto tardará un hombre en hacer medio agujero?
DR. CONROY:	Es fácil…, media hora.
#3.643:	*(Risas)*
DR. CONROY:	¿Qué te hace tanta gracia? Es media hora. Una hora, un agujero. Media hora, medio agujero.
#3.643:	Doctor, los medios agujeros no existen… Un agujero siempre es un agujero. *(Risas)*
DR. CONROY:	¿Intentas decirme algo con eso, Viktor?
#3.643:	Por supuesto, doctor, por supuesto.
DR. CONROY:	Tú no eres un agujero, Viktor. No estás irremediablemente condenado a ser lo que eres.
#3.643:	Sí lo estoy, doctor Conroy. Y a usted debo darle las gracias por mostrarme el camino correcto.
DR. CONROY:	¿El camino?

#3.643:	He luchado mucho tiempo para torcer mi naturaleza, para intentar ser algo que no soy. Pero gracias a usted he asumido quién soy. ¿No es eso lo que quería?
DR. CONROY:	No es posible. No puedo haberme equivocado tanto contigo.
#3.643:	Doctor, no se ha equivocado, me ha hecho ver la luz. Me ha hecho entender que para abrir las puertas adecuadas se necesitan las manos adecuadas.
DR. CONROY:	¿Eso eres tú? ¿La mano?
#3.643:	(*Risas*) No, doctor. Yo soy la llave.

Sábado, 9 de abril de 2005. 23:46

*P*aola lloró durante un buen rato, con la puerta cerrada y las heridas del corazón muy abiertas. Por suerte, su madre no estaba, había ido a pasar el fin de semana a Ostia, a casa de unas amigas. Para la criminóloga fue todo un alivio: aquél era un momento realmente malo, y no podría escondérselo a la señora Dicanti. En cierto sentido, el ver su preocupación y cómo se hubiera desvivido por alegrarle la cara hubiera sido aún peor. Necesitaba estar sola para hundirse sin molestias en el fracaso y la desesperación.

Se arrojó en la cama completamente vestida. Por la ventana entraban en la habitación el bullicio de las calles vecinas y los tímidos rayos de la tarde de abril. Con ese arrullo, y después de dar mil vueltas a la conversación de Boi y a los sucesos de los últimos días, consiguió dormir. Casi nueve horas después de haber caído rendida, un olor maravilloso a café recién hecho se coló en su sueño, obligando a emerger a su consciencia.

—Mamá, has vuelto demasiado pronto…

—Efectivamente, he vuelto pronto, pero se equivoca usted de persona —dijo una voz dura, educada y con un italiano cadencioso y vacilante: la voz del padre Fowler.

Paola abrió mucho los ojos y, sin darse cuenta de lo que hacía, le echó ambos brazos al cuello.

—Cuidado, cuidado, que derrama usted el café…

La criminóloga se soltó a regañadientes. Fowler estaba sentado en el borde de su cama y la miraba divertido. En la mano llevaba una taza que había tomado de la propia cocina de la casa.

—¿Cómo ha entrado aquí? ¿Y cómo ha conseguido escapar de los policías? Le hacía a usted camino de Washington...

—Con calma, una pregunta por vez —dijo Fowler riendo—. En cuanto a cómo he conseguido escapar de dos funcionarios gordos y mal entrenados, le ruego por favor que no insulte a mi inteligencia. Sobre cómo he entrado aquí, la respuesta es fácil: con una ganzúa.

—Ya veo. Entrenamiento básico de la CIA, ¿verdad?

—Más o menos. Lamento la intromisión, pero llamé varias veces y nadie me abrió. Creí que podría usted estar en peligro. Cuando la vi dormir tan apaciblemente, decidí cumplir mi promesa de invitarla a un café.

Paola se puso en pie, aceptando la taza de manos del sacerdote. Le dio un sorbo largo y tranquilizador. La habitación estaba iluminada sólo por la luz de las farolas de la calle, que fabricaba largas sombras en el alto techo. Fowler contempló el cuarto bajo aquel tenue resplandor. Sobre una pared colgaban los diplomas de la escuela, de la universidad, de la Academia del FBI. También las medallas de natación, e incluso algunos dibujos al óleo que ya debían de tener al menos trece años. Sintió de nuevo la vulnerabilidad de aquella mujer inteligente y fuerte, pero que seguía lastrada por su pasado. Una parte de ella nunca había abandonado su primera juventud. Intentó adivinar qué lado de la pared sería más visible desde la cama y entonces creyó comprender. En el punto que trazó mentalmente su línea imaginaria desde la almohada al muro, se veía un cuadro de Paola junto a su padre en una habitación del hospital.

—Este café es muy bueno. Mi madre lo hace fatal.

—Cuestión de regular el fuego, *dottora*.

—¿Por qué ha vuelto, padre?

—Por varios motivos. Porque no quería dejarla a usted en la estacada. Para evitar que ese loco se salga con la suya. Y porque sospecho que aquí hay mucho más de lo que se esconde a simple vista. Siento que nos han utilizado a todos, a usted y a mí. Además, supongo que usted tendrá un motivo muy personal para seguir adelante.

Paola frunció el ceño.

—Tiene usted razón. Pontiero era un amigo y un compañero. Ahora mismo lo que más me preocupa es hacer justicia con su asesino. Pero dudo que podamos hacer nada ahora, padre. Sin mi placa y sin sus apoyos, sólo somos dos nubecillas de aire. Al menor soplo de viento nos dispersaremos. Y además, es posible que a usted le estén buscando.

—Es posible que me estén buscando, en efecto. A los dos policías les di esquinazo en Fiumicino.* Pero dudo que Boi llegue al extremo de lanzar una orden de busca y captura contra mí. Con el follón que hay en la ciudad, no le serviría de nada... ni sería muy justificable. Lo más probable es que lo deje correr.

—¿Y sus jefes, padre?

—Oficialmente, estoy en Langley. Extraoficialmente, no han puesto reparos en que me quede por aquí un poco más.

—Por fin una buena noticia.

—Lo que tenemos más complicado es entrar en el Vaticano, porque Cirin estará avisado.

—Pues no veo cómo podremos proteger a los cardenales si ellos están dentro, y nosotros, fuera.

—Creo que deberíamos empezar desde el principio, *dottora*. Revisar todo este maldito embrollo desde el inicio, porque es evidente que algo se nos ha pasado por alto.

—Pero ¿cómo? No tengo el material apropiado, todo el expediente de Karoski está en la UACV.

Fowler le dedicó una media sonrisa pícara.

—Bueno, a veces Dios nos concede pequeños milagros.

Hizo un gesto en dirección al escritorio de Paola, en un extremo de la habitación. Paola encendió el flexo sobre la mesa, que iluminó el grueso legajo de tapas marrones que componía el dossier de Karoski.

—Le propongo un trato, *dottora*. Usted se dedica a lo que mejor sabe hacer: un perfil psicológico del asesino. Uno definitivo, con todos los datos de los que disponemos ahora. Yo, mientras, le voy sirviendo café.

Paola apuró de un trago el resto de la taza. Intentó escrutar el rostro del sacerdote, pero su rostro quedaba fuera del cono de luz que iluminaba el expediente de Karoski. Y de nuevo Paola sintió la premonición que le había invadido en el pasillo

---

* Uno de los dos aeropuertos de Roma, situado a 32 kilómetros de la ciudad.

de la Domus Sancta Marthae y que había silenciado hasta mejor ocasión. Ahora, y más tras la larga lista de acontecimientos que sucedieron a la muerte de Cardoso, estaba más convencida que nunca de que aquella intuición había sido acertada. Encendió el ordenador sobre su escritorio. Seleccionó entre sus documentos una ficha de perfil en blanco y comenzó a rellenarla compulsivamente, consultando de tanto en tanto las hojas del dossier.

—Prepare otra cafetera, padre. Tengo que confirmar una teoría.

PERFIL PSICOLÓGICO DE ASESINO MÚLTIPLE

Paciente: KAROSKI, Viktor.
　　　Perfil realizado por la doctora Paola Dicanti.
Situación del paciente: *In absentia.*
Fecha de redacción: 10 de abril de 2005.
Edad: 44 años.
Altura: 178 cms.
Peso: 85 kilos.
Descripción: Pelo castaño, ojos grises, complexión fuerte, inteligente
　　　(IQ de 125).

Antecedentes familiares: Viktor Karoski nace en una familia emigrante de clase media bajo una madre dominante y con profundos problemas de conexión con la realidad debido a la influencia de la religión. La familia emigra desde Polonia, y desde el principio es obvio el desarraigo en todos sus miembros. El padre presenta un cuadro típico de ineficacia laboral, alcoholismo y malos tratos, al que se añade el agravante de abusos sexuales repetidos y periódicos (entendidos como castigo) cuando el sujeto llega a la adolescencia. La madre fue consciente en todo momento de la situación de abusos e incesto cometida por su cónyuge, aunque al parecer fingía no darse cuenta. Un hermano mayor escapa del hogar paterno, condicionado por los abusos sexuales. Un hermano menor muere en abandono, tras una larga convalecencia ocasionada por la meningitis. El sujeto es encerrado en un armario, incomunicado, durante largos periodos de tiempo, tras el «descubrimiento» por parte de la madre de los abusos del padre del sujeto. Cuando es liberado, el padre ha abandonado el hogar familiar, y es la madre quien impone su personalidad, en este caso recalcando sobre el sujeto la figura católica del miedo al infierno, al que conducen sin duda los excesos sexuales (siempre según la madre del sujeto). Para ello le viste con sus ropas e incluso llega a amenazarle con la castración. Se produce en el sujeto una distorsión grave de la realidad, así como un serio trastorno de sexualidad no integrada. Comienzan a aparecer los primeros rasgos de ira y personalidad antisocial, con un fuerte sistema de respuesta nerviosa. Agrede a un compañero de instituto, por lo que es internado en un reformatorio. A la salida del mismo, su expediente queda limpio y toma la determinación de ingresar en un seminario con diecinueve años. No se le realiza ningún control psiquiátrico previo y consigue su propósito.

Historial en la edad adulta: Los indicios de un trastorno de sexualidad no integrada se confirman en el sujeto a los diecinueve años, poco después del fallecimiento de su madre, con tocamientos a un menor, que poco a poco se van haciendo más frecuentes y graves. Por parte de sus superiores eclesiásticos no hay una respuesta punitiva a sus agresiones sexuales, que toman un cariz más delicado cuando el sujeto es responsable de sus propias parroquias. Según su expediente, hay documentadas al menos 89 agresiones a menores, de las cuales 37 fueron actos completos de sodomía, y el resto, tocamientos o coacción a las víctimas para que le masturbaran o practicaran felación. Su historial de entrevistas permite deducir que, por extraño que parezca, era un sacerdote plenamente convencido de su ministerio sacerdotal. En otros casos de pederastia entre sacerdotes ha sido posible señalar su pulsión sexual como el motivo de ingresar en el sacerdocio, como un zorro entrando en un gallinero. Pero en el caso de Karoski los motivos para pronunciar sus votos eran bien diferentes. Su madre le empujó en esa dirección, incluso llegando a la coacción. Tras un incidente con un feligrés al que agredió, el escándalo Karoski no puede ocultarse por más tiempo y el sujeto llega finalmente al Instituto Saint Matthew, un lugar de rehabilitación para sacerdotes católicos con problemas. Allí descubrimos a un Karoski muy identificado con el Antiguo Testamento, especialmente con la Biblia. Se produce un episodio de agresión espontánea contra un empleado del Instituto a los pocos días de su ingreso. Del caso deducimos la fuerte disonancia cognitiva que hay entre la pulsión sexual del sujeto y sus convicciones religiosas. Cuando ambas entran en colisión, se producen crisis de violencia, como el episodio de la agresión al técnico.

Historial reciente: El sujeto manifiesta un cuadro de ira, reflejada en su agresión desplazada. Ha cometido varios crímenes, en los que presenta elevados niveles de sadismo sexual, incluyendo rituales simbólicos y necrofilia insercional.

273

Perfil de características notables, manifestadas en sus acciones:
- Personalidad agradable, inteligencia media-alta
- Mentiras frecuentes
- Ausencia total de remordimientos o sentimientos hacia sus víctimas
- Egocentrismo absoluto
- Desapego personal y afectivo
- Sexualidad impersonal e impulsiva, encaminada a la satisfacción de necesidadesególatras
- Personalidad antisocial
- Niveles de obediencia altos

¡¡INCOHERENCIA!!
- Pensamiento irracional integrado en sus acciones
- Neurosis múltiples
- Comportamiento criminal entendido como medio, no como fin
- Tendencias suicidas
- *Mission oriented*

Domingo, 10 de abril de 2005. 01:45

$\mathcal{F}$owler terminó de leer el informe que le tendía Dicanti. Estaba muy sorprendido.

—*Dottora*, espero que no le importe, pero este perfil está incompleto. Ha escrito tan sólo un resumen de lo que ya sabíamos. Sinceramente, esto no nos aporta mucho.

La criminóloga se puso de pie.

—Todo lo contrario, padre. Karoski presenta un cuadro clínico muy complejo, del que dedujimos que el aumento de su agresividad convirtió a un depredador sexual castrado clínicamente en un asesino múltiple.

—Ésa es la base de nuestra teoría, en efecto.

—Pues no vale una mierda. Observe las características de perfil, al final del informe. Las ocho primeras definirían a un asesino en serie.

Fowler las consultó y asintió.

—Hay dos tipos de asesinos en serie: desorganizados y organizados. No es una clasificación perfecta, pero sí bastante coherente. Los primeros corresponden a los criminales que cometen actos espontáneos e impulsivos, con grandes riesgos de dejar evidencias tras ellos. A menudo conocen a sus víctimas, que suelen estar en su entorno geográfico. Sus armas son de conveniencia: una silla, un cinturón…, cualquier cosa que encuentren a mano. El sadismo sexual aparece post mórtem.

El sacerdote se frotó los ojos. Estaba muy cansado, pues apenas había dormido unas horas.

—Discúlpeme, *dottora*. Continúe, por favor.

275

—El otro tipo, el organizado, es un asesino con movilidad alta, que captura a sus víctimas antes de usar la fuerza. La víctima es un extraño que responde a un criterio específico. Las armas y las ligaduras empleadas responden a un plan preconcebido, y nunca se dejan detrás. El cadáver se abandona en un sitio neutral, siempre con una preparación. Bien, ¿a cuál de ambos grupos cree que corresponde Karoski?

—Evidentemente al segundo.

—Eso es lo que cualquier observador podría deducir. Pero nosotros podemos ir más allá. Tenemos su expediente. Sabemos quién es, de dónde viene, cómo piensa. Olvide todo lo que ha sucedido en estos últimos días. Céntrese en el Karoski que entró en el Instituto. ¿Cómo era?

—Una persona impulsiva, que en determinadas situaciones estallaba como una carga de dinamita.

—¿Y tras cinco años de terapia?

—Era una persona diferente.

—¿Diría que ese cambio se produjo gradualmente, o que fue repentino?

—Fue bastante brusco. Yo señalaría el cambio en el momento en que el doctor Conroy le hizo escuchar las grabaciones de sus terapias de regresión.

Paola respiró hondo antes de continuar.

—Padre Fowler, no se ofenda, pero después de leer las decenas de entrevistas entre Karoski, Conroy y usted, creo que está en un error. Y ese error nos ha hecho mirar en la dirección errónea.

Fowler se encogió de hombros.

—*Dottora*, no puedo ofenderme por eso. Como ya sabe, aunque tenga el título de psicología, sólo estaba en el Instituto de rebote, pues mi auténtica profesión es otra muy distinta. Usted es la experta criminóloga, y es una suerte poder contar con su opinión. Pero no comprendo adónde quiere ir a parar.

—Observe de nuevo el informe —dijo Paola, señalándolo—. Bajo el título «Incoherencia» he anotado cinco características que hacen imposible considerar a nuestro sujeto como un asesino en serie organizado. Con un libro de criminología en las manos, cualquier experto le diría que Karoski es un organizado anómalo, evolucionado a raíz de un trauma, en este caso el enfrentamiento con su pasado. ¿Está familiarizado con el término disonancia cognitiva?

—Es el estado de la mente en que los actos y las creencias íntimas del sujeto presentan fuertes discrepancias. Karoski sufría de disonancia cognitiva aguda: él creía ser un sacerdote ejemplar, mientras que sus ochenta y nueve víctimas clamaban que era un pederasta.

—Perfecto. Entonces, según usted, el sujeto, católico convencido, neurótico, impermeable a toda intrusión del exterior, ¿se convierte en pocos meses en un asesino múltiple, sin rastro de neurosis, frío y calculador, tras escuchar unas cintas en las que comprende cómo fue maltratado de niño?

—Visto desde esa perspectiva…, parece algo complicado —dijo Fowler, cohibido.

—Es imposible, padre. Ese acto irresponsable cometido por el doctor Conroy sin duda le causó daño, pero no pudo provocar en él un cambio tan desmesurado. El sacerdote fanático que se tapa los oídos, enfurecido cuando usted le lee en voz alta la lista de sus víctimas, no puede convertirse en un asesino organizado apenas unos meses después. Y recordemos que sus dos primeros crímenes rituales se producen en el propio Instituto: la mutilación de un sacerdote y el asesinato de otro.

—Pero *dottora*…, los asesinatos de los cardenales son obra de Karoski. Él mismo lo ha confesado, sus huellas están en tres de los escenarios.

—Por supuesto, padre Fowler. No discuto que Karoski haya cometido esos asesinatos. Es más que evidente. Lo que intento decirle es que el motivo de que los haya cometido no es el que creíamos. La característica más importante de su perfil, el hecho que le llevó al sacerdocio a pesar de su alma torturada, es lo que le ha condicionado para cometer estos actos tan terribles.

Fowler comprendió. Conmocionado, tuvo que sentarse en la cama de Paola para no caer al suelo.

—La obediencia.

—Exacto, padre. Karoski no es un asesino en serie. Es un sicario.

277

INSTITUTO SAINT MATTHEW
Silver Spring, Maryland

Agosto de 1999

En la celda de aislamiento no se oía ningún ruido. Por eso el susurro que le llamaba, apremiante, exigente, invadió los oídos de Karoski como una marea.
—Viktor.
Karoski bajó de la cama con paso apresurado, como un niño. Allí estaba él, de nuevo. Había venido una vez más para ayudarle, para guiarle, para iluminarle. Para darle un sentido y un propósito a su fuerza, a su necesidad. Ya estaba bien de soportar la injerencia cruel del doctor Conroy, que le examinaba como estudiaría una mariposa clavada en un alfiler bajo su microscopio. Estaba al otro lado de la puerta de acero, pero casi podía sentirle allí en la habitación, a su lado. A él podía respetarle, podía seguirle. Él podría comprenderle, orientarle. Habían hablado durante horas de lo que debía hacer. De cómo debía hacerlo. De cómo debía comportarse, de cómo debía responder al repetitivo y molesto interés de Conroy. Por las noches ensayaba su papel y esperaba su llegada. Sólo venía una vez cada semana, pero le esperaba con impaciencia, contando hacia atrás las horas, los minutos. Mientras ensayaba mentalmente, había afilado el cuchillo muy despacio, procurando no hacer ruido. Él se lo ordenó. Podría haberle dado un cuchillo afilado, incluso una pistola. Pero quería templar su valor y su fuerza. Y había hecho lo que le había pedido. Le había dado las pruebas de su devoción, de su lealtad. Primero había mutilado al sacerdote sodomita. Semanas después había matado al sacerdote pederasta. Debía seguir la mala hierba como él le pe-

día, y por fin recibiría el premio. El premio que deseaba más que nada en el mundo. Él se lo daría porque nadie más podía dárselo. Nadie más podía darle aquello.

—Viktor.

Él reclamaba su presencia. Cruzó la habitación con paso presuroso y se arrodilló junto a la puerta, escuchando la voz que le hablaba del futuro. De una misión, lejos de allí. En el corazón de la cristiandad.

Sábado, 9 de abril de 2005. 02:14

El silencio siguió a las palabras de Dicanti como una sombra oscura. Fowler se llevó las manos a la cara, entre el asombro y la desesperación.

—¿Cómo he podido estar tan ciego? Mata porque se le ha ordenado. Dios mío... Pero ¿y los mensajes, y el ritual?

—Si lo piensa detenidamente, no tiene ningún sentido, padre. El «*Ego te absolvo*», escrito primero en el suelo y luego en el pecho de las víctimas. Las manos lavadas, la lengua cortada... Todo ello era el equivalente siciliano de meter una moneda en la boca de la víctima.

—Es el ritual de la mafia para indicar que el muerto ha hablado demasiado, ¿verdad?

—Exacto. Al principio pensé que Karoski juzgaba a los cardenales culpables de algo, tal vez un crimen contra él mismo o contra su propia dignidad de sacerdotes. Pero las pistas dejadas en las bolas de papel no tenían ningún sentido. Ahora creo que eso fueron añadidos personales, sus propios retoques a un esquema dictado por alguien más.

—Pero ¿qué sentido tendría el matarles de esa forma, *dottora*? ¿Por qué no eliminarles sin más?

—Las mutilaciones no son más que un absurdo maquillaje al único hecho fundamental: alguien quería verles muertos. Observe el flexo, padre.

Paola señaló la lámpara sobre la mesa, que iluminaba el dossier de Karoski. Con la habitación a oscuras, todo lo que no cayera dentro del foco de luz quedaba a oscuras.

—Ya lo comprendo. Nos obligan a mirar lo que quieren que veamos. Pero ¿quién podría querer algo así?

—La pregunta básica para averiguar quién ha cometido un crimen es: ¿a quién beneficia? Un asesino en serie borra de un plumazo la necesidad de la pregunta porque él se beneficia a sí mismo. Su motivo es el cuerpo. Pero en este caso su motivo es una misión. Si quería descargar su odio y su frustración contra los cardenales, suponiendo que los tuviera, podría haberlo hecho en otro momento en que éstos estuvieran mucho más a la vista. Mucho menos protegidos. ¿Por qué ahora? ¿Qué hay ahora de diferente?

—Porque alguien quiere influir en el cónclave.

—Ahora pregúntese, padre, quién querría influir en el cónclave. Pero para eso es esencial saber a quién han matado.

—Esos cardenales eran figuras preeminentes de la Iglesia. Personas de calidad.

—Pero con un nexo común entre ellos. Y nuestra tarea es encontrarlo.

El sacerdote se levantó y dio varias vueltas a la habitación, con las manos a la espalda.

—*Dottora*, se me ocurre quién estaría dispuesto a eliminar a los cardenales, y aún más por este método. Hay una pista que no hemos seguido convenientemente. A Karoski le realizaron una reconstrucción facial completa, tal y como pudimos comprobar gracias al modelo de Angelo Biffi. Esa operación es muy cara y requiere de una convalecencia compleja. Bien realizada, y con las debidas garantías de discreción y anonimato, puede costar más de cien mil dólares, unos ochenta mil de sus euros. Ésa no es una cantidad de la que un sacerdote pobre como Karoski pudiera disponer fácilmente. Tampoco tuvo que serle fácil entrar en Italia, o la cobertura desde su llegada. Durante todo este tiempo han sido preguntas que he relegado a un segundo plano, pero de repente se vuelven cruciales.

—Y refuerzan la teoría de que en realidad una mano negra está detrás de los asesinatos de los cardenales.

—En efecto.

—Padre, yo no tengo el conocimiento que usted posee acerca de la Iglesia católica y el funcionamiento de la curia. ¿Cuál cree usted que es el común denominador que une a los tres purpurados muertos?

El sacerdote meditó unos momentos.

—Podría haber un nexo de unión. Uno que hubiera sido mucho más evidente si simplemente hubieran desaparecido o hubieran sido ejecutados. Todos ellos eran de ideología liberal. Eran parte de... ¿cómo decirlo? El ala izquierda del Espíritu Santo. Si me hubiera pedido los nombres de los cinco cardenales más partidarios del Concilio Vaticano II, estos tres hubieran figurado en ella.

—Explíquese, padre, por favor.

—Verá, con la llegada al papado de Juan XXIII, en 1958, se vio clara la necesidad de un cambio de rumbo en la Iglesia. Juan XXIII convocó el Concilio Vaticano II, un llamamiento a todos los obispos del mundo para que acudieran a Roma a debatir con el Papa el estado de la Iglesia en el mundo. Dos mil obispos respondieron a la llamada. Juan XXIII murió antes de que concluyera el Concilio, pero Pablo VI, su sucesor, finalizó su tarea. Por desgracia, las reformas aperturistas que contemplaba el Concilio no llegaron tan lejos como pretendía Juan XXIII.

—¿A qué se refiere?

—Se hicieron grandes cambios dentro de la Iglesia. Fue probablemente uno de los mayores hitos del siglo veinte. Usted ya no lo recuerda porque es muy joven, pero hasta finales de los sesenta una mujer no podía fumar ni llevar pantalones porque era pecado. Y eso son sólo ejemplos anecdóticos. Baste decir que el cambio fue grande, aunque no lo suficiente. Juan XXIII pretendía que la Iglesia abriera de par en par las puertas al aire vivificante del Espíritu Santo. Y sólo se entreabrieron un poco. Pablo VI se reveló como un papa bastante conservador. Juan Pablo I, su sucesor, apenas permaneció en el cargo un mes. Y Juan Pablo II fue un papa apostólico, fuerte y mediático, que hizo un gran bien a la humanidad, cierto; pero en su política de actualización de la Iglesia, fue un conservador extremo.

—¿Así que la gran reforma de la Iglesia aún está por realizarse?

—Hay mucho trabajo que hacer aún, en efecto. Cuando se publicaron los resultados del Vaticano II, los sectores católicos más conservadores casi se levantaron en armas. Y el Concilio aún tiene enemigos; gente que cree que quien no sea católico irá al infierno, que las mujeres no tienen derecho al voto, e ideas aún peores. Desde el clero se espera que este cónclave nos dé un papa fuerte e idealista, un papa que se atreva a acercar la Iglesia al mundo. Sin duda, el hombre idóneo para la tarea hubiera sido el cardenal Portini, un liberal convencido. Pero él jamás hubiera captado los votos del sector ultraconservador. Otro cantar hubiera sido Robayra, un hombre del pueblo, pero con una gran inteligencia. Cardoso estaba cortado por un patrón semejante. Ambos eran defensores de los pobres.

—Y ahora están muertos.

El semblante de Fowler se ensombreció.

—*Dottora*, lo que voy a narrarle ahora es un secreto absoluto. Estoy arriesgando mi vida y la suya y, créame, estoy asustado. Esta línea de razonamiento apunta en una dirección en la que no me gustaría mirar, y mucho menos caminar. —Hizo una breve pausa para tomar aliento—. ¿Sabe usted lo que es la Santa Alianza?

De nuevo, como en casa de Bastina, volvieron a la cabeza de la criminóloga las historias sobre espías y asesinatos. Siempre las había considerado cuentos de borracho, pero a aquella hora y con aquel extraño compañero, la posibilidad de que fueran reales adquiría una dimensión diferente.

—Dicen que es el servicio secreto del Vaticano. Una red de espías y agentes secretos que no vacilan en matar cuando llega la ocasión. Son cuentos de viejas para asustar a los polis novatos. Casi nadie se lo cree.

—*Dottora* Dicanti, puede usted creer en las historias sobre la Santa Alianza, porque existe. Existe desde hace cuatrocientos años, y es la mano izquierda del Vaticano para aquellos asuntos que ni el mismo Papa debe conocer.

—Me resulta muy difícil de creer.

—El lema de la Santa Alianza, *dottora*, es «La cruz y la espada».

Paola recordó a Dante en el hotel Raphael, apuntando con un arma a la periodista. Aquéllas habían sido exactamente sus palabras cuando le había pedido ayuda a Fowler, y entonces comprendió lo que quería decir el sacerdote.

—Oh, Dios mío. Entonces usted...

—Lo fui, hace mucho tiempo. Servía a dos banderas, la de mi país y la de mi religión. Después tuve que dejar uno de los dos trabajos.

—¿Qué sucedió?

—No puedo contárselo, *dottora*. No me pida que lo haga.

Paola no quiso insistir en el tema. Aquello formaba parte del lado oscuro del sacerdote, del dolor frío que le apretaba el alma con grapas de hielo. Sospechaba que había allí mucho más de lo que él le estaba contando.

—Ahora comprendo la animadversión de Dante hacia usted. Tiene que ver con ese pasado, ¿verdad, padre?

Fowler permaneció mudo. Paola debía tomar una decisión rápida porque ya no quedaba tiempo ni podía permitirse reparos. Dejó hablar a su corazón, que sabía enamorado del sacerdote; de todas y cada una de sus partes, de la seca calidez de sus manos y de las dolencias de su alma. Deseó poder absorberlas, librarle de ellas, de todas ellas, devolverle la risa franca de un niño. Sabía de lo imposible de su deseo: en aquel hombre había océanos de amargura, que arrancaban de mucho tiempo atrás. No era sólo el muro infranqueable que para él significaba el sacerdocio. Quien quisiera llegar a él tendría que vadear los océanos, y lo más probable es que se ahogara en ellos. En aquel momento comprendió que nunca estaría a su lado, pero también supo que aquel hombre se dejaría matar antes que permitir que ella sufriera daño.

—Está bien, padre, confiaré en usted. Continúe, por favor —dijo con un suspiro.

Fowler volvió a sentarse y desgranó una estremecedora historia.

—Existen desde 1566. En aquellos oscuros tiempos, Pío V estaba preocupado por el ascenso de los anglicanos y los herejes. Como cabeza de la Inquisición, era un hombre duro, taxativo y pragmático. Entonces el sentido del Estado Vaticano en sí mismo era mucho más territorial que ahora, aunque ahora goce de aún más poder. La Santa Alianza se creó reclutando a sacerdotes jóvenes y *uomos di fiducia*, laicos de confianza de probada fe católica. Su misión era defender al Vaticano como país y a la Iglesia en el sentido espiritual, y su número fue creciendo con el paso del tiempo. Llegaron a ser miles en el siglo diecinueve. Algunos eran meros informadores, fantasmas, durmientes… Otros, apenas medio centenar, eran la elite: la Mano de San Miguel. El grupo de agentes especiales que, repartidos por el mundo, podía ejecutar una orden precisa y rápidamente. Inyectar dinero en un grupo revolucionario a conveniencia, traficar con influencias, conseguir datos cruciales capaces de cambiar el curso de las guerras. Silenciar, engañar y, en último caso, matar. Todos los miembros de la Mano de San Miguel estaban entrenados en armamento y tácticas. Antiguamente, en control de poblaciones, códigos, disfraces y lucha cuerpo a cuerpo. Una Mano era capaz de partir una uva en dos con un cuchillo lanzado desde quince pasos de distancia y hablar perfectamente cuatro idiomas. Podían decapitar a una vaca, arrojar su cadáver corrupto a un pozo de agua limpia y cargar la culpa a un grupo rival con una maestría absoluta. Se les entrenaba durante años en un monasterio de una isla del Mediterráneo, cuyo nombre no revelaré. Con la llegada del siglo veinte, el entrenamiento evolucionó, pero la Mano de San Miguel fue cortada casi de cuajo en la segunda guerra mundial. Fue una época teñida de sangre, en la que muchos cayeron. Algunos defendieron causas muy nobles, y otros, por desgracia, otras no tan buenas.

285

Fowler hizo una pausa para beber un sorbo de café. Las sombras de la habitación se habían vuelto más oscuras y tenebrosas, y Paola sintió miedo físico. Se sentó al revés en la silla y se abrazó al respaldo, mientras el sacerdote continuaba.

—En 1958, Juan XXIII, el mismo Papa del Vaticano II, decidió que la hora de la Santa Alianza había pasado. Que sus servicios no eran necesarios. Y, en plena Guerra Fría, desmanteló las redes de conexión con los informantes y prohibió tajantemente a los miembros de la Santa Alianza que llevaran a cabo ninguna acción sin su aprobación previa. Y durante cuatro años, así fue. Sólo quedaban doce Manos, de los cincuenta y dos que eran en 1939, y algunos eran muy mayores. Se les ordenó volver a Roma. El lugar secreto donde se entrenaban ardió misteriosamente en 1960. Y la Cabeza de San Miguel, el líder de la Santa Alianza, murió en un accidente de coche.

—¿Quién era?

—No puedo decírselo, pero no porque no quiera, sino porque no lo sé. La identidad de la Cabeza es siempre un misterio. Puede ser cualquiera: un obispo, un cardenal, un *uomo di fiducia* o un simple sacerdote. Tiene que ser varón, mayor de cuarenta y cinco años. Eso es todo. Desde 1566 hasta el día de hoy sólo ha trascendido el nombre de una Cabeza: el cura Sogredo, un italiano de origen español que luchó con denuedo contra Napoleón. Y esto, sólo en círculos muy reducidos.

—No es de extrañar que el Vaticano no reconozca la existencia de un servicio de espionaje si emplean esos métodos.

—Ése fue uno de los motivos que impulsó a Juan XXIII a acabar con la Santa Alianza. Dijo que matar no es justo, ni siquiera en nombre de Dios, y estoy de acuerdo con él. Sé que algunas de las actuaciones de la Mano de San Miguel se lo pusieron muy duro a los nazis. Un puñado de ellos salvó cientos de miles de vidas. Pero hubo un grupo, muy reducido, que vio interrumpido su contacto con el Vaticano y cometió errores atroces. No hablaré de eso aquí, y menos en esta hora oscura.

Fowler agitó una mano, como queriendo disipar los fantasmas. En alguien como él, cuya economía de movimientos era casi sobrenatural, un gesto así sólo podía indicar un tremendo nerviosismo. Paola se dio cuenta de que estaba deseando acabar la historia.

—No tiene por qué decir nada, padre. Sólo lo que considere necesario que yo sepa.

Él se lo agradeció con una sonrisa y continuó.

—Pero aquello, como supongo que se imaginará, no fue el fin de la Santa Alianza. La llegada de Pablo VI al trono de Pedro en 1963 se vio rodeada de la situación internacional más aterradora de todos los tiempos. Apenas un año antes, el mundo había estado a escasos centímetros de una guerra atómica.* Apenas unos meses después, Kennedy, el primer presidente ca-

---

* El padre Fowler debe de referirse, sin duda, a la crisis de los misiles. En 1962, el primer ministro soviético, Jruschev, envió a Cuba varios barcos cargados con cabezas nucleares, que una vez instalados en el país caribeño podrían alcanzar objetivos en Estados Unidos. Kennedy impuso un bloqueo a la isla y prometió hundir los cargueros si no volvían de vuelta a la URSS. A media milla de los destructores norteamericanos, Jruschev mandó regresar a sus barcos. Durante cinco días el mundo había contenido el aliento.

tólico norteamericano, caía abatido a tiros. Cuando Pablo VI lo supo, reclamó que se levantase de nuevo la Santa Alianza. Las redes de espías, aunque mermadas por el paso del tiempo, se recuperaron. Lo complejo era volver a constituir la Mano de San Miguel. De las doce Manos que habían sido llamadas a Roma en 1958, siete eran recuperables para el servicio en 1963. A una de ellas se le encargó reconstruir la base para formar de nuevo a los agentes de campo. La tarea le llevó casi quince años, pero logró formar un grupo de treinta agentes. Algunos habían sido escogidos desde cero, y a otros se les encontró en otros servicios secretos.

—Como usted: un agente doble.

—En realidad, mi caso se denomina agente potencial. Es aquel que trabaja normalmente para dos organizaciones aliadas, pero en la que la principal desconoce que la secundaria añade o modifica directrices a su tarea en cada misión. Yo acepté emplear mis conocimientos para salvar vidas, no para acabar con otras. Casi todas las misiones que me encomendaron fueron de recuperación: para salvar a sacerdotes comprometidos en lugares complicados.

—Casi todas.

Fowler inclinó el rostro.

—Tuvimos una misión compleja en la que las cosas se torcieron. Aquel día dejé de ser una Mano. No me pusieron las cosas fáciles, pero aquí estoy. Creí que sería psicólogo el resto de mi vida, y mire adónde me ha traído uno de mis pacientes.

—Dante es una de las Manos, ¿verdad, Padre?

—Años después de mi marcha, hubo una crisis. Ahora vuelven a ser pocos, por lo que he oído. Todos están ocupados lejos, en misiones de las que no se les podrá extraer con facilidad. El único que había disponible era él, y es un hombre con muy pocos escrúpulos. En realidad, idóneo para el trabajo, si mis sospechas son ciertas.

—Entonces, ¿Cirin es la Cabeza?

Fowler miró al frente, impasible. Al cabo de un minuto Paola decidió que no le iba a contestar, así que lo intentó con otra pregunta.

—Padre, dígame por qué la Santa Alianza querría hacer un montaje como éste.

287

—El mundo está cambiando, *dottora*. Las ideas democráticas se hacen hueco en muchos corazones, incluso en las de los correosos miembros de la curia. La Santa Alianza necesita de un papa que la apoye firmemente, o desaparecerá. Pero la Santa Alianza es una idea preconciliar. Lo que los tres cardenales tenían en común es que eran liberales convencidos; todo lo liberal que puede ser un cardenal, al fin y al cabo. Cualquiera de ellos hubiera podido desmontar de nuevo el servicio secreto, tal vez para siempre.

—Eliminándolos desaparece la amenaza.

—Y de paso se incrementa la necesidad de la seguridad. Si los cardenales desapareciesen sin más, habría muchas preguntas. Tampoco podrían hacer que parecieran accidentes: el papado es paranoico por naturaleza. Pero si usted está en lo cierto...

—Un disfraz para el asesinato. Dios, estoy asqueada. Me alegro de haberme alejado de la Iglesia.

Fowler se acercó a ella y se acuclilló junto a la silla, tomándola por ambas manos.

—*Dottora*, no se equivoque. Detrás de esta Iglesia, hecha de sangre y barro que ve ante usted, hay otra Iglesia, infinita e invisible, cuyos estandartes se alzan fuertes hacia el cielo. Esa Iglesia vive en las almas de los millones de fieles que aman a Cristo y su mensaje. Resurgirá de sus cenizas, llenará el mundo, y las puertas del infierno no prevalecerán contra ella.

Paola le miró de frente.

—¿De verdad cree eso, padre?

—Lo creo, Paola.

Ambos se pusieron de pie. Él la besó, tierno y firme, y ella le aceptó como era, con todas sus cicatrices. La angustia de ella se diluyó en el dolor de él, y durante unas horas descubrieron juntos la felicidad.

Sábado, 9 de abril de 2005. 08:41

Esta vez fue Fowler quien despertó con el olor del café recién hecho.

—Aquí tiene, padre.

Él la miró, extrañado de que volviera a tratarle de usted. Ella le respondió con una mirada firme, y él comprendió. La esperanza había cedido ante la luz de la mañana, que ya llenaba la habitación. No dijo nada, porque ella nada esperaba, ni él nada podía ofrecer salvo dolor. Se sintió, sin embargo, reconfortado por la certeza de que ambos habían aprendido de la experiencia, habían obtenido fuerza en las debilidades del otro. Sería fácil pensar que la determinación de Fowler en su vocación flaqueó aquella mañana. Sería fácil, pero sería erróneo. Al contrario, él le agradeció que acallara sus demonios, al menos por un tiempo.

Ella se alegró de que él comprendiera. Se sentó al borde de la cama, y sonrió. Y no fue una sonrisa triste, porque ella había derribado una barrera de desesperación aquella noche. Aquella mañana, fresca, no traía certidumbre, pero al menos disipaba la confusión. Sería fácil pensar que ella le alejaba para no sentir de nuevo dolor. Sería fácil, pero sería erróneo. Al contrario, ella le entendía y sabía que aquel hombre se debía a su promesa y a su propia cruzada.

—*Dottora*, he de decirle algo, y no será fácil de asumir.

—Usted dirá, padre —dijo ella.

—Si alguna vez deja su carrera de psiquiatra criminóloga,

289

por favor, no monte una cafetería —dijo él, haciendo una mueca hacia el café de ella.

Ambos rieron, y por un momento todo fue perfecto.

Media hora después, ambos duchados y frescos, debatían los pormenores del caso. El sacerdote, de pie junto a la ventana de la habitación de Paola. La criminóloga, sentada en el escritorio.

—¿Sabe, padre? A la luz del día, la teoría de que Karoski pueda ser un asesino dirigido por la Santa Alianza se vuelve irreal.

—Es posible. Sin embargo, a la luz del día, sus mutilaciones siguen siendo muy reales. Y si tenemos razón, los únicos capaces de detenerle seremos usted y yo.

Sólo con aquellas palabras, la mañana perdió brillo. Paola sintió tensarse su alma como una cuerda. Ahora era más consciente que nunca de que atrapar al monstruo era su responsabilidad. Por Pontiero, por Fowler y por ella misma. Y cuando lo tuviera en las manos, quería preguntarle si alguien sostenía su correa. De ser así, no pensaba contenerse.

—La *Vigilanza* está comprometida, eso lo comprendo. Pero ¿y la guardia suiza?

—Hermosos uniformes, pero muy poca utilidad real. Probablemente ni siquiera sabrán que han muerto ya tres cardenales. Yo no contaría con ellos: son simples gendarmes.

Paola se rascó la nuca, preocupada.

—¿Qué haremos ahora, padre?

—No lo sé. No tenemos una pista de dónde puede atacar Karoski, y desde ayer matar se le ha puesto más fácil.

—¿A qué se refiere?

—Los cardenales han comenzado con las misas de novendiales. Es un novenario por el alma del difunto Papa.

—No me estará diciendo…

—Exactamente. Las misas serán por toda Roma. San Juan de Letrán, Santa María la Mayor, San Pedro, San Pablo Extramuros… Los cardenales dicen misa de dos en dos, en las cincuenta iglesias más importantes de Roma. Es la tradición, y no creo que la cambien por nada del mundo. Si la Santa Alianza está comprometida en esto, sería una ocasión idónea para un

290

asesinato. El asunto aún no ha trascendido, así que igualmente los cardenales se rebelarían si Cirin intentase impedirles rezar el novenario. No, las misas tendrán lugar, pase lo que pase. Maldita sea, si incluso podría haber muerto ya otro cardenal y nosotros no lo sabríamos.

—Joder, necesito un cigarrillo.

Paola buscó por la mesa el paquete de Pontiero, se palpó el traje. Llevó la mano al bolsillo interior de la chaqueta y encontró un cartoncito pequeño y duro.

«¿Qué es esto?»

Era una estampa de la Virgen del Carmen. La que le había dado el hermano Francesco Toma al despedirse de ella en Santa Maria in Traspontina. El falso carmelita, el asesino Karoski. Llevaba el mismo traje negro que se había puesto aquella mañana de martes, y la estampa aún seguía allí.

—¿Cómo he podido olvidarme de esto? Es una prueba.

Fowler se acercó, intrigado.

—Una estampa de la Virgen del Carmen. Lleva algo escrito por detrás.

El sacerdote leyó en voz alta, en inglés:

If your very own brother, or your son or daughter, or the wife you love, or your closest friend secretly entices you, do not yield to him or listen to him. Show him no pity. Do not spare him or shield him. You must certainly put him to death. Then all Israel will hear and be afraid, and no one among you will do such an evil thing again.

Paola tradujo, lívida de furia y rabia:

—«Si tu hermano, hijo de tu padre o hijo de tu madre, tu hijo o tu hija, la esposa que reposa en tu seno o el amigo que es tu otro yo, trata de seducirte en secreto, no le perdonarás ni le encubrirás, sino que le matarás; y todo Israel, cuando lo sepa, tendrá miedo y dejará de cometer este mal en medio de ti.»

—Creo que es del Deuteronomio. Capítulo 13, versículos 7 al 12.

—¡Mierda! —escupió la criminóloga—. ¡Estuvo en mi bolsillo todo el tiempo! Joder, debía haberme dado cuenta de que estaba escrita en inglés.

—No se torture, *dottora*. Un fraile le dio una estampa. Considerando su falta de fe, no es de extrañar que no le dedicara ni un segundo vistazo.

—Tal vez, pero después supimos quién era ese fraile. Debí acordarme de que me había dado algo. Estaba más preocupada intentando recordar lo poco que vi de su cara en aquella oscuridad. Si hasta…

«Intentó predicarte la palabra, ¿recuerdas?»

Paola se detuvo. El sacerdote se volvió, con la estampa en la mano.

—Mire, *dottora*, es una estampa normal. Sobre la parte de atrás pegó un papel adhesivo imprimible…

«Santa María del Carmen.»

—… con mucha habilidad para poder colocar este texto. El Deuteronomio es…

«Llévela siempre con usted.»

—… una fuente de lo más inusual en una estampa, ¿sabe? Creo que…

«Le indicará el camino en estos tiempos oscuros.»

—… si tiro un poco de la esquina, podré despegarlo…

Paola le agarró del brazo; la voz se convirtió en un agudo chillido:

—¡NO LA TOQUE!

Fowler parpadeó, sobresaltado. No movió un músculo. La criminóloga le quitó la estampa de la mano.

—Siento haberle gritado, padre —le dijo Dicanti, intentando calmarse—. Acabo de recordar que Karoski me dijo que la estampa me mostraría el camino en estos tiempos oscuros. Y creo que hay un mensaje en ella, concebido para burlarse de nosotros.

—Quizás. O podría ser sólo una maniobra más para despistarnos.

—La única certeza en este caso es que estamos muy lejos de contar con todas las piezas del puzle. Espero que podamos encontrar algo aquí.

Le dio la vuelta a la estampa, la miró al trasluz, olió el cartón. Nada.

—El pasaje de la Biblia podría ser el mensaje. Pero ¿qué quiere decir?

—No lo sé, pero creo que hay algo más. Algo que no se ve a simple vista. Y creo que tengo por aquí una herramienta especial para estos casos.

La criminóloga trasteó en un armario cercano. Al final, del fondo extrajo una caja cubierta de polvo. La depositó con cuidado encima del escritorio.

—No utilizaba esto desde mis tiempos en el Instituto. Fue un regalo de mi padre.

Abrió la caja despacio, con gesto reverente. Aún permanecía fija en su memoria la advertencia sobre aquel artilugio, sobre lo caro que era y lo mucho que debía cuidarlo. Lo sacó y lo depositó sobre la mesa. Era un microscopio corriente. Paola había trabajado en la universidad con equipos mil veces más caros, pero no había tratado ninguno con el respeto con el que había tratado éste. Le alegró conservar aquel sentimiento: era un hermoso vínculo con su padre, una rareza en ella, que vivía día a día lamentando el día en que le perdió. Se preguntó, fugazmente, si no debería atesorar los recuerdos brillantes en vez de aferrarse a la idea de que se lo habían arrebatado demasiado pronto.

293

—Acérqueme la estampa, padre —dijo sentándose frente al microscopio.

El papel de estraza y el plástico habían protegido el aparato del polvo. Colocó la estampa bajo la lente y enfocó. Con la mano izquierda deslizó el cartón coloreado, estudiando despacio la imagen de la Virgen. No encontró nada. Le dio la vuelta a la estampa para poder estudiar el reverso.

—Un momento… Aquí hay algo.

Paola le cedió el visor al sacerdote. Ampliadas quince veces, las letras de la estampa eran grandes barras negras. Sobre una de ellas, sin embargo, había un minúsculo círculo blanquecino.

—Parece una perforación.

La inspectora volvió a adueñarse del microscopio.

—Juraría que ha sido realizada con un alfiler. Desde luego, se ha hecho adrede. Es demasiado perfecta.

—¿En qué letra aparece la primera marca?

—En la F de *If*.

—*Dottora*, por favor, compruebe si hay más perforaciones en otras letras.

Paola barrió la primera línea del texto.

—Aquí hay otra.

—Siga, siga.

Al cabo de ocho minutos, la criminóloga consiguió localizar un total de once letras perforadas.

I**F** you**R** very own brother, or your son or d**A**ughter, or the wife you love, or your closest frie**N**d secretly enti**C**es you, do not yield to h**I**m or listen to him. **S**how him no pity. Do not spare him or shield him. You mu**S**t certainly put **H**im to death. Then **A**ll Israel **W**ill hear and be afraid, and no one among you will do such an evil thing again.

Cuando comprobó que no había más caracteres con perforaciones, la criminóloga escribió por orden las que sí lo llevaban. Al leer lo que ponía, ambos se estremecieron, y Paola recordó.

Si tu hermano trata de seducirte en secreto,

Recordó los informes de los psiquiatras.

No le perdonarás ni le encubrirás,

Las cartas a familiares de víctimas de la depredación sexual de Karoski.

Sino que le matarás.

Recordó el nombre que figuraba en ellas.

Francis Shaw.

(TELETIPO DE REUTERS, 10 DE ABRIL DE 2005. 08:12 GMT)

EL CARDENAL SHAW OFICIA HOY LA MISA
DE NOVENDIALES EN SAN PEDRO

ROMA (Associated Press) — El cardenal Francis Shaw oficiará hoy a las doce del mediodía la misa de novendiales en la basílica de San Pedro. El purpurado norteamericano gozará hoy del honor de dirigir la ceremonia en este segundo día del novenario por el alma de Juan Pablo II.

Determinados grupos en Estados Unidos no han visto con buenos ojos la participación de Shaw en la ceremonia. Concretamente, la asociación SNAP (Surviving Network of Abuse by Priests) ha enviado a Roma a dos de sus miembros para protestar formalmente por el hecho de que se le permita a Shaw oficiar en la principal iglesia de la Cristiandad. «Sólo somos dos personas, pero haremos una protesta formal, pacífica y ordenada ante las cámaras», avisó Barbara Payne, la presidenta de SNAP.

Dicha organización es la principal asociación de víctimas de abuso sexual por parte de sacerdotes católicos, y tiene más de cuatro mil quinientos miembros. Su principal actividad es la formación y el apoyo a las víctimas, así como realizar terapias de grupo para afrontar los hechos. Muchos de sus miembros se acercan por primera vez a SNAP en la edad adulta, tras años de avergonzado silencio.

El cardenal Shaw, actualmente prefecto de la Congregación para el Clero, se vio involucrado en el escándalo de abusos sexuales por parte de sacerdotes que estalló en Estados Unidos a finales de los noventa. Shaw, cardenal de la archidiócesis de Boston, era la figura más importante de la Iglesia católica en Estados Unidos, y según muchos, el más firme candidato a suceder a Karol Wojtyla.

Su carrera sufrió un duro revés tras descubrirse que durante años ocultó a la opinión pública más de trescientos casos de abusos sexuales en su jurisdicción. Con frecuencia trasladó a sacerdotes acusados de delitos de esta índole de una parroquia a otra, confiando en que así se evitaría el escándalo. En casi todas las ocasiones se limitó a recomendar «un cambio de aires» a los imputados. Tan sólo cuando los casos eran muy graves ponía a los sacerdotes en manos de algún centro especializado para que recibieran tratamiento.

Cuando comenzaron a llegar las primeras denuncias serias, Shaw pactó con las familias de las víctimas acuerdos económicos para lograr su silencio. Finalmente los escándalos acabaron saliendo a la luz en todo el país, y «altas instancias vaticanas» obligaron a dimitir a Shaw. Se trasladó a Roma, donde se le nombró prefecto para la Congregación del Clero, un cargo de cierta importancia, pero que a todas luces parecía el colofón de su carrera.

Hay algunos, no obstante, que siguen considerando a Shaw un santo que defendió a la Iglesia con todas sus fuerzas. «Ha sufrido persecución y calumnias por defender la fe», afirma su secretario personal, el padre Miller. Pero en la eterna quiniela de los medios de comunicación acerca de quién será el próximo Papa, Shaw tiene pocas posibilidades. La curia romana es un colectivo por lo general cauto, poco amigo de extravagancias. Aunque Shaw cuenta con apoyos, podemos descartar que consiga muchos votos si no sucede un milagro.

04/10/2005/08:12 (AP)

SACRISTÍA DEL VATICANO

Domingo, 10 de abril de 2005. 11:08

*L*os sacerdotes que concelebrarían con el cardenal Shaw se revestían en una sacristía auxiliar cercana a la entrada de San Pedro, donde aguardarían junto con los monaguillos al celebrante cinco minutos antes de comenzar la ceremonia.

Hasta ese momento, el museo estaba desierto salvo por las dos monjas que ayudaban a Shaw y al otro concelebrante, el cardenal Pauljic y el guardia suizo que les custodiaban en la misma puerta de la sacristía.

Karoski notó el reconfortante bulto del cuchillo y la pistola ocultos entre sus ropas. Calculó mentalmente sus posibilidades.

Por fin iba a ganar su premio.

Casi era el momento.

Plaza de San Pedro

Domingo, 10 de abril de 2005. 11:16

—*P*or la puerta de Santa Ana es imposible acceder, padre. También está fuertemente vigilada, y no están dejando entrar a nadie. Sólo a aquellos que tienen la autorización del Vaticano.

Ambos habían recorrido desde cierta distancia los accesos al Vaticano, inspeccionándolos. Por separado, para ser más discretos. Quedaban menos de cincuenta minutos para el inicio de la misa de novendiales en San Pedro.

Tan sólo treinta minutos atrás, la revelación del nombre de Francis Shaw en la estampa de la Virgen del Carmen había dado paso a una frenética búsqueda por internet. Las agencias de noticias indicaban el lugar y la hora donde estaría Shaw, a la vista de todo aquel que quisiera leerlo.

Y allí estaban, en la plaza de San Pedro.

—Tendremos que entrar por la puerta principal de la basílica.

—No. La seguridad ha sido reforzada en todos los puntos menos en ése, que está abierto al público, así que justamente por ahí es por donde nos esperan. Y aunque consiguiéramos entrar, no podríamos acercarnos al altar. Shaw y el que concelebre con él partirán desde la sacristía de San Pedro. Desde allí el camino es franco hasta la basílica. No usarán el altar de Pedro, que está sólo reservado al Papa. Utilizarán uno de los altares secundarios, y aun así habrá unas ochocientas personas en la ceremonia.

—¿Se atreverá Karoski a actuar delante de tanta gente?

—*Dottora*, nuestro problema es que no sabemos quién representa qué papel en este drama. Si la Santa Alianza quiere ver muerto a Shaw, no nos dejarán impedir que celebre la misa. Si lo que quieren es cazar a Karoski, tampoco nos permitirán que avisemos al cardenal, porque resulta un cebo excelente. Estoy convencido de que, ocurra lo que ocurra, éste es el último acto de la comedia.

—Pues a este paso no habrá papel para nosotros en él. Son ya las once y cuarto.

—No. Entraremos en el Vaticano, rodearemos a los agentes de Cirin y llegaremos a la sacristía. Hay que impedir que Shaw celebre su misa.

—¿Cómo, padre?

—Utilizaremos un camino que Cirin jamás sería capaz de imaginar.

Cuatro minutos después llamaban al timbre de la puerta de un sobrio edificio de cinco plantas. Paola le dio la razón a Fowler. Cirin no se imaginaría ni en un millón de años que Fowler llamaría por propia voluntad a la puerta del palacio del Santo Oficio.

Una de las entradas al Vaticano se encuentra entre el palacio y la columnata de Bernini. Consiste en una valla negra y una garita. Normalmente está custodiada por dos guardias suizos. Aquel domingo eran cinco, a los que se añadía un policía de paisano. Este último llevaba una carpeta en la mano, y en su interior (aunque esto no lo sabían ni Fowler ni Paola) estaban sus fotografías. Aquel hombre, miembro del *Corpo di Vigilanza*, vio pasar por la acera de enfrente a una pareja que parecía concordar con la descripción. Sólo les vio un momento, ya que desaparecieron de su vista, y no estaba muy seguro de que fueran ellos. No estaba autorizado a abandonar su puesto, así que no intentó seguirles para comprobarlo. Las órdenes eran informar si aquellos individuos intentaban entrar en el Vaticano y retenerles durante un rato, por la fuerza si era preciso. Pero parecía evidente que aquellas personas eran importantes. Presionó el botón de llamada del *walkie-talkie* y comunicó lo que había visto.

Casi en la esquina con Porta Cavalleggeri, a menos de veinte metros de aquella entrada donde el policía recibía instrucciones por su *walkie*, se encontraba la puerta del palacio. Una puerta cerrada, pero con un timbre. Fowler dejó el dedo pegado allí hasta que se oyó ruido de descorrer cerrojos al otro lado. El rostro de un sacerdote maduro asomó por una rendija.

—¿Qué deseaban? —dijo con malos modos.

—Venimos a ver al obispo Hanër.

—¿De parte de quién?

—Del padre Fowler.

—No me suena.

—Soy un viejo conocido.

—El obispo Hanër está descansando. Hoy es domingo y el Palazzo está cerrado. Buenos días —dijo haciendo gestos cansinos con la mano, como el que ahuyenta moscas.

—Por favor, dígame en qué hospital o cementerio se encuentra el obispo, padre.

El cura le miró, sorprendido.

—¿Cómo dice?

—El obispo Hanër me dijo que no descansaría hasta hacerme pagar por mis muchos pecados, así que debe de estar enfermo o muerto. No me cabe otra explicación.

La mirada del cura cambió un poco, del hostil desinterés a la ligera irritación.

—Parece que sí conoce al obispo Hanër. Esperen aquí fuera —dijo cerrando de nuevo la puerta en sus narices.

—¿Cómo sabía que ese Hanër estaría aquí? —preguntó Paola.

—El obispo Hanër no ha descansado un domingo en su vida, *dottora*. Hubiera sido una triste casualidad que lo hiciera hoy.

—¿Es amigo suyo?

Fowler carraspeó.

—Bueno, en realidad es la persona que más me odia del mundo. Gonthas Hanër es el delegado de funcionamiento de la curia. Es un viejo jesuita alemán empeñado en acabar con los desmanes en política exterior de la Santa Alianza. Una eclesiástica versión de sus Asuntos Internos. Fue la persona que instruyó la causa contra mí. Me aborrece porque no dije ni una sola palabra acerca de las misiones que me fueron encomendadas.

—¿Qué tal se tomó su absolución?

—Bastante mal. Me dijo que tenía un anatema con mi nombre en él, y que antes o después se lo firmará un papa.

—¿Qué es un anatema?

—Un decreto de excomunión solemne. Hanër sabe que es lo que más temo en este mundo: que la Iglesia por la que he luchado me impida ir al cielo cuando muera.

La criminóloga le miró con preocupación.

—Padre, ¿se puede saber qué hacemos aquí?

—He venido a confesarlo todo.

301

SACRISTÍA DEL VATICANO

Domingo, 10 de abril de 2005. 11:31

*E*l guardia suizo se derrumbó como un guiñapo mudo, sin más sonido que el que produjo su alabarda al rebotar contra el suelo de mármol. El corte en la garganta le había seccionado la tráquea por completo.

Una de las monjas salió de la sacristía atraída por el ruido. No tuvo tiempo de gritar. Karoski le golpeó brutalmente en la cara. La religiosa cayó al suelo de bruces, completamente aturdida. El asesino se tomó su tiempo para hurgar con el pie derecho bajo la toca negra de la hermana oblata. Buscaba la nuca. Eligió el punto exacto y descargó todo su peso sobre la planta del pie. El cuello se partió en seco.

La otra monja asomó la cabeza por la puerta de la sacristía, con aire confiado. Necesitaba de la ayuda de su compañera.

Karoski le hundió el cuchillo en el ojo derecho. Cuando tiró de ella para depositarla en el corto pasillo que daba acceso a la sacristía, ya arrastraba un cadáver.

Miró los tres cuerpos. Miró la puerta de la sacristía. Miró el reloj.

Aún disponía de cinco minutos para firmar sus obras.

Exterior del palacio del Santo Oficio

Domingo, 10 de abril de 2005. 11:31

*P*aola se quedó con la boca abierta ante las palabras de Fowler, pero no tuvo tiempo de replicar nada, ya que la puerta se abrió de golpe. En vez del maduro sacerdote que les había atendido antes, apareció un enjuto obispo, de pelo y barba rubios, pulcramente recortados. Aparentaba unos cincuenta años. Habló a Fowler con acento alemán cargado de desprecio y de erres repetidas.

—Vaya, así que después de todos estos años aparece usted así, en mi puerta. ¿A qué debo el inesperado honor?

—Obispo Hanër, he venido a pedirle un favor.

—Me temo, padre Fowler, que no está usted en condiciones de pedirme nada. Hace doce años yo le pedí algo a usted, y guardó silencio durante días. ¡Días! La comisión le consideró inocente, pero yo no. Ahora, váyase.

Su índice extendido señalaba la Porta Cavalleggeri. Paola pensó que el dedo estaba tan firme y recto que Häner podría haber ahorcado a Fowler en él.

El sacerdote le ayudó anudando él mismo su propia soga.

—Aún no ha escuchado lo que tengo que ofrecer a cambio.

El obispo se cruzó de brazos.

—Hable, Fowler.

—Es posible que antes de media hora se produzca un asesinato en la basílica de San Pedro. La *ispettora* Dicanti, aquí presente, y yo mismo hemos venido a impedirlo. Por desgracia, no podemos acceder al Vaticano. Camilo Cirin nos ha prohibido la entrada. Le pido permiso para cruzar el Palazzo hasta el aparcamiento para poder entrar en la Città sin ser vistos.

—¿Y a cambio?

—Responderé a todas sus preguntas sobre El Aguacate. Mañana.

Häner se volvió a Paola.

—Muéstreme su identificación.

Paola no llevaba encima su placa de la *Polizia*. Boi se la había quitado. Por suerte, sí llevaba la tarjeta magnética de acceso a la UACV. La sostuvo con firmeza ante el obispo, esperando que bastase para que les creyera.

El obispo tomó la tarjeta de manos de la criminóloga. Estudió su cara y la foto en la tarjeta, el distintivo de la UACV e incluso la banda magnética de la identificación.

—Vaya, así que es verdad. Creía, Fowler, que a sus muchos pecados había añadido usted el de la concupiscencia.

Aquí Paola apartó la mirada para evitar que Häner viera la sonrisa que afloraba a sus labios. Fue un alivio que Fowler sostuviera muy serio la del obispo. Éste chasqueó la lengua en un gesto de disgusto.

—Fowler, allá donde va le rodea la sangre y la muerte. Mis convicciones son muy firmes con respecto a usted. No deseo permitirle la entrada.

El sacerdote iba a replicar a Hanër, pero éste le calló con un gesto.

—No obstante, padre, sé que es usted un hombre de honor. Accedo a su trato. Hoy entrarán al Vaticano, pero mañana acudirá a mí y me contará la verdad.

Dicho esto, se hizo a un lado. Fowler y Paola entraron. El recibidor era elegante, pintado en color crema y sin molduras ni elementos recargados. Todo el edificio estaba silencioso, como correspondía al domingo. Paola sospechaba que el único que permanecía allí era aquella figura tensa y delgada como un florete. Aquel hombre se veía a sí mismo como la justicia de Dios. Le dio miedo sólo de pensar lo que podría haber hecho una mente tan obsesionada cuatrocientos años atrás.

—Le veré mañana, padre Fowler. Así tendré el placer de enseñarle un documento que guardo para usted.

El sacerdote condujo a Paola por el pasillo de la planta baja del Palazzo sin mirar una sola vez atrás, tal vez asustado de comprobar que Hanër aún seguía ahí, junto a la puerta, esperando su regreso del día siguiente.

—Es curioso, padre. Normalmente la gente sale de la iglesia por el Santo Oficio, no entra a través de él —dijo Paola

Fowler hizo una mueca entre triste e irónica.

—Espero que al capturar a Karoski no esté ayudando a salvar la vida de una posible víctima que, eventualmente, firme mi excomunión como recompensa.

Llegaron a una puerta de emergencia. Una ventana cercana mostraba una vista del aparcamiento. Fowler presionó la barra central de la puerta y asomó discretamente la cabeza. Los guardias suizos, a treinta metros de distancia, seguían con la vista fija en la calle. Cerró la puerta de nuevo.

—Démonos prisa. Hemos de hablar con Shaw y explicarle la situación antes de que Karoski acabe con él.

—Indíqueme el camino.

—Saldremos al aparcamiento y continuaremos andando lo más cerca posible del muro del edificio, en fila india. Enseguida llegaremos a la sala de audiencias. Continuaremos pegados al muro hasta llegar a la esquina. Tendremos que cruzar rápido, en diagonal y con la cabeza vuelta hacia nuestra derecha, porque no sabemos si habrá alguien vigilando en aquella zona. Yo iré primero, ¿de acuerdo?

Paola asintió y se pusieron en marcha, caminando deprisa. Consiguieron alcanzar la sacristía de San Pedro sin incidentes. Era un edificio imponente, anejo a la basílica de San Pedro. Durante todo el año estaba abierto a los turistas y peregrinos, ya que en su parte pública era un museo que contenía algunos de los más bellos tesoros de la cristiandad.

El sacerdote apoyó la mano en la puerta.

Estaba entreabierta.

305

Domingo, 10 de abril de 2005. 11:42

—*M*ala señal, *dottora* —susurró Fowler.

La inspectora se llevó la mano a la cintura y sacó un revólver del 38.

—Entremos.

—Creía que Boi le había quitado la pistola.

—Me quitó mi automática, que es el arma de reglamento. Este juguete es sólo por si acaso.

Ambos cruzaron el umbral. La zona del museo estaba desierta; las vitrinas, apagadas. El mármol que recubría suelos y paredes devolvía la escasa luz que entraba por las escasas ventanas. A pesar de ser mediodía, las salas estaban casi a oscuras. Fowler guiaba a Paola en silencio, maldiciendo interiormente el crujido de sus zapatos. Pasaron de largo cuatro de las salas del museo. En la sexta, Fowler se detuvo bruscamente. A menos de medio metro, parcialmente oculto por la pared que formaba el corredor por donde iban a torcer, yacía algo tremendamente inusual: una mano enguantada en blanco y un brazo cubierto por una tela de vivos colores amarillo, azul y rojo.

Al doblar la esquina, comprobaron que el brazo estaba unido a un guardia suizo. Aún agarraba la alabarda con la mano izquierda, y lo que fueron sus ojos eran ahora dos agujeros rezumantes de sangre. Un poco más allá Paola vio tendidas a dos monjas de hábitos y tocas negras, unidas en un último abrazo.

Tampoco ellas tenían ojos.

La criminóloga amartilló el arma. Cruzó la mirada con Fowler.

—Está aquí.

Estaban en el corto pasillo que llevaba a la sacristía central del Vaticano, habitualmente protegida por catenaria, pero con la puerta de doble hoja abierta para que el público curioso contemple desde la entrada el lugar en el que se reviste el Santo Padre antes de celebrar la misa.

En ese momento estaba cerrada.

—Por Dios, que no sea demasiado tarde —dijo Paola, con la mirada clavada en los cuerpos.

Con aquéllas eran ya al menos ocho las víctimas de Karoski. Se juró a sí misma que serían las últimas. No lo pensó dos veces. Corrió los dos metros de pasillo hasta la puerta, esquivando los cadáveres. Tiró de una hoja con la izquierda mientras, con la derecha alzada y sujeto el revólver, cruzaba el umbral.

Estaba en una sala octogonal muy alta, de unos doce metros de largo, llena de luz dorada. Frente a ella, un altar flanqueado por columnas con un óleo: el descenso de la cruz. Pegados a las bellísimas y trabajadas paredes de mármol gris, diez armarios de teca y limoncillo contenían las sagradas vestiduras. Si Paola hubiera alzado la mirada al techo, podría haber visto la cúpula adornada con hermosos frescos por cuyas ventanas entraba la luz que inundaba el lugar. Pero la criminóloga sólo tenía ojos para las dos personas que había en la estancia.

Una era el cardenal Shaw. La otra era también un purpurado. A Paola le sonaba vagamente, hasta que al final pudo reconocerlo. Era el cardenal Pauljic.

Ambos estaban junto al altar. Pauljic, detrás de Shaw, terminaba de colocarle la casulla cuando irrumpió la criminóloga, con la pistola apuntando directamente hacia ellos.

—¿Dónde está? —gritó Paola, y su grito resonó con un eco por la cúpula—. ¿Le han visto?

El norteamericano habló muy despacio, sin dejar de mirar la pistola.

—¿Dónde está quién, señorita?

—Karoski. El que ha matado al guardia suizo y a las monjas.

No había acabado de hablar cuando Fowler entró en la habitación. Se colocó detrás de Paola. Miró a Shaw y, por primera vez, cruzó sus ojos con el cardenal Pauljic.

Hubo fuego y reconocimiento en aquella mirada.

—Hola, Viktor —dijo el sacerdote, la voz baja, ronca.

El cardenal Pauljic, más conocido como Viktor Karoski, su-

307

jetó por el cuello al cardenal Shaw con el brazo izquierdo, mientras con el derecho extraía la pistola de Pontiero y la colocaba en la sien del purpurado.

—¡Quieto! —gritó Dicanti, y el eco fue una sucesión de *oes*.

—No mueva un músculo, *ispettora* Dicanti, o veremos el color de los sesos de este cardenal. —La voz del asesino golpeó a Paola con la fuerza de la rabia y el miedo, de la pulsante adrenalina que sentía en las sienes. Recordó la furia que la había dominado cuando, tras ver el cadáver de Pontiero, aquel animal le había llamado por teléfono.

Apuntó con cuidado.

Karoski estaba a más de diez metros, y tan sólo quedaban visibles una parte de su cabeza y los antebrazos tras el escudo humano que formaba el cardenal Shaw.

Con su destreza y con un revólver, aquél era un tiro imposible.

—Arroje el arma al suelo, *ispettora*, o le mataré aquí mismo.

Paola se mordió el labio inferior para no gritar de rabia. Tenía allí mismo al asesino, en frente de ella, y no podía hacer nada.

—No le haga caso, *dottora*. Nunca le haría daño al cardenal, ¿verdad, Viktor?

Karoski aferró aún más fuerte el cuello de Shaw.

—Por supuesto que sí. Tire el arma al suelo, Dicanti. ¡Tírela!

—Por favor, haga lo que le dice —gimió Shaw con un hilo de voz.

—Una excelente interpretación, Viktor. —La voz de Fowler temblaba de cólera—. ¿Recuerda que nos parecía imposible que el asesino hubiera logrado salir de la habitación de Cardoso, que estaba cerrada a cal y canto? Maldita sea, fue muy fácil. No salió nunca de ella.

—¿Cómo? —se asombró Paola.

—Nosotros rompimos la puerta. No vimos a nadie. Y entonces una oportuna petición de auxilio nos mandó en una alocada persecución por las escaleras. Viktor estaría seguramente ¿debajo de la cama? ¿En el armario?

—Muy listo, padre. Ahora tire el arma, *ispettora*.

—Pero, claro, esa petición de auxilio y la descripción del agresor venían avalada por un hombre de fe, un hombre de total confianza. Un cardenal. El cómplice de un asesino.

—¡Cállese!

—¿Qué te prometió para que le quitaras de en medio a sus competidores, en busca de una gloria que hace tiempo dejó de merecer?

—¡Basta! —Karoski estaba como loco, con su rostro empapado en sudor. Una de las cejas artificiales que llevaba se estaba despegando, caía sobre uno de sus ojos.

—¿Te buscó en el Instituto Saint Matthew, Viktor? Él fue quien te recomendó que ingresaras allí, ¿verdad?

—Acabe con esas absurdas insinuaciones, Fowler. Dígale a la mujer que tire el arma, o este loco me matará —ordenó Shaw, desesperado.

—¿Cuál era el plan de Su Eminencia, Viktor? —dijo Fowler, haciendo caso omiso—. ¿Tenías que simular atacarle en plena basílica de San Pedro? ¿Y él te disuadiría de tu intento allí, a la vista de todo el pueblo de Dios y de las cámaras de televisión?

—¡No siga, o le mataré! ¡Le mataré!

—Tú habrías sido el que hubiese muerto. Y él sería un héroe.

—¿Qué te prometió a cambio de las llaves del Reino, Viktor?

—¡El cielo, maldito cabrón! ¡La vida eterna!

Karoski apartó el cañón del arma de la cabeza de Shaw. Apuntó contra Dicanti y disparó.

Fowler empujó hacia delante a Dicanti, quien dejó caer el arma. La bala de Karoski erró por muy poco la cabeza de la inspectora y destrozó el hombro izquierdo del sacerdote.

Karoski alejó de sí a Shaw, quien corrió a refugiarse entre dos armarios. Paola, sin tiempo para buscar el revólver, embistió contra Karoski con la cabeza gacha, los puños cerrados. Impactó en su estómago con el hombro derecho, aplastándole contra la pared, pero no logró dejarle sin aire: las capas de relleno que llevaba para simular que era un hombre más grueso le protegieron. Aun así, el arma de Pontiero cayó al suelo con un ruido metálico y resonante.

El asesino golpeó en la espalda de Dicanti, quien aulló de dolor, pero se levantó y logró encajar un golpe en la cara de Karoski, quien trastabilló y estuvo a punto de perder el equilibrio.

Paola cometió entonces su único error.

Miró alrededor para buscar la pistola. Y entonces Karoski la golpeó en el rostro, en el estómago, en los riñones. Y finalmente la sujetó con un brazo, al igual que había hecho con Shaw. Sólo que esta vez llevaba en la mano un objeto cortante con el que acarició la cara de Paola. Era un cuchillo de pescado corriente, pero muy afilado.

—Oh, Paola, no te imaginas lo que voy a disfrutar con esto —le susurró al oído.

—¡Viktor!

Karoski se volvió. Fowler tenía la rodilla izquierda hincada en el suelo de mármol, el hombro izquierdo destrozado y goteando sangre por el brazo, que colgaba inerte hasta el suelo.

La mano derecha esgrimía el revólver de Paola y apuntaba directamente a la frente de Karoski.

—No va a disparar, padre Fowler —dijo el asesino, jadeante—. No somos tan distintos. Los dos hemos compartido el mismo infierno privado. Y usted juró por su sacerdocio que nunca volvería a matar.

Con un terrible esfuerzo, coloreado de dolor, Fowler consiguió llevar su mano izquierda hasta el alzacuello. Lo sacó de la camisa con un gesto y lo lanzó al aire, entre el asesino y él. El alzacuello giró en el aire, con su tela endurecida de un blanco inmaculado excepto por una huella rojiza, allí donde el pulgar de Fowler se había posado en él. Karoski lo siguió con la mirada hipnotizado, pero no lo vio caer.

Fowler hizo un solo disparo, perfecto, que impactó entre los ojos de Karoski.

El asesino se desplomó. A lo lejos escuchó las voces de sus padres, que le llamaban, y fue a reunirse con ellos.

Paola corrió hacia Fowler, quien estaba pálido y con la mirada perdida. Mientras corría, se quitó la chaqueta para taponar la herida del hombro del sacerdote.

—Recuéstese, padre.

—Menos mal que han llegado ustedes, amigos míos —dijo el cardenal Shaw, recobrando repentinamente el valor suficiente como para ponerse en pie—. Este monstruo me tenía secuestrado.

—No se quede ahí, cardenal. Vaya a avisar a alguien...

—empezó a decir Paola, que estaba ayudando a Fowler a tenderse en el suelo. De repente, comprendió hacia dónde se dirigía el purpurado. Hacia la pistola de Pontiero, caída cerca del cuerpo de Karoski. Y entendió que ellos eran ahora unos testigos muy peligrosos. Tendió la mano hacia el revólver.

—Buenas tardes —dijo el inspector Cirin, entrando en la estancia, seguido por tres agentes de la *Vigilanza*, y sobresaltando al cardenal, que ya se agachaba a recoger la pistola del suelo. Enseguida volvió a ponerse rígido.

—Empezaba a creer que no se presentaría usted, inspector general. Ha de detener a estas personas enseguida —dijo señalando a Fowler y Paola.

—Disculpe, Eminencia. Enseguida estoy con usted.

Camilo Cirin echó un vistazo en derredor. Se acercó a Karoski, recogiendo por el camino la pistola de Pontiero. Tocó el rostro del asesino con la punta del zapato.

—¿Es él?

—Sí —dijo Fowler, sin moverse.

—Joder, Cirin —dijo Paola—. Un falso cardenal. ¿Cómo pudo ocurrir?

—Tenía buenas referencias.

Cirin ató cabos a velocidad de vértigo. Detrás de aquel rostro de piedra había un cerebro que funcionaba a toda máquina. Recordó instantáneamente que Pauljic había sido el último cardenal nombrado por Wojtyla. Hacía seis meses, cuando ya Wojtyla apenas podía moverse de la cama. Recordó que había anunciado a Somalo y a Ratzinger el nombramiento de un cardenal *in pectore*, cuyo nombre *sólo había revelado a Shaw*, para que éste lo anunciara a su muerte. No le resultó muy difícil imaginar qué labios habían inspirado al mermado Pontífice el nombre de Pauljic, ni quién había acompañado al «cardenal» a la Domus Sancta Marthae por primera vez, para presentarlo a sus curiosos compañeros.

—Cardenal Shaw, va a tener que explicar usted muchas cosas.

—No sé a qué se refiere…

—Cardenal, por favor.

Shaw volvió a envararse una vez más. Comenzaba a recuperar su soberbia, su perenne orgullo, el mismo que le había perdido.

311

—Juan Pablo II me preparó durante muchos años para continuar su obra, inspector general. Usted más que nadie sabe lo que puede ocurrir cuando el control de la Iglesia cae en manos de los laxos. Confío en que ahora actuará como mejor conviene a su Iglesia, amigo mío.

Los ojos de Cirin realizaron un juicio sumarísimo en medio segundo.

—Por supuesto que lo haré, Eminencia. ¿Domenico?

—Inspector —dijo uno de los agentes que habían venido con él, vestidos de traje y corbata negros.

—El cardenal Shaw saldrá ahora a celebrar la misa de novendiales en la basílica.

El cardenal sonrió.

—Después, usted y otro agente le escoltarán hasta su nuevo destino: el monasterio de Albergradz, en los Alpes, donde el cardenal podrá reflexionar en soledad sobre sus actos. También tendrá ocasión de practicar el alpinismo.

—Un deporte peligroso, según he oído —dijo Fowler.

—Ciertamente. Plagado de accidentes —corroboró Paola.

Shaw permaneció callado, y en el silencio casi se pudo ver cómo se derrumbaba. Su cabeza estaba agachada; su papada, aplastada contra el pecho. No se despidió de nadie al salir de la sacristía, acompañado de Domenico.

El inspector general se arrodilló junto a Fowler. Paola le sostenía la cabeza, mientras apretaba la herida con su chaqueta.

—Permítame.

Apartó la mano de la criminóloga. La improvisada venda de ella ya estaba empapada, y la sustituyó por su propia chaqueta arrugada.

—Tranquilos, hay una ambulancia de camino. ¿Me dirán cómo consiguió la entrada para este circo?

—Evitamos sus taquillas, inspector Cirin. Preferimos usar las del Santo Oficio.

Aquel hombre imperturbable arqueó ligeramente una ceja. Paola comprendió que aquello era su manera de expresar asombro.

—Ah, por supuesto. El viejo Gonthas Hanër, trabajador impenitente. Veo que sus criterios de admisión al Vaticano son más laxos.

—Y sus precios, más altos —dijo Fowler, pensando en la terrible entrevista que le esperaba al día siguiente

Cirin asintió, comprensivo, y apretó aún más su chaqueta contra la herida del sacerdote.

—Eso podrá arreglarse, supongo.

En aquel momento llegaron dos enfermeros con una camilla plegable.

Mientras los sanitarios atendían al herido, en el interior de la basílica, junto a la puerta que conducía a la sacristía, ocho monaguillos y dos sacerdotes con sendos incensarios aguardaban, dispuestos en dos filas, a los cardenales Shaw y Pauljic. El reloj pasaba ya cuatro minutos de las doce. La misa debía haber empezado ya. El mayor de los sacerdotes estaba tentado de enviar a uno de los monaguillos a ver qué sucedía. Tal vez las hermanas oblatas, las encargadas de cuidar la sacristía, tuviesen problemas para dar con las vestiduras apropiadas. Pero el protocolo exigía que permaneciese allí sin moverse, aguardando a los celebrantes.

Finalmente fue tan sólo el cardenal Shaw quien apareció por la puerta que conducía a la iglesia. Los monaguillos le escoltaron hasta el altar de San José, donde debía oficiar la misa. Los fieles que estaban más cerca del cardenal durante la ceremonia comentaron entre ellos que el cardenal debía de haber amado mucho al papa Wojtyla: Shaw se pasó toda la misa llorando.

313

—Tranquilo, está fuera de peligro —dijo uno de los sanitarios—. Iremos deprisa al hospital para que le curen más a fondo, pero la hemorragia está contenida.

Los camilleros alzaron a Fowler, y en ese momento Paola lo comprendió de golpe: el alejamiento de los padres, el rechazo de la herencia, el terrible resentimiento. Detuvo a los camilleros con un gesto.

—Ahora lo entiendo. El infierno privado que compartieron. Usted fue a Vietnam a matar a su padre, ¿verdad?

Fowler le miró, sorprendido. Tan sorprendido que se le olvidó hablar en italiano y le respondió en inglés.

—¿Disculpe?

—Fue la ira y el resentimiento lo que le llevó allí. —Paola le respondió también en un inglés susurrante para evitar que los camilleros se enteraran de la conversación—. El odio profundo hacia su padre, el frío rechazo a su madre. La negativa a recoger la herencia. Quería cortar todo vínculo familiar. Y su entrevista con Viktor sobre el infierno. Está en el dossier que usted me dejó. Ha estado delante de mis narices todo el tiempo...

—¿Adónde quiere ir a parar?

—Ahora lo comprendo —dijo Paola, inclinándose sobre la camilla y colocando una mano amistosa sobre el hombro del sacerdote, quien, dolorido, reprimió un quejido—. Comprendo que aceptara el trabajo en el Instituto Saint Matthew, y comprendo qué le llevó a ser lo que es hoy. Su padre abusó de usted de niño, ¿verdad? Y su madre lo supo todo el tiempo. Igual que con Karoski. Por eso Karoski le respetaba. Porque ambos estaban en lados opuestos de una misma línea. Usted eligió convertirse en un hombre, y él eligió ser un monstruo.

Fowler no contestó, pero tampoco era necesario. Los camilleros reanudaron el paso, pero Fowler encontró fuerzas para mirarla y sonreír.

—Cuídese, *dottora*.

En la ambulancia, Fowler se debatía contra la inconsciencia. Cerró los ojos momentáneamente, pero una voz conocida le devolvió a la realidad.

—Hola, Anthony.

Fowler sonrió.

—Hola, Fabio. ¿Qué tal tu brazo?

—Bastante jodido.

—Tuviste mucha suerte en aquel tejado.

Dante no respondió. Él y Cirin estaban sentados juntos en un banco adosado a la cabina de la ambulancia. El superintendente esgrimía una mueca cínica a pesar de tener el brazo izquierdo enyesado y el rostro cubierto de heridas; el otro mantenía su sempiterna cara de póquer.

—¿Y bien? ¿Cómo vais a matarme? ¿Cianuro en la bolsa de suero, dejaréis que me desangre, o será el clásico tiro en la nuca? Preferiría que fuera lo último.

Dante rió sin alegría.

—No me tientes. Tal vez algún día, pero esta vez no, Anthony. Este viaje es de ida y vuelta. Habrá una mejor ocasión.

Cirin, con el rostro imperturbable, miró al sacerdote directamente a los ojos.

—Quiero darte las gracias. Has sido de gran ayuda.

—No lo he hecho por ti. Ni por tu bandera.

—Lo sé.

—De hecho, creía que eras tú quien estaba detrás de esto.

—También lo sé, y no te culpo.

Los tres guardaron silencio durante unos minutos. Finalmente fue Cirin quien volvió a hablar.

—¿Hay alguna posibilidad de que vuelvas con nosotros?

—Ninguna, Camilo. Ya me engañaste una vez. No volverá a ocurrir.

—Una última vez. Por los viejos tiempos.

Fowler meditó unos segundos.

—Con una condición. Ya sabes cuál es.

Cirin asintió.

—Tienes mi palabra. Nadie se acercará a ella.

—Tampoco a la otra. A la española.

—Eso no te lo puedo garantizar. Aún no estamos seguros de que no tenga una copia del disco.

—He hablado con ella. No la tiene, y no hablará.

—Está bien. Sin el disco, no puede probar nada.

Hubo un nuevo silencio, aún más largo, interrumpido sólo por el pitido intermitente del electrocardiograma que el sacerdote tenía conectado en el pecho. Fowler se fue relajando, poco a poco. Entre nieblas le llegó la última frase de Cirin.

—¿Sabes, Anthony? Por un momento creí que le dirías la verdad a ella. Toda la verdad.

Fowler no escuchó su propia respuesta, aunque no hacía falta. No todas las verdades hacían libres. Sabía que ni siquiera él podía vivir con su verdad. Ni mucho menos cargaría ese peso sobre otra persona.

315

RATZINGER ES NOMBRADO PAPA
SIN APENAS OPOSICIÓN

ANDREA OTERO
(Enviada especial)

ROMA — El cónclave para la elección del sucesor de Juan Pablo II finalizó ayer con la elección del antiguo prefecto de la Congregación para la Doctrina de la Fe, Joseph Ratzinger. A pesar de haber jurado sobre la Biblia mantener el secreto acerca de la elección bajo pena de excomunión, las primeras filtraciones ya han comenzado a llegar a los medios. Al parecer, el purpurado alemán fue elegido por 105 votos de los 115 posibles, muchos más de los 77 necesarios. Los vaticanistas aseguran que el gran número de apoyos conseguido por Ratzinger es un hecho insólito, y aún más considerando que el cónclave se resolvió en tan sólo dos días.

El Globo, miércoles, 20 de abril de 2005, página 8

Los expertos achacaron lo insólito y rápido de la elección a la falta de oposición a un candidato que, en principio, estaba muy atrás en las quinielas. Fuentes muy cercanas al Vaticano indicaron que los principales rivales de Ratzinger (Portini, Robayra y Cardoso) no consiguieron en ningún momento votos suficientes. Esa misma fuente llegó a comentar que vio a estos cardenales «un poco ausentes» durante la elección de Benedicto XVI...

Epílogo

Despacho del papa Benedicto XVI
Palazzo del Governatorato

Miércoles, 20 de abril de 2005. 11:23

*E*l hombre vestido de blanco la recibió en sexto lugar. Una semana atrás y un piso más abajo, Paola había esperado en un pasillo similar hecha un manojo de nervios, sin saber que en ese momento un amigo suyo moría. Una semana después, su miedo a no saber comportarse estaba olvidado, y su amigo, vengado. Habían transcurrido multitud de acontecimientos en aquellos siete días, y alguno de los más importantes había tenido lugar en el alma de Paola.

La criminóloga se fijó en que de la puerta aún colgaban las cintas rojas con los sellos de lacre que habían protegido el despacho entre la muerte de Juan Pablo II y la elección de su sucesor. El Sumo Pontífice siguió la dirección de su mirada.

—He pedido que los dejen ahí durante un tiempo. Servirán para recordarme que este puesto es temporal —dijo con voz cansada, mientras Paola le besaba el anillo.

—Santidad.

—*Ispettora* Dicanti, bienvenida. La he llamado para darle las gracias personalmente por su valiente actuación.

—Gracias, Santidad. Sólo cumplí con mi deber.

—No, *ispettora*, usted fue más allá de su deber. Siéntese, por favor —dijo señalando unos sillones en una esquina del despacho, bajo un hermoso Tintoretto.

—En realidad esperaba encontrar aquí al padre Fowler, Santidad —dijo Paola, sin poder ocultar el anhelo en su voz—. No le veo desde hace diez días.

El Papa la cogió de la mano y le sonrió, tranquilizador.

—El padre Fowler descansa a salvo en un lugar seguro. He tenido oportunidad de visitarle esta noche. Me pidió que le despidiera de usted, y me dio un mensaje: «Es el momento de que ambos, usted y yo, nos despojemos del dolor por los que quedaron atrás».

Al oír aquella frase, Paola sintió un estremecimiento interior, y las lágrimas brotaron. Pasó media hora más en aquel despacho, aunque lo que habló con el Santo Padre quedará entre ellos dos.

Más tarde, Paola salió a la luz de la plaza de San Pedro. El sol brillaba, pasado el mediodía. Sacó el paquete de tabaco de Pontiero y encendió el último cigarro. Alzó la cara hacia el cielo, echando el humo.

318

—Le cogimos, Maurizio. Tenías razón. Y ahora vete hacia la puñetera luz y déjame en paz. Ah, y dale recuerdos a papá.

Madrid, enero de 2003
Santiago de Compostela, agosto de 2005

Agradecimientos

A Antonia Kerrigan, por su fenomenal trabajo y por apuntarme en la dirección correcta. A Blanca Rosa Roca y Carlos Ramos, por su entusiasmo y su espíritu de triunfo. A Raquel Rivas, por darme un buen consejo y por su sinceridad.

Y por supuesto, a Katu y Andrea. Por vuestro apoyo y vuestro amor incondicional.